# 纸上春台

潘建国 著

凤凰枝文丛／孟彦弘 朱玉麒 主编

凤凰出版社

图书在版编目（CIP）数据

纸上春台 / 潘建国著. -- 南京 ：凤凰出版社，2021.6
（凤凰枝文丛 / 朱玉麒，孟彦弘主编）
ISBN 978-7-5506-3424-4

Ⅰ. ①纸… Ⅱ. ①潘… Ⅲ. ①随笔－作品集－中国－当代 Ⅳ. ①I267.1

中国版本图书馆CIP数据核字(2021)第083126号

| | |
|---|---|
| 书　　名 | 纸上春台 |
| 著　　者 | 潘建国 |
| 责任编辑 | 樊　昕 |
| 书籍设计 | 徐　慧 |
| 出版发行 | 凤凰出版社(原江苏古籍出版社)<br>发行部电话025-83223462 |
| 出版社地址 | 江苏省南京市中央路165号,邮编:210009 |
| 出版社网址 | http://www.fhcbs.com |
| 照　　排 | 凤凰零距离数字印前中心 |
| 印　　刷 | 苏州市越洋印刷有限公司<br>江苏省苏州市吴中区南官渡路20号　邮编:215104 |
| 开　　本 | 880毫米×1230毫米　1/32 |
| 印　　张 | 12.375 |
| 字　　数 | 248千字 |
| 版　　次 | 2021年6月第1版 |
| 印　　次 | 2021年6月第1次印刷 |
| 标准书号 | ISBN 978-7-5506-3424-4 |
| 定　　价 | 68.00元 |

(本书凡印装错误可向承印厂调换,电话:0512-68180638)

## 潘建国

别署潘西堂，1969年出生，江苏常熟人，北京大学中文系教授、博士生导师。曾在日本早稻田大学、日本东北大学、法国法兰西学院汉学研究所、香港大学、澳门大学等机构担任客座（访问）教授。主要从事中国古代小说、东亚汉籍、古典文献学、印刷文化史等领域研究。已刊著述有《中国古代小说书目研究》（2005）、《古代小说文献丛考》（2006）、《物质技术视域中的文学景观：近代出版与小说研究》（2016）、《古代小说十大问题》（合著，2017）、《古代小说版本探考》（2020）等。

# 弁 言

“凤凰台上凤凰游”，是李白《登金陵凤凰台》之诗句，昔年我江苏古籍出版社立足南京、弘扬文史，而更名所由也。

“碧梧栖老凤凰枝”，是杜甫《秋兴八首》所吟咏，今日我凤凰出版社为学林添设新枝，而命名所自也。

30 多年来，凤凰出版社围绕中华传统优秀文化，彰显传承文明、传播文化、服务大众、贡献学术的出版理念，坚持以整理出版中国文、史、哲古籍及其研究著作为主的专业化方向，蒙学界旧雨新知之厚爱、扶持，渐已长大成为“碧梧”，招引了学界“凤凰”翩然来栖。箫韶九成，凤翥凰翔！嘤其鸣矣，求其友声！

“凤凰枝文丛”是本社与学界同人共同打造之文史园地，除学术研究论文外，举凡学人往事、经典品评、学术札记之文化随笔，旧学新知，无所不包。是作者出诸性情而诗意栖息之地，读者信手撷取而涵泳徜徉之处。

“凤凰鸣矣，于彼高冈。梧桐生矣，于彼朝阳。”

愿“凤凰枝文丛”成为我们共同的文化家园。

2019.5.22

# 目录

# 上编　黄车录

# 耶鲁大学藏明版《三国志演义》之环球行纪

《三国志演义》存世明版中刊行时间较早的前三种，依次为：1. 嘉靖壬午元年（1522）“修髯子”序文的“嘉靖本”，此本刻印精美，存世藏本相对较多。2. 嘉靖二十七年（1547）叶逢春刊本，仅存一部孤本，藏西班牙爱思哥利亚修道院图书馆。3. 万历金陵周曰校刊本，根据行款、插图有无、图像画工刻工题名有无，又分为甲、乙、丙三个系统[①]，甲本（半叶十三行行二十四字，无插图）原刊本仅存一部残本（存卷六、七、九），藏中国社会科学院图书馆，另有朝鲜翻刻本；乙本（半叶十三行

① 参阅刘世德《〈三国志演义〉周曰校刊本四种试论》，载《文学遗产》2002年第5期；［日］中川谕《周曰校刊〈三国志演义〉之甲本、乙本、丙本》，收入《林田慎之助博士伞寿纪念三国志论集》，日本汲古书院2012年版。

行二十六字，有插图，图像有画工刻工题名）有两家藏本，一为北京大学图书馆藏本（残存卷一、二、六、九至十二，凡七卷，简称“北大藏本”），一为美国耶鲁大学东亚图书馆藏本（十二卷，简称“耶鲁藏本”）；丙本（半叶十三行行二十六字，有插图，图像无画工刻工题名）则有中国国家图书馆（残存卷三至六、九、十）、台北“故宫博物院”、日本国立公文书馆内阁文库、名古屋蓬左文库、宫城县图书馆伊达文库（存卷九至十二）等五家藏本。上述三个系统中，甲本、乙本的学术价值相对高于丙本，可惜甲本原刊本仅残剩三卷，乙本中的北大藏本也缺损近半，因此，十二卷完整无缺的耶鲁藏本，乃现存周曰校刊本《三国志演义》中最值得关注的善本。

## 一、北美：耶鲁大学东亚图书馆藏本之由来

较早注意到耶鲁藏本的研究者是英国人魏安，他在美国普林斯顿大学东亚系浦安迪教授的指导下，于 1993 年完成了博士学位论文《追求其原文：〈三国志演义〉的考证学》，后经补充修订，于 1996 年出版《〈三国演义〉版本考》。书中他把周曰校刊本排在“《三国演义》现存版本目录”第 5 种，并且敏锐地注意到了周曰校本的分系统问题，即图像存有画工刻工题名的为 a 系统，没有的

为b系统，耶鲁大学藏本据此标为“5a”[①]，基本上精准确认了该本在《三国志演义》存世明代版本链条中的学术位置。不过，耶鲁藏本的版本细况，限于体例，魏安未作介绍。之后，它也没能引起其他研究者的关注。2012年8月，日本学者中川谕在学术会议上发表《耶鲁大学〈三国志演义〉周曰校本考察》，公布了他亲赴耶鲁大学东亚图书馆调查此本的结果，认为耶鲁藏本与北大藏本同版，但刷印时间更早，全书十二卷完足，书叶保存情况也相当良好，“耶鲁本是在《三国志演义》版本的历史上极其贵重的资料”[②]。

那么，这部素来乏人关注却又“极其贵重”的耶鲁藏本，究竟是谁之旧藏？又如何漂洋渡海来到北美的耶鲁大学？中川谕论文未作交代。实际上，耶鲁藏本第一册卷首“全像三国志通俗演义引”首行下端，钤有一枚朱文长方藏印“胡天猎隐藏书”，藏印中的“胡天猎”三字，立刻让我们想起一位熟悉的陌生人。1962年5月，台北青石山庄出版社首次以影印方式出版了程乙本《红楼梦》，对

①［英］魏安《三国演义版本考》，上海古籍出版社1996年版，第19页。

②［日］中川谕《耶鲁大学〈三国志演义〉周曰校本考察》，收入2012年8月《第十一届中国古代小说戏曲暨数位（字）化国际学术研讨会会议论文》，第43—50页。

于《红楼梦》版本研究作出了特殊贡献，这部程乙本后来被学界命名为“青石山庄本”，其版权页“主编人”署为“胡天猎”。检索新近出版的《美国耶鲁大学图书馆中文古籍目录》（2019）[①]，其“集部·小说类”著录有八种钤有“胡天猎隐藏书”印的中国小说善本，其中，赫然就有这部青石山庄影印程乙本《红楼梦》的底本——清乾隆五十七年萃文书屋木活字本。很显然，耶鲁大学东亚图书馆因为某种机缘，获得了来自台湾“胡天猎”的小说善本藏书。

然追查此事详情，知者寥寥，仅耶鲁大学图书馆中文部主任孟振华《美国耶鲁大学图书馆中文古籍收藏史》（2017）一文有所披露：

耶鲁中文善本藏书中，至少八部上钤有“胡天猎隐藏书”朱印。除了在海内外红学界知名度很高的清乾隆五十七年（1792）程伟元木活字印本《红楼梦》，以及清初郁郁堂一百二十回《忠义水浒全书》和明崇祯十四年（1641）序清刻七十回《第五才子书施耐庵水浒传》之外，最引人瞩目的当属一系列《三国》的版本：

1. 明嘉靖间刻二十四卷本《三国志通俗演义》（附三国志宗寮）

① 孟振华主编《美国耶鲁大学图书馆中文古籍目录》“集部·小说类·长篇之属”，中华书局2019年版，下册第592—601页。

2. 明万历十九年（1591）金陵万卷楼周曰校刻十二卷本《新刊校正古本大字音释三国志通俗演义》（附三国志宗寮）

3. 清初徽州遗香堂刻《三国志》

4. 清初刊《李卓吾先生批评三国志真本》

5. 据明末建本清雍正三年（1725）重刻《李卓吾先生批评三国志》

馆藏档案对这批从韩镜塘处所购得的通俗小说珍本付之阙如。与这批珍本入藏的有关信息，仅在1967年的馆内《东亚图书馆年度报告》中，有简短提及，为配合该年美国东方学会在耶鲁大学召开年会，图书馆展示了一批刚购入的珍贵中文小说。虽然报告内提及的这批小说是否就是“胡天猎隐藏书”并无法确认，但在这一时期也确实仅有这一批小说入藏。韩氏曾以其在台湾所有之青石山庄出版社为名，影印出版了这批书中的两种：程本一百二十回《红楼梦》和万历本《新刊校正古本大字音释三国志通俗演义》。北美主要图书馆收藏有这两种1960年代影印本者也并不多见。笔者一次在班内基图书馆翻阅嘉靖本《三国志通俗演义》时，发现一册书中还夹着几张早年台湾邮局的划拨储金存款单，上面还盖有“青石山庄出版社”的印章。韩氏藏书，至此毫无疑问也。胡适先生在1962年青石山庄复印本《红楼梦》的短序里提到了：“胡天猎先生收藏旧小说很多，可惜他止带了很少一部分出来。”耶鲁大学图书馆何其有幸收藏到这八部珍贵的“胡天猎隐藏书”[1]。

文中孟振华将这批韩镜塘“胡天猎隐藏书”的购入，归功于时任耶鲁大学东方图书馆馆长万惟英。万惟英原籍江西九江，1950年代台湾师范大学国文系毕业，留学美国。1957年至1959年间，曾在美国底特律公共图书馆任职。之后返回台湾，出任台北“中央图书馆”采访组主任，同时在台湾大学讲授图书馆学课程。1964年，他受邀赴美，任密歇根大学亚洲图书馆中文部主任。1966年至1969年，受聘为耶鲁大学东亚图书馆馆长。由此万惟英履历可知，他与台北图书馆界、古籍收藏界关系颇密，或许和“胡天猎”直接有交谊亦未可知，大概就是这样的人脉关系，促成了耶鲁购藏八部珍贵的“胡天猎隐藏书”。

## 二、台北：“胡天猎”的小说善本收藏与影印

青石山庄本《红楼梦》1962年问世之时，《红楼梦》旧抄本及程本的影印出版甚为不足，故其学术文献价值得以凸显，所印旋即售罄，坊间一部难求；1977年，台湾广文书局将青石山庄本收入“红楼梦丛书”重印，自此

① 文载《中国典籍与文化论丛》，凤凰出版社2017年版，第367—400页。

流播日广，研究《红楼梦》版本的学者，几乎没有不知道“青石山庄”之名的；青石山庄本版权页“主编人”署为“胡天猎”，另有“发行人”署为“韩镜塘”，故“胡天猎”“韩镜塘”两个名字也不胫而走。那么，“胡天猎”的真实身份如何？他与“韩镜塘”是否为同一人呢？

胡适在青石山庄本序文中，对“胡天猎”所藏程乙本评价很高，并赞赏他的影印计划，想来两人应有一定交往，姑且先从胡适入手调查。检阅《胡适全集》“书信”部分[①]，1961—1962年间，共有7通信札涉及“胡天猎”，其中4通是胡适直接写给“胡天猎”，但信札的上款称呼，居然都不一样，分别为“胡天猎叟先生”（1961年1月24日札）、“胡天猎隐先生”（1961年2月21日札）、“镜塘先生”（1961年2月22日札）、“天猎先生”（1961年6月28日札）；另有3通是胡适在致友朋书札中提及“胡天猎”，其称呼分别是“韩先生”（1961年2月12日致赵聪札）、“韩镜塘先生”（1961年10月25日致赵聪札）、“韩镜塘先生（青石山庄主人）”（1962年2月20日致金作明札）。据此，可以得出结论：

1. 青石山庄主人为“韩镜塘”。

2. “韩镜塘”与“胡天猎”是同一人。

① 耿云志、欧阳哲生整理《胡适全集》之《书信》（1956—1962），安徽教育出版社2003年版，第26卷，第569—647页。

3. “胡天猎”是“韩镜塘”的别号，又作“胡天猎叟”“胡天猎隐”。

可惜，上述7通信札几乎没有载及任何关于韩镜塘生平的确切信息，惟在1962年2月20日致金作明信札中，胡适简略提及“韩镜塘（青石山庄主人）是在工专教工程的”。此“工专”，全名为台北工业专科学校，即现今之台湾科技大学。胡适序文称：“胡天猎先生收藏旧小说很多，可惜他止带了很少的一部分出来，其中居然有这一部用木活字排印的‘程乙本’《红楼梦》。”审其语意，这位韩镜塘或许是在1949年前后从中国大陆迁居台湾的。至于他赴台前的经历、赴台后的行踪，皆杳不可考。笔者借助电子检索手段，检索了已有的多种数据库，凡提及“胡天猎”“韩镜塘”“青石山庄”的论著，文字皆语焉不详，其信息亦均未超出青石山庄本版权页所载范围。

行文至此，笔者深感陷入困境，但又不甘心这样一位去今未远的人物，竟然也无法揭开他的身份谜团。于是，庚子夏，我向学界师友发出了求助，当时尚在疫情隔离期，外出调查受阻，我实际上也并不抱有希望。没想到，熟悉两岸红学史的任晓辉先生，很快联系了台北里仁书局的徐秀荣先生，徐先生又发动他的人脉资源，在台北展开了一次“寻找韩镜塘”的活动。不久，捷报传来，“中研院”近代史所图书馆藏有一通韩镜塘写给胡适的长信，不仅有详细的生平自述，还特别提及了其收藏古小说的过程、准备影印的计划等，弥足珍贵。当我从微信中获见台北传送过来的韩镜塘信札照片时，真欣喜若狂，对任晓辉、徐秀荣两位先生的无私帮助，亦感铭于心。

信札全文如下：

胡先生道鉴：

久仰大名，无缘识荆。顷有琐事请教，急切中未暇选择手段，竟而毛遂自荐。事关中国旧小说考证资料流传，或者不以冒昧见斥耶？兹于请教之前，先行自我介绍：

敝人本名韩镜塘，祖籍燕南，寄居塞北，幼读经史，弱冠入河北省立工学院研习机械工程，曾供职国有铁路多年，历任小大各级职位。民国十五年起受美国友人（万国农机公司东方分部经理）之赞助，创设大规模机械农场于兴安岭之南麓，迄抗战胜利止，二十一年间，事业尚称不坏。不幸中共军突然进入东北，自念身负大地主滔天罪恶，祸将不待旋踵，乃抛弃一切，逃回都市沈阳，改业入国立东北大学教授农业机械学。及民三十七年冬，东北“沦陷”，又经北平、上海，辗转来到台湾。为糊口计，乃正式教书，历经台大、海军机械学校、陆军兵工工程学院等校，五年前转入省立台北工业专科。曲指计来，滥竽教育界又十余寒暑矣。

胡天猎乃塘之别名，非敢高攀，并冒认为胡先生之同宗。取此别名，实乃另有原因：缘久居农场，地域现隶兴安省，旧属内蒙古达尔罕旗管下，地多鹿豕，塘最喜射猎，久而久之，专业虽为农夫，而又任猎人兼职，仿古人以所居地及职业为姓氏之例，乃取诗句“胡天六月即飞雪”首二字为姓，以“猎”字为名，而成此别名。

溯自民国十年，曾在津浦、北宁两铁路担任机车保养兼管理职务，常因公务或闲游到济南、姑苏、太原及故都北平等处走走。以上数处皆为吾国古籍丛聚之所，于偶然机会之下，得有搜求古籍之嗜好。经过二十余年间，共得明清善本三万余卷，约分正史、古算书、旧小说、词曲及唐诗选本等数大类。大多数存旧沈阳寄庐间，有一部存北平友人处，想已尽遭秦火，变为劫灰，言之殊堪浩叹！只有小说一批约二十余种，旧存上海友人处。民国三十七年上海危急之际，承老友好意，遣专人送来台湾。内有初印本《聊斋志异》、清初本《金瓶梅》及明板《醒世恒言》数种，已易米疗饥，现在只存明板《三国志》五种、百廿回《水浒》、七十五回《水浒五才子》、乾隆壬子木活字排印本《红楼梦》、万历本《杨家府》及四库稿本《默记》等十种。虽过去经台大及美国南加州大学出价收购，俱因不忍再抛弃而拒之。然公教人员收入有限，保管难期完善，深恐日就毁灭，即使书不即毁灭，而书之所有人已届风烛残年，不知何日将辞书而去。

现时研究古籍之士往往因缺乏资料，而生误会及互起无谓争辩等事。如前年台北《“中央日报”》有某君投稿，言明板《三国志》有关汉卿本。愚所收明板中，只《西厢记》有关汉卿本。据所知，《三国志》之最古者为评话本，仅日本内阁文库尚存一部，昔年东京、上海曾有此书之影印本出现。其次现存最古之《三国志》，据历世业古籍商人称当为明弘治本，即弘治年司礼监所刊之黑口大字本，及万历周曰校刊本，均为罗贯中编。此外有李卓吾评本，愚收有两部。此外闻有嘉靖本，多年未收到，想亦系罗贯中本。所谓“有关汉卿本《三国志》”之说，恐系传闻之误也。又有“《红楼梦》后四十回作者”问题，亦聚讼纷纭：有人主张为高鹗所作，又有人主张非是。愚所收《红楼梦》计有三十余种，其中乾隆壬子年木活字排印本首册内有程小泉、高兰墅同作《引言》一篇（已印样本内），共七节，其第四节关于此事，已叙述极详。但此《引言》在他本皆未刊载，即如藤花榭第一次刊本、第二次刊本以及道光年王希廉雪香刊本，亦未刊载，倘将此《引言》与高鹗辛亥之序文参照读之，对后四十回之作者问题，自然明了矣。

愚深感此考古资料之难求，又伤人事之聚散无常，乃有影印此十种旧小说之痴想。顾各书多半卷帙浩繁，同时影印势巨额资金，筹措非易。如招商投资，势须大量影印，势将损及原书价值。愚之影印，元始志在流传资料，以便后人研究，丝毫无谋利意图存乎其中。大量影印损及原书价值，亦非所欲，乃决定分期前后出书，俾得轻而易举。

每种拟只印百五十部，以五十部赠送友人及热心研究之士，出售百部以收回印本。并拟先印木活字本《红楼梦》，次印万历本《三国志》。因弘治《三国志》，前上海已有影印本，故移后。其次视须要再定。惟塘对小说一门，素乏心得，缘将十种各印样张数页，汇订一册，送请专家指教，并排定影印次序，以便实行。兹有请胡先生指教者数事列下：

一、乾隆壬子年程、高用木活字排印本《红楼梦》，是否为先生昔年所鉴定之程乙本？是书前亚东出有排印本，该书是否有影印流传价值（拟用影印保持其本来庐山面目流传）？

一、倘有影印流传价值，并希惠题数字于该书之首，以作纪念，如先生有阅览原书之需要，希函告。先生闲暇时间，当遵命持书趋前承教。

一、其他数种，如认为有影印价值者，希代排定印行宜先宜后次序，尤为感盼。

另函挂号奉上十种小说样本及《红楼梦》第3册样本各一册。事关为后人研究小说资料流传，而先生为吾国研究旧小说宗师泰斗，万人宗仰，或者不吝数分钟之余暇，以惠迪后学也。

再近阅报载，先生将有远行，遂灯光下草率书成，老眼昏花，字不工整，并因素对小说毫无研究，凡关影印俱以别名行使，盖欲避他人“门外汉”之讥也。乞一并见原为幸。谨此颂道祺！

胡天猎谨具。六月二十六日。

韩镜塘（工专教授）

此札题署时间为“六月二十六日”，但未署年份。《胡适全集》所录4通写给韩镜塘的信札，最早一通写于1961年1月24日，信中有云“这两年里，时时想写信给您，总苦于不得功夫写长信——因为我总想写长信谈谈您手里的几部旧小说，结果总是搁下来了，一搁两搁，就是一年有半了！现在写信，真不知从何说起！这一年半里，我出国了两次，竟不知道您的小说已印出了几部？这一件我最应该帮忙提倡的事，我竟丝毫没有帮您一点忙，真是十分惭愧，十分抱歉”云云，很显然，此信即为胡适对于韩镜塘初次来函的迟到回复，据此，前推“一年半”，则韩镜塘信札的撰写时间，应在1959年6月26日。

据此札，韩镜塘的人生轨迹大致清楚了：他祖籍燕南，寄居塞北，曾考入河北省立工学院研习机械工程；民国十年（1921）始，在津浦、北宁两铁路担任机车保养兼管理职务；民国十五年（1926）起，受美国友人（万国农机公司东方分部经理）之助，于兴安岭之南麓，创设大规模机械农场，获利可观；后改业入沈阳国立东北大学，教授农业机械学；1948年冬，离开东北，携书辗转赴台，先后任教于台大、海军机械学校、陆军兵工工程学院等，

1954年转任台北工业专科教授；“胡天猎”乃其别名，得名于他久居辽北，又好狩猎。另据青石山庄本第七册封二所印《程乙本红楼梦叙言》，末署“民国辛丑孟春月辽北布衣胡天老猎谨识时年七十有二”，民国辛丑为1961年，则韩镜塘生于1890年（清光绪十六年）。卒年未详，网上有云卒于1971年，享年八十，待考。

信札提及的古小说影印计划，韩镜塘后来进一步制定了实施细则，青石山庄本《红楼梦》第11册至15册封二，均印有“青石山庄影印古本小说丛书通告”（图1），声称“本丛书内共选小说十种，皆为国内极不易见到及失传之古本”，十种小说的书名及版本依次为：

第一种，元刊本《三国志评话》；

第二种，明弘治甲寅年司礼监刊黑口大字本《三国志通俗演义》十二卷；

第三种，明万历辛卯年周曰校刊全相《三国志传演义》十二卷；

第四种，明末刊《李卓吾评绣像三国志》百二十回，明末刊清初印《李卓吾评三国志真本》百二十回，二书选印其一；

第五种，明末郁郁堂刊李卓吾评百二十回《忠义水浒传全书》；

第六种，初印本金圣叹批《第五才子书施耐庵水浒传》；

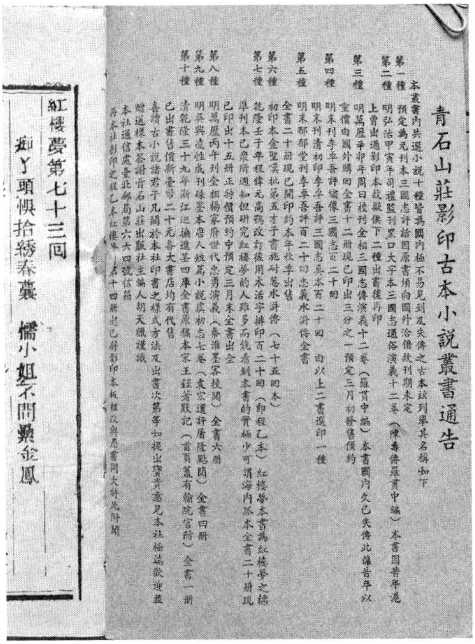
紅樓夢第七十三回
痴丫頭悞拾綉春囊 懦小姐不問纍金鳳

青石山莊影印古本小說叢書通告

本叢書內共選小說十種皆為國內極不易見到及失傳之古本茲列舉其名稱如下

第一種 預定為元刊本三國志評話因原書須向國外洽借故刊期未定

第二種 明弘治甲寅年司禮監刊黑口大字本三國志通俗演義十二卷（陳壽傳羅貫中編）本書因昔年遠上曾出過影印本故擬俟下二種出書後再印

第三種 明萬歷辛卯年周曰校刊全相三國志傳演義十二卷（羅貫中編）本書國內久已失傳此係昔年以重價由國外購回全書十二冊現已印出三分之一預定三月初發售預約

第四種 明末刊李卓吾評繡像三國志百二十回
明末刊清初印李卓吾評三國志真本百二十回 由以上二書選印一種

第五種 明末郁郁堂刊李卓吾評百二十回忠義水滸傳全書
全書二十冊現已開印約本年秋季出售

第六種 初印本金聖嘆批第五才子書施耐菴水滸傳（七十五回本）

第七種 乾隆壬子年程偉元高鶚改訂後用木活字排印百二十回（即程乙本）紅樓夢本書為紅樓夢之標準刊本已衆所週知但研究紅樓夢的人雖多而能看到本書的實極少可謂海內孤本全書二十冊現已印出十五冊正特價預約中預定三月末全書出全

第八種 明萬歷丙午刊全相楊家府世代忠勇演義（秦淮墨客校閱）全書六冊

第九種 明吳興凌性成刊硃墨本唐人短篇小說虞初志七卷（袁宏道評屠隆點閱）全書四冊

第十種 清乾隆三十九年浙江巡撫進呈四庫全書原稿本宋王銍著默記（首頁蓋有翰院官防）全書一冊

已出書售價新臺幣二十元各大書店均有代售

喜讀古小說諸君子凡關於本社印書之樣式方法及出書次第等如提出寶貴意見本社極端歡迎並贈送樣本答謝青石山莊出版社主編人胡天獵謹識

本社通信處臺北郵局第六六四號信箱

再本社影印之程乙本紅樓夢第十四冊起已將影印本板框放與原書同大特此附聞

图 1. 青石山庄影印“古本小说丛书”通告

第七种，乾隆壬子木活字排印百二十回《红楼梦》；

第八种，明万历丙午刊全相《杨家府世代忠勇演义》；

第九种，明吴兴凌性成刊朱墨本《虞初志》七卷；

第十种，清乾隆三十九年浙江巡抚四库进呈本宋王铚《默记》。

上述十一种（第四种为二选一）古小说善本，除第一种元刊本《三国志平话》为日本所藏，拟洽借影印之外，其他十种均为韩镜塘个人收藏，殊为难得。今耶鲁大学所藏八种，除遗香堂刻本《三国志》之外，其余七种均列入此套青石山庄“古本小说丛书”。这也是目前所知编印时间最早的中国小说善本丛书。

令人遗憾的是，由于种种原因，该丛书实际印出者，仅有程乙本《红楼梦》、四库进呈本《默记》以及万历周曰校刊本《三国志演义》三种。又因印数只有区区百五十部，流传有限，特别是中国大陆地区，当时与台湾尚处在对峙隔绝状态，几乎未见存藏。因此，当我近日偶然从网上购得这部来自于一家台湾古旧书店的青石山庄 1962 年影印本《三国志演义》（图 2）时，虽仅残存第 1、4、6、7、8 册，仍不免喜出望外，感叹网络的力量真是无远弗届。

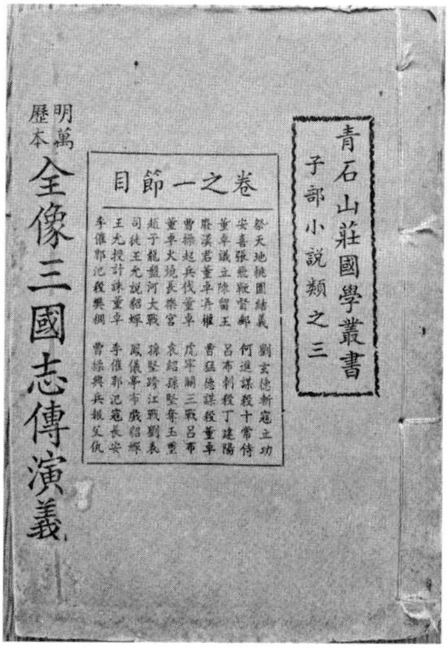


图 2. 青石山庄影印本封面

青石山庄本《三国志演义》各册封二，印有出版解题“青石山庄影印古本小说丛书之三万历本三国志演义”，这是韩镜塘存世无多的古小说研究文字，兹转录于下，以志纪念：

考《三国志》小说现今世上所存者，共有三种，第一种为元刊《三国志平话》，只日本国内阁文库尚存一部，乃元至治年建安虞氏刊三卷本；第二种为明刊罗贯中编《三国志通俗演义》，此书著名版本计有弘治年司礼监刊黑口大字本、嘉靖年刊本、万历年刊本及明末刊李卓吾评本等三五种外，尚有明末不著名刊本，如遗香堂刊本等数种，现均极少见，其中嘉靖刊本闻浙江省立图书馆藏有一部，其他弘治本、万历本、李卓吾评本，本社皆有收藏。因沪上昔年曾出过弘治本的影印本，故兹先印失传已久之万历本。则第三种则为清初毛宗岗就罗本改编之《第一才子书三国志演义》，此书市上书店到处可见，非稀见珍本，故不列入本丛书内。万历本《三国志通俗演义》在明板《三国演义》中较为晚出，句读有圈点，难字有音注，地理有释义，典故有考证，缺略有增补，节目有全像，可称完璧。国内失传已久，此部系昔年以重价由国外购得，藏之箱箧，将近三十年。近因篇页日见腐蚀，深恐再行失传。爰亟影印百部，用资流传。原书板框高二十一公分，阔廿七公分，影印本高十二公分，阔十九公分半，全书共十二册。明刊小说自万历年刊本始附图像，像皆大图（书业术语凡绘人物而绘及其四周景物者曰大图，只绘人物不附景物者曰小图，图大图小与所占地位大小无关），而且所有图像均分散刻入各回文本中，不似明末清初以后刊本所有图像全集中于卷首。又明刊书内多不印目录，而将目录印一方形白纸贴在前封皮外面。本书目录印在前封面上，即仿其体例而变通之也，合并赘闻。民国壬寅仲秋月胡天猎谨识。

文中韩镜塘简略梳理了《三国志演义》的版本情况，除了所谓“弘治年司礼监刊黑口本”属于误断（实即嘉靖壬午“修髯子”序刊本）之外，他对诸版本的学术评估都相当到位。对于明版小说插图体制的认知，亦属行家只眼。

需要特别指出的是，韩镜塘发现了这部周曰校刊本的一个书籍史细节，即本书卷首没有目录叶，各卷目录被印成“一方形白纸贴在前封皮外面”，青石山庄影印本特意加以模仿，将各卷目录刷印于封面方框之内。中川谕论文（2012）也涉及了这个有趣的话题：日本国立公文书馆藏明周曰校刊丙本《三国志演义》，首册第一叶印有签条状的“古本全像三国志通俗演义”，共五条，三条在 A 面，两条在 B 面；第二、第三叶则为诸卷目录文字，每叶分为上下两个方框，文字刻于方框内（图 3），且按照卷一、三、二、四、五、七、六、八、九、十（缺少第十一、十二卷）的奇怪次序排列，这三叶有何用处？实在令人匪夷所思。直到看到耶鲁藏本，才恍然明白，原来这是专为

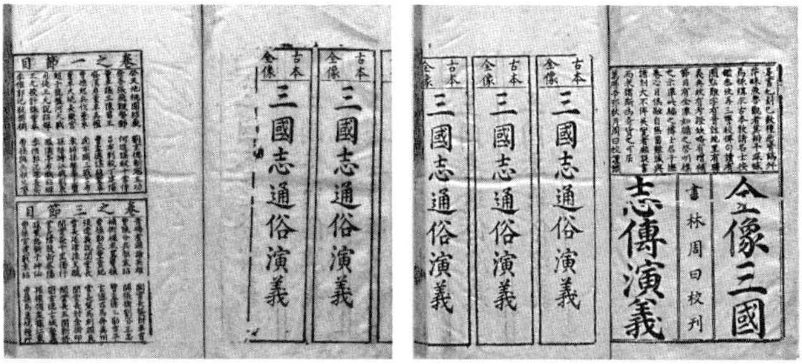


图 3. 周曰校刊丙本卷首之签条和目录叶（日本国立公文书馆藏）

购书者精心准备的，签条和各卷回目，经裁剪后黏贴于各册封面，以便检阅。数百年前的南京书坊，已经有了这样与读者互动的创意设计，晚明书业的繁盛景象令人怀想。

中川谕文还提及耶鲁藏本的另一个细节："耶鲁本的卷一第二叶背面和卷二第三叶背面更换位置。看看北大本的同一地方，没有更换。所以乙本的版木原来是没有错误的。耶鲁本的卷一第二叶和卷二第三叶版心部分从上到下都撕破了，重新装帧时，这两张半叶会替换位置了吧。"可是，核查青石山庄影印本，卷一第二叶非常完好（图 4），版心未被撕破，自然也不存在后半叶错装问题。耶鲁本书叶受损以及错装，应该发生在此书 1962 年影印之后。

关于这部明万历周曰校刊乙本《三国志演义》的来历，韩镜塘在出版解题中说得非常明白："此部系昔年以重价由国外购得，藏之箱箧，将近三十年。"1962 年向前

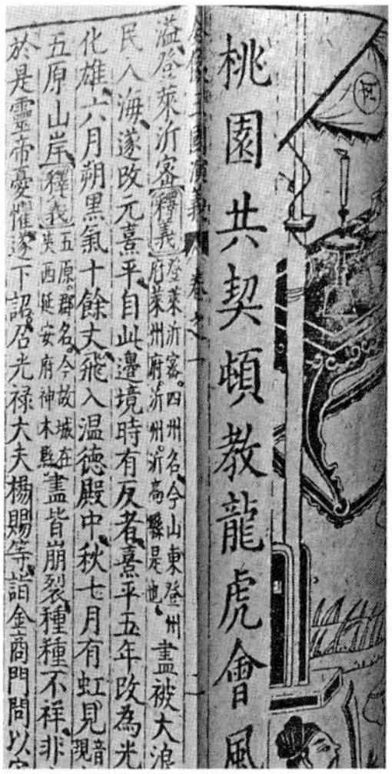


图 4. 青石山庄影印本卷一第二叶

推三十年左右，其购买时间大概在二十世纪三十年代前期；而“以重价由国外购得”一句，又不免勾起了我的强烈好奇心：韩镜塘究竟花了多少钱？又从哪里购得这部小说善本呢？

## 三、东京：田中庆太郎文求堂的抽印非卖品

倘若依据常理推测：二十世纪三十年代，身处中国大陆的韩镜塘，有可能购获小说善本古籍的“国外”，首选应是东邻日本。当时东京、京都、大阪等地均有不少古书店经售汉籍，而且与北京、上海的中国书商多有生意往

来，其中最负盛名的莫过于东京文求堂[①]。老板田中庆太郎（1880—1951）出生于书业世家，文求堂由其父亲创办于京都，后迁往东京。田中庆太郎大学读的是东京外语大学中国语学科，同学中有著名的古文献学家岛田翰。1908至1911年间，田中庆太郎曾旅居北京三年，一方面学习汉语，一方面潜心搜集善本古籍，并与中国古籍版本学者、藏书家、琉璃厂古书肆建立了良好的关系。利用这些独特的人脉资源，再加上田中庆太郎过人的汉籍版本鉴定眼光和精明的生意头脑，文求堂迅速成为东京最成功也是最重要的汉籍书店，其先后经售的汉籍不计其数，善本数量也相当可观，包括北宋版《通典》、宋版《白氏六帖事类集》、宋拓《地黄汤帖》以及二十册《永乐大典》残本等诸多铭心绝品。为扩大销售，田中庆太郎曾陆续编印《文求堂书目》，以传统经、史、子、集、丛分类编排，著录书名、版本、册数、价格，前后持续了五十多年，为东亚书籍史留下了一份珍贵史料。2015年，友人刘玉才教授与日本学者高田时雄教授合作，搜集了大部分《文求堂书

① 关于文求堂田中庆太郎的介绍，参阅田中壮吉编《日中友好的先驱者：文求堂主人田中庆太郎》，汎极东物产株式会社1987年版；刘玉才《田中庆太郎与文求堂书店》，收入《文求堂书目》卷首，国家图书馆出版社2015年影印版，第1册第1—10页；尹敏志《东京蠹鱼录》之《人归江上路：文求堂书店》，广西师范大学出版社2020年版，第13—42页。

目》影印出版，皇皇十六大册。笔者仔细查阅这套《文求堂书目》，果真有重要发现！

昭和五年（1930）十月《文求堂善本书目》“子部”著录有：“全像三国志通俗演义十二卷，明万历辛卯书林周曰校刊本，十三行二十六字，板心下记‘仁寿堂刊’四字，十二册，壹千贰百圆。”[①]1932、1933、1934年的《文求堂书目》均有著录，1935年以下的《文求堂书目》已无载，可知此书售出时间当在1934年，这与前引韩镜塘1962年所说“此部系昔年以重价由国外购得，藏之箱箧，将近三十年”，时间基本吻合。当然，如欲确认文求堂售出的周曰校刊本《三国志演义》，就是韩镜塘购藏后又转入耶鲁大学的这一部，还需比对两书书影，但《文求堂书目》并未附载此书书影，自亦无从勘查。

所幸田中庆太郎居然曾为这部中国小说善本，珂罗版抽印过一套书影，标作“非卖品”，想来印数有限，加之散页不宜保存，如今殊难觅见，就连抽印一事也乏人知晓。数年前，我从东京的古书店购得此套书影，惊讶并感佩于文求堂当年的雅兴。书影共十二页（图5），以道林纸精印，横宽35厘米，竖高28厘米，装入一硕大纸袋内，封面贴有一纸识语：

① 见《文求堂书目》，国家图书馆出版社2015年影印版，第9册第187页。

古本三国志通俗演义 全部十二册，抽印十二叶

原书每半叶长七寸五分、宽四寸八分。

版心有“仁寿堂刊”字样者，似为万历以前所刻。无此字样者，当为万历间书林周氏补刊。本书虽非稀有珍本，亦可窥知圣叹本以前面目之一斑，故将目录、序文、插画等抽印颁行。

大正十五年九月。田中庆太郎持赠。

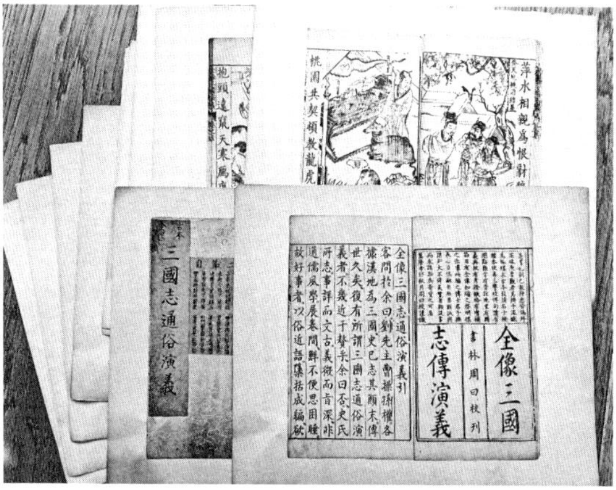


图5. 日本文求堂1926年珂罗版影印书影十二页

“大正十五年”为1926年，比此书首次收入1930年10月的《文求堂书目》，还早了近四年。站在这一时间节点上，田中庆太郎能够认识到周曰校刊本的独特学术价值，庶已领先于当时的中日小说研究者。不过，他认为版心有“仁寿堂刊”的书叶刊刻于万历以前，其余书叶为周氏补

刊于万历年间，这一看法有误，据研究，“仁寿堂”与万卷楼，均属周曰校的书坊[①]，而且此本字体版式统一，书叶版面磨损情况也相近，似不存在补刊之说。

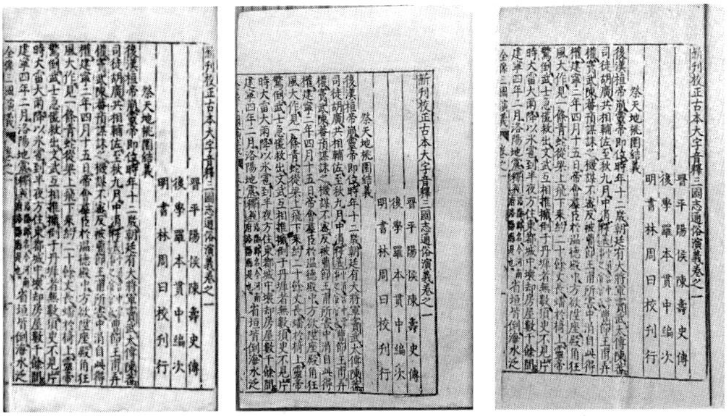


图 6. 文求堂本（左）、青石山庄本（中）、耶鲁本（右）卷一首页

十二页书影依次为：原书十二册封面，每两册合一页，共占六页；内封页、“全像三国志通俗演义引”合一页，“全像三国志通俗演义叙”一页，“三国志宗寮”一页，卷一及卷六首页合一页，卷一第一叶 B 面及第二叶 A 面插图合一页，卷五第八十一叶 B 面及八十二叶 A 面插图合一页。将文求堂珂罗版书影与青石山庄影印本对勘（图 6）（图 7），其叶面墨迹浓淡、行间句读圈点、板框断裂

① 参阅上原究一《唐氏世徳堂と周曰校万巻楼仁寿堂の章回小説刊本の覆刻及び後印の事例について》，载《中国古典小说研究》（日本）2011 年第 16 号。

是書也刻已數種悉皆譌舛茫昧魚魯觀者莫辨予深慨馬輒購求古本敦請名士按鑑參攷再三讐校俾句讀有圈點難字有音註地里有釋義典故有考證缺略有增補節目有全像如牖之啓明標之示準此編之傳士君子撫卷心目俱融自無留難誠與諸刻大不侔矣覽者顧謀書而求諸斯為奇貨之可居
萬曆辛卯秋月周曰校謹識

全像三國志傳演義

書林周曰校刊

全像三國志通俗演義引

客問於余曰。劉先主曹操孫權。各據漢地為三國。史已志其顛末。傳世久矣。復有所謂三國志通俗演義者。不幾近于贅乎。余曰否。史氏所志。事詳而文古。義微而旨深。非通儒夙學。展卷間。鮮不便思困睡。故好事者。以俗近語。隱括成編。欲

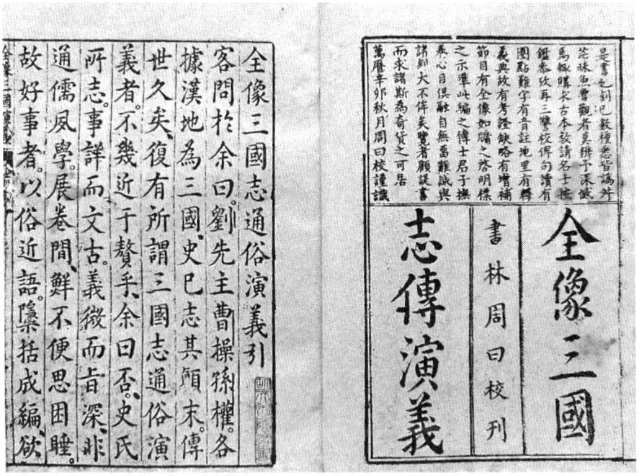

是書也刻已數種悉皆譌舛茫昧魚魯觀者莫辨予深慨馬輒購求古本敦請名士按鑑參攷再三讐校俾句讀有圈點難字有音註地里有釋義典故有考證缺略有增補節目有全像如牖之啓明標之示準此編之傳士君子撫卷心目俱融自無留難誠與諸刻大不侔矣覽者顧謀書而求諸斯為奇貨之可居
萬曆辛卯秋月周曰校謹識

全像三國志傳演義

書林周曰校刊

全像三國志通俗演義引

客問於余曰。劉先主曹操孫權。各據漢地為三國。史已志其顛末。傳世久矣。復有所謂三國志通俗演義者。不幾近于贅乎。余曰否。史氏所志。事詳而文古。義微而旨深。非通儒夙學。展卷間。鮮不便思困睡。故好事者。以俗近語。隱括成編。欲

图 7. 内封页及序文首页，文求堂书影（上）、青石山庄影印本（下）

痕迹，皆如出一辙，可确认是同一部书无误。

顺便提一下，通过有限的书影比勘，笔者发现韩镜塘在影印时，曾对书叶边框有过描润行为。譬如卷一第一幅

插图（图8），文求堂书影中左图右上角、右下方，边框都有清晰的断版痕迹，表明书版已刷印了一段时间，这部周曰校刊本是相对晚出的印本；青石山庄本对两处断版痕迹均作了描润，美则美矣，但人为改变了底本的客观面貌，也丢失了若干学术信息，当然是有欠专业的。不过，描润底本似乎也是出版行业内古籍影印的一个“潜规则”，从二十世纪三四十年代的商务印书馆，到五六十年代的古籍刊行社，甚至更为晚近的几大古籍出版社，或多或少都存在此类现象，这是需要引起重视并亟待纠正的。

据1930—1934年间《文求堂书目》著录，这套周曰校刊本的售价始终维持在“壹千贰百圆”，丝毫没有降价的余地。那么，这个价格究竟是高是低呢？若不进行比较，

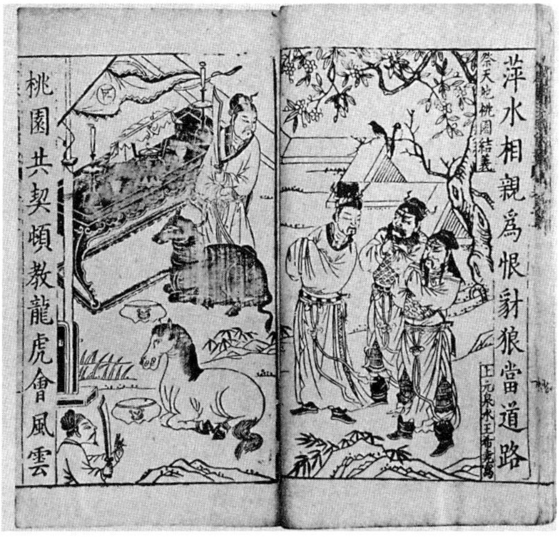

图 8. 文求堂书影（上）、青石山庄影印本（下）

无从衡量。兹摘录 1930 年 10 月《文求堂善本书目》中的部分书价，明刊本、元刊本、宋刊本，各选五种如下：

明刊本：

《东坡先生尺牍》二十卷，明成化刊黑口本，四册，五拾圆；

《容斋续笔》十六卷，明弘治会通馆铜活字本，五册，贰百圆；

《文选李善注》六十卷，明嘉靖刊本，二十册，贰百五拾圆；

《初学记》三十卷，明嘉靖刊本，十二册，壹百贰拾圆；

《本草纲目》五十二卷，明万历刊本，四十册，叁百圆。

元刊本：

《仪礼》十七卷，元刊无注本，三册，贰百圆；

《诗集传音释》十卷，元刊本，十二册，壹千五百圆；

《乐书》二百卷，元刊本，四册，八百圆；

《辽史》一百十六卷，元刊本，卅二册，八百圆；

《玉海》二百卷，元刊明修本，明谢肇淛旧藏，百二册，贰百五拾圆。

宋刊本：

《周易兼义》九卷，宋刊本，四册，九百圆；

《击壤集》二十卷，宋刊本，七册，八百圆；

《东观余论》不分卷，宋绍兴刊本，季振宜旧藏，四册，壹千圆；

《周易本义》十二卷，宋刊大字本，二册，壹千五百元；

《吕氏家塾读诗记》三十二卷，宋刊，毛晋旧藏，十六册，贰千五百圆。

由此可知：明万历周曰校刊本"壹千贰百圆"的书价，实际已大大超过明版书价格，甚至超过普通元刻本、宋刻本的价格，而与宋元版中的精善之本相近，可谓高得离谱，难怪三十年后韩镜塘忆起此事仍使用了"重价"一词，想必这个价格当初也曾令他纠结犹豫，印象深刻，所幸当时他经营的大型机械化农场“事业尚称不坏”，财力雄厚，加之嗜稗成癖，毅然斥巨资购回。当然，田中庆太郎对于汉籍行情非常了解，并非胡乱开价，而是基于周曰校刊本的学术价值，认为此本保存着《三国志演义》的古本面貌，善本善价，物有所值。

文求堂获得周曰校刊本的时间，最晚在抽印书影的1926年，然后，此书存放店内数年，直至1934年为韩镜塘购下。期间，随着《文求堂书目》的散发，这一讯息也逐渐为外界所知：1929年10月，中国学者马廉在《北平北海图书馆月刊》第2卷第5号发表《旧本三国演义板本的调查》，首次介绍了周曰校刊本的版本情况，其中图像有画工刻工题名的藏本，标出两家：马廉（即今北大藏本）、日本文求堂书坊[1]。1931年9月，孙楷第至日本东京调查中国小说文献约两个多月，归国后于1932年出版《日本东京所见中国小说书目》，卷三著录《新刊校正古本大字音释三国志通俗演义》十二卷，万历辛卯周曰校刊本，“吾国马隅卿先生藏此本。日京则文求堂田中氏藏有一部。村口书店主人亦有一部待售。长泽氏言内阁文库及

① 据刘倩编《马隅卿小说戏曲论集》所录，中华书局2006年版，第70页。

名古屋蓬左文库，并有此本覆本，余未及阅”[1]。又新增了一部村口书店藏本。次年，孙楷第出版《中国通俗小说书目》(1933年初版)，卷二著录周曰校刊本时，乃删去文求堂藏本，仅保留“马隅卿”与“日本村口书店”两个藏本，未知缘由。而令孙氏始料不及的是，他著录的“村口书店”藏本，后来不知下落，而他删去的“文求堂田中氏”藏本，却为韩镜塘重价购回，几经辗转，如今安然存藏在耶鲁大学，世事之难以逆料，亦恰如此书。

至于文求堂藏本来自何方？田中庆太郎始终未予说明。细审此书装帧样式(图9)，呈现出颇为典型的江户时代日本汉籍装帧特点：封面采用压印有暗纹(云纹)的厚纸制成；六眼装订，在靠近上下两眼的书脑处，各设一眼，穿线后固定保护书角；装订线为双股细线。据此，这部周曰校刊本大概并非文求堂新近才从中国采购而来，而是在江户时代早已传入日本，并被好事者作了日式改装。《三国志演义》是深受江户时代文人喜欢的中国小说，目前所知日本公私机构存藏的《三国志演义》版本，数量殊为可观，明版尤其丰富，五个已知的周曰校刊丙本，就有三个藏在日本，但之前并不知道，耶鲁大学所藏的这部海内惟一完整的周曰校乙本，原来竟然也是日本的旧藏汉籍。

① 据上杂出版社1953年重印本《日本东京所见中国小说书目》，第48页。

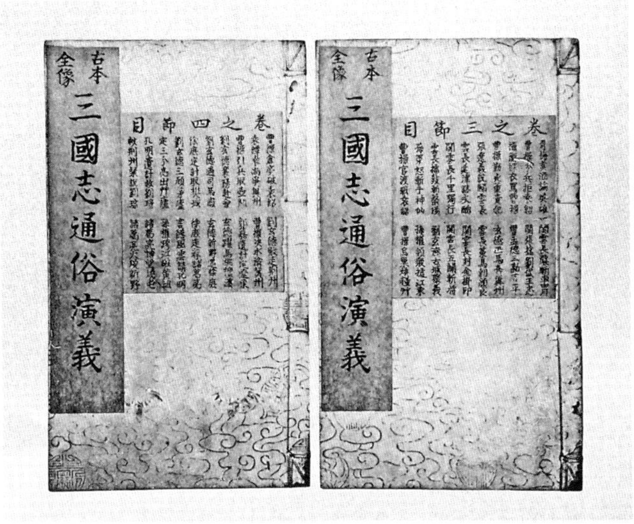


图 9. 卷三、卷四两册封面装帧样式（文求堂书影）

## 四、东洋与西洋：中国小说善本典籍的海外流播

至此，不妨将时间的指针倒拨回去，再用顺叙方式来回顾一下这部明万历金陵周曰校刊乙本《三国志演义》的环球旅行史：

江户时代的某个时刻，它从中国的某个地方启航，东渡扶桑；又被某位好事者改装为日式汉籍样式；

二十世纪二十年代后期，它流入东京文求堂书店，精通汉籍的田中庆太郎独具慧眼，选取此书中的部分书叶，于 1926 年 9 月以珂罗版印制了“非卖品”书影，一套十二页，分赠同好，首次对外公布了它的“倩影”；

1930 年 10 月，田中庆太郎将它列入《文求堂善本书目》，并标出了与宋元精本相近的不凡身价“壹千贰百圆”；

1934 年，酷爱古小说的辽北工科教授韩镜塘，斥巨资从文求堂购下此书，它奇迹般地重回中国，完成了在东亚的书籍环流；

1948 年，中国社会发生重大变动，韩镜塘离开大陆迁居台湾，此书和程乙本《红楼梦》等小说善本一起渡过窄窄的海峡，来到台北；

1962—1963 年，台北韩镜塘“青石山庄出版社”影印《古本全像三国志通俗演义》十二册，列入“古本小说丛书”，限定发行一百五十部；

1967 年，美国耶鲁大学东亚图书馆成功购入包括此书在内的韩镜塘“胡天猎隐藏书”八种，此书离开中国台北，飞赴西洋；

1996 年，英国学者魏安《〈三国演义〉版本考》著录耶鲁藏本；

2012 年，日本学者中川谕至耶鲁大学调查，并撰写公布此书的版本情况；

2019 年，《美国耶鲁大学图书馆中文古籍目录》列入“海外中文古籍总目”丛书，由中华书局出版，著录此书，首次公布彩色书影两帧[1]。

一部中国小说善本，数百年的时光流转，沿着中国→日本（东京）→中国东北→中国台北→北美耶鲁大学的轨迹，漂洋过海，东西往还，既承载着东亚汉字文化圈内部的典籍环流与文学接受，也折射出二十世纪东西方历史文化的风云变幻。

需要指出的是，小说在古代中国历来被视为“不登大雅”，精英文人、藏书家纵有阅藏，仍多将其摒弃于著述文字以及藏书目录之外。然一旦越出国境，中国小说往往受到特殊“优待”。对于同属汉字文化圈的日本、朝鲜半岛及越南来说，中国小说文本既是学习汉语的教材，也是了解中国社会生活风俗民情的绝佳窗口，故朝野上下颇有搜购藏阅之风：据《朝鲜王朝实录》之《燕山君日记》载，燕山君十二年（1506，明正德元年）四月十三日，令赴中国的谢恩使，购买《剪灯新话》《剪灯余话》《效颦集》《娇红记》《西厢记》等小说戏曲书[2]；至晚在宣祖（1568—1608）三年（1569，明隆庆三年），《三国志演义》《西汉志传》等中国嘉靖本历史演义，已传入朝鲜半岛，

① 孟振华主编《美国耶鲁大学图书馆中文古籍目录》“集部·小说类·长篇之属”，中华书局 2019 年版，下册第 593 页；书影在上册第 212—213 页。
② 转引自陈文新、闵宽东《韩国所见中国古代小说史料》，武汉大学出版社 2011 年版，第 123—124 页。

宣祖的“传教”语中居然也引用了小说家言“张飞一声走万军”[①]；而之后的英祖（1694—1776）更是一位中国小说迷，《承政院日记》英祖朝载及君臣讨论《三国志演义》多达十余次，英祖自称“三大奇书，予常好矣，而于《三国志》，尤熟览矣”[②]，所谓“三大奇书”，即《三国志》《水浒传》《西游记》。上有所好，下必甚焉，朝鲜燕行使纷纷利用出使北京的机会，搜购中国小说带回朝鲜，以至“每年使臣冠盖络绎，而其所车输东来者，只演义小说及《八大家文抄》《唐诗品汇》等书”[③]。

日本地方藩府大名、学问僧及文人学者，也颇为积极搜购中国小说。五山僧人策彦周良（1501—1579）的访华日记《初渡集》，记载了他在华期间受赠或购买汉籍的情况，天文九年（1540，明嘉靖十九年）十月十五日，“花银二十五分”，购买了《剪灯新话》《余话》二册；据《尾张德川家藏书目录》第一卷《御书籍目录》之《宽永御书

①《宣祖实录》宣祖二年（1569）六月“壬辰”，转引自《韩国所见中国古代小说史料》，第158—159页。

②《承政院日记》五十二年（1776）二月二十六日载，转引自孙勇进《〈韩国所见中国古代小说史料〉补遗·〈三国演义〉篇》，载《文学与文化》（南开大学）2016年第1期。

③ 李德懋《入燕记》卷下，林基中主编《燕行录全集》，东国大学校出版部2001年版，第57册，第301—302页。

物帐》载[①]，仅宽永十年（1633，明崇祯六年），尾张藩德川家就买入中国书籍31部，其中白话小说有4部，即《廉明公案》2册、《百家公案》3册、《陈眉公案》（《新镌国朝名公神断陈眉公详情公案》）2册、《警世通言》12册，更为难得的是，这些明版小说至今仍存藏在名古屋蓬左文库。从输入途径来看，中国小说传入日本主要依靠唐船书籍贸易，日本宫内厅书陵部所存《舶载书目》，记录了自元禄七年（1694，清康熙三十三年）至宝历四年（1754，乾隆十九年）之间通过唐船贸易输入日本的中国书籍目录，其中小说约200种，白话小说124种，文言小说76种[②]；《舶载书目》所录传入中国小说最多的一次，是宝历四年（1754）第9号唐船，凡载来中国小说30种，包括《桃花影》《绣榻野史》《浓情快史》《杏花天》《贪花报》等色情作品；而所载单部小说一次输入复本最多的，是宽延四年（1751，乾隆十六年）四月第7、9、10号唐船，携来《水浒传》24部（每部2函12册），《金瓶梅》11部（4部为2函24册，7部为2函20册），可知这两部小说当时在日本应很畅销，中国商人才会漂洋过海地带来这么多复本，

① 名古屋蓬左文库监修《尾张德川家藏书目录》第1卷，日本ゆまに书房1999年版，第217页。
② 参阅周健强《江户时期中国小说传播的阶段特征——以〈舶载书目〉为中心》，载《中国文化研究》2019年春之卷。

却不担心滞销。

总之，据粗略调查，日本和韩国均存藏有数量可观的中国小说，尤以日本所藏最为宏富，且多明版小说，具有极为重要的学术文献价值。

与东亚地区相比，中国小说西传欧美，不仅时间上相对较晚，其总体数量及质量亦不可同日而语。据研究，目前所知最早传入欧洲的中国小说为《新刻京本全像插增田虎王庆忠义水浒全传》。此书的西传，颇具传奇性：先是荷兰探险家兼海军上将韩斯璩（Jacob de Heemskersk，1567—1607）于1601年（明万历三十年）4月率舰队前往东印度群岛，1602年2月抵达爪哇，1603年10月满载货物返航荷兰，并在1604年8月15日、1605年9月21日，先后在荷兰阿姆斯特丹举行了两次货物拍卖会，这部可能得自爪哇华人的明刊本《水浒全传》，大概在第二次拍卖会上拍出。荷兰莱顿大学历史系教授兼图书馆馆长墨路腊（Paullus Merula，1558—1607）曾得到了此书的若干残叶，并赠送一叶（第二十二卷的第十四叶）给了英国某友人，此残叶如今存藏于英国牛津大学图书馆。其后，研究者又在欧洲多地发现了此套书的零卷零叶踪迹：德国斯图加特邦立瓦敦堡图书馆藏有卷二至五（中有缺叶），哥本哈根丹麦皇家图书馆藏有卷十五至十九（中有缺叶），巴黎法国国家图书馆藏有卷二十、二十一（中有缺叶）[①]。最有意思的是，2007 年 12 月，中国藏家艾俊川从购物网站 ebay 上的一家英国书店，又购得此书的 23 张零叶，经核对，居然皆为德国斯图加特藏本所缺之叶[②]，至于它们因何散出，何时散出？尚不可知。

这套明版《水浒》分藏数馆、每馆存藏数卷的情形，不免让人猜测：此书当年或许是分册拍卖的，或者整套拍卖后又被拥有者分拆了。对于不识汉字的欧洲人来说，以方块汉字刻印、每叶配有精美插图的明版中国小说，只是一件带有东方特色的新奇礼物而已，大概没人会在意它是否完整，以册为单位、甚至以叶为单位，分拆赠送，虽然可将其礼物的功能充分发挥出来，却人为地导致了同一套书籍的“四分五裂”。事实上，类似情形也出现在《三国志演义》《西游记》等小说身上。而将中国小说书籍带入欧洲的，主要是传教士、航海商人、汉学者及外交人员等群体。譬如中国罕见的孤本小说《姑妄言》抄本，就是由俄罗斯外交官、汉学者、收藏家斯卡奇科夫（1821—

① 参阅马幼垣《牛津大学所藏明代简本〈水浒〉残叶书后》《现存最早的简本〈水浒传〉——插增本的发现及其概况》，收入氏著《水浒论衡》，生活·读书·新知三联书店 2007 年版，第 3—18 页、第 51—89 页。

② 艾俊川《从欧洲回流的插增本〈水浒传〉残叶》，载《华西语文学刊》2015 年总第 11 辑。

1883）购买于北京并带回莫斯科[1]；诸如《好逑传》《平山冷燕》《玉娇梨》《今古奇观》《聊斋志异》等中国小说的早期译介，也大多与来华传教士或荷兰东印度公司职员有关[2]。

至于中国小说传入美国的时间，整体上更晚于欧洲，高潮期大概在二十世纪三四十年代以降，因为战争原因，东亚地区社会动荡，私人藏书频频散出，移民北美的亚裔数量亦急速增长。美国公私图书馆遂趁机从中国大陆、台湾、港澳及日本等地古书店或私人藏家手中，大量收购东亚汉籍，其中就包括数量可观的中国小说。譬如哈佛大学燕京图书馆的中国小说藏书，精华部分是二十世纪六十年代从台湾购入的齐如山（1875—1962）旧藏；耶鲁大学图书馆也在这一时期从台湾购入了韩镜塘旧藏小说；《柏克莱加州大学东亚图书馆中文古籍善本书志》（2005）著录的中国小说《忠义水浒全书》明末郁郁堂刊本、《三宝太监西洋记通俗演义》清初刊本、《女仙外史》清康熙刊本、《新编东游记》清康熙刊本、《禅真逸史》清乾隆印本等书，

① 参阅［俄］李福清《〈姑妄言〉小说抄本之发现》，收入《康·安·斯卡奇科夫所藏汉籍写本和地图题录》附录，国家图书馆出版社2010年版，第231—235页。

② 参阅宋丽娟《“中学西传”与中国古典小说的早期翻译（1735—1911）——以英语世界为中心》，上海古籍出版社2017年版。

均钤有日本文人今关天彭（1884—1970）的藏印，推测该馆曾从日本购入过私人专藏文库。

然而，即便置于上述中国小说东流西传的背景中，本文所考察的这部明万历金陵周曰校刊乙本《三国志演义》，仍然是一个独特的存在，它往还于中日间，又从东亚到西洋，兜兜转转，竟然游历了大半个地球。尔今，一切尘埃落定，耶鲁藏本静静躺在图书馆书架上，那些昔日的八千里路云和月，以及诸多古书商、藏书家、图书馆员和研究者的生动身影，也都销声匿迹地隐入了黝黄的纸背。

# 跋河南图书馆藏明刊《西游记》

明代章回体小说《西游记》一百回，乃蜚声海内外的中国古代小说名著。存世版本可分为繁本与简本两类，其中相对较为重要的是繁本，它又包含两个版本子系统，一个是明万历中期刊“世德堂”系统本《新刻出像官板大字西游记》二十卷一百回，凡存世 3 部半藏本，一部藏于日本天理大学图书馆，一部藏于日本日光轮王寺，半部（第 11 至 20 卷）藏于日本广岛市立中央图书馆，一部藏于中国台北“故宫博物院”[①]。另一个子系统，就是明刊《李

① 台北“故宫”的这部藏本，乃由中国国家图书馆前身——北平图书馆，于 1933 年从日本东京村口书店购得，抗战期间，它曾与其他 2700 余种善本古籍一起，秘密转运美国，委托保存于美国国会图书馆。抗战胜利后，随即发生国共内战，1949 年新中国成立，中美又陷入冷战，种种历史的阴差阳错，导致这批善本最终未能回到北京。1965 年，美国国会图书馆将其交还给台湾，这部明刊本《西游记》遂入藏台北“故宫博物院”。

卓吾先生批评西游记》（以下简称“李本”）不分卷一百回，李本属于“世德堂”本的翻刻本，但文字颇有修订，特别是对第九十九回中的“灾难簿子”，作出了与文本情节顺序相匹配的调整改动，增强了小说的可读性；李本附有“李卓吾先生”批评文字，是《西游记》第一个真正意义上的评点本。明末清初时期，李本曾多次刊印，销行甚广，它也是绝大部分清代《西游记》版本的底本来源（直接或间接），在《西游记》文本流播史上具有重要的学术价值。

根据太田辰夫、矶部彰、吴圣昔、曹炳建、上原究一、潘建国等中日学者的持续调查研究，目前所知存世李本有 14 部，按其卷首文字、评点文字刻印位置以及插图等项内容的差异，可分为甲、乙、丙三个系统：

甲本系统：卷首有“幔亭过客”《题辞》，有《凡例》，有《李卓吾先生批评西游记目录》一百回；评点文字刊刻于书眉，每行 3 字；每回有插图 2 幅，共 200 幅，集中置于卷首目录之后；凡存世 2 部藏本，分藏于日本国立公文书馆内阁文库、庆应义塾大学图书馆。

乙本系统：卷首有“幔亭过客”《题辞》，无《凡例》，有《李卓吾先生批评西游记目录》一百回；评点文字刊刻于正文行间；每回有插图 2 幅，共 200 幅，插图与甲本同。凡存世 8 部藏本（包括残本），分藏于日本宫内厅书陵部、日本学者田中谦二、矶部彰、法国国家图书馆、韩国某寺庙、中国国家图书馆、河南省图书馆（简称“河图本”）、中国历史博物馆（简称“历博本”）。

丙本系统：卷首有“秃老”《批点西游记序》，有《李卓吾先生批评西游记目录》一百回，评点文字刻于书眉，每行 4 字；每回插图 2 幅，凡 200 幅，集中置于目录之后，图像与甲、乙本完全不同，乃据“世德堂”本改绘而成。凡存世 4 部藏本，分藏于日本广岛市立中央图书馆、广岛大学文学部、法国国家图书馆（残存第 86—90 回，乃丙本之特殊翻刻本[①]）、中国某私家（残存第 94—98 回）。

上述三个系统的学术关系为：丙本属于李本的初刻本系统，甲本翻刻丙本，乙本又翻刻甲本。丙本的刊刻时间，大概在明万历后期；乙本的刊行时间，可能在明末崇祯至清初之间。

由于李本在《西游记》版本流播史以及古典小说评点史上具有双重价值，它自然也受到了研究界和出版界的特别关注。二十世纪八十年代，中国大陆和台湾地区不约而同地推出了李本的影印本：1983 年，大陆中州书画社以线装本方式影印出版了乙本（简称“中州本”）；1986 年，台北天一出版社《明清善本小说丛刊》第五辑，则影印了甲本中的内阁文库藏本。受制于海峡两岸关系，天一出版

① 参阅潘建国《新见法国巴黎藏明刊〈新刻全像批评西游记〉考》，载《文学遗产》2014 年第 1 期。

社影印的内阁甲本在大陆流传不多，故在很长一段时间内，中州本成为大陆学界所能利用的惟一李本，产生了相当广泛的学术影响。

令人遗憾的是，中州本的影印实际上存在一个严重问题，即对影印底本的交代含糊不清，卷首《影印说明》云："此次复制，以中国历史博物馆和河南省图书馆藏书为底本。文字残缺或漫漶不易辨认者，参校两书补正。"可是，影印时究竟以哪一个藏本为主？哪些书叶是据另一个藏本配补替换？出版方却没有作出具体说明或标注，这就导致使用者无从判别底本情况，进而误认为历博本、河图本均为残缺严重的版本，譬如日本学者矶部彰认为："中国影印的《李卓吾先生批评西游记》在日本公私藏书中有几种足本，而中国无足本，仅有残本分藏于中国历史博物馆及河南省图书馆。中州书画社影印的版本，据其出版说明，系将有缺卷之两书并为一书而成的。"① 日本学者上原究一曾经去河南图书馆查阅过河图本的缩微胶卷，"确认中州书画社影印本没有规律地配合两部，似乎是每叶选

① 参阅矶部彰所撰《西游记》条目，收入石昌渝主编《中国古代小说总目》"白话卷"，山西教育出版社 2004 年版，第 417 页。

择保存状态较佳者作为底本”[①]，但他所说也只是一个大致印象，并未逐一核对标示，底本真实情况如何仍是一个谜团。此外，限于技术条件，中州书画社当年可能采用了静电复印方式，影印效果甚不理想，诸多底本中墨色稍淡但文字其实仍清晰可辨的书叶，均被印成了类似板木漫漶的白花花，这自然也影响到研究者对底本状况以及印刷版次先后的学术判断。

如上所述，中国大陆公藏的《西游记》明代版本非常匮乏，仅有3部乙本，国家图书馆藏本仅残存30余回，不足全书三分之一；而河图本、历博本又因中州书画社的影印问题，版本面貌长期以来未获客观认知，其学术文献功能也没有能够充分地发挥出来。因此，重新对河图本、历博本原书进行学术调查，并比勘选择其中版本情况相对更佳的一个藏本作为底本，以高清方式影印出版，自然也就具有了某种特殊的学术紧迫性。

今知历博本首回首页钤有“路工”（朱文方印）藏印，原为路工（1920—1996）旧藏，其《访书见闻录》曾交代此书来历云：“系苏州已故的吴毓尧先生从破烂纸中发现，

① 参阅上原究一《关于〈李卓吾先生批评西游记〉的版本问题》中文修订版，载北京大学国际汉学家研修基地主办《国际汉学研究通讯》，2012年总第5辑。

一本已被老鼠咬烂，后文学山房又收到残本，现已配全。”[①]今存 25 册 100 回，略有缺叶[②]。将其与河图本比勘[③]，虽其部分书叶可补河图本的缺损，但版面情况总体上不如河图本，相同书叶中，历博本断版及漫漶之处更多，且更为严重，表明历博本与河图本系同版，但刷印晚于河图本。因此，河图本是目前所知中国大陆公藏最佳之明版百回本《西游记》，本次影印即选择此本为底本。

河图本已经金镶玉重装，分订五十册，第一册为《题辞》《目录》及第 1—50 回插图，第二册为第 51—100 回插图，第三册为第 1—3 回，第四册为第 4—6 回，以下除第四十五册（第 87—89 回）、四十六册（第 90—92 回）为 3 回之外，其他各册均为 2 回。书叶开本为 26.1 × 19.0 厘米，版框尺寸为 20.9 × 14.5 厘米，正文四周单边，白口，无鱼尾，版心自上而下题“西游记”、回目数、叶码，正文首回首页首行顶格题“西游记”，半叶 10 行，行 22 字，行间有小字评点，回末有“总批”，第 20 回及第 85 回回

① 上海古籍出版社 1985 年版，第 154—155 页。
② 中国历史博物馆今并入国家博物馆，其藏书不对外开放，笔者虽几经努力，仍未获查阅机会，故历博本详情无从可知。此信息得诸任职于国家博物馆的友人，未经笔者目验。
③ 因无法获见历博本原书，本次比勘时，乃以中州本当年替换河图本的历博本书叶，与河图本被替换的书叶，进行板木断版、字迹漫漶等情况的比对。

末无总批。河图本全书基本完好[①]，但有部分书叶缺失或残损，今依次列示如下：

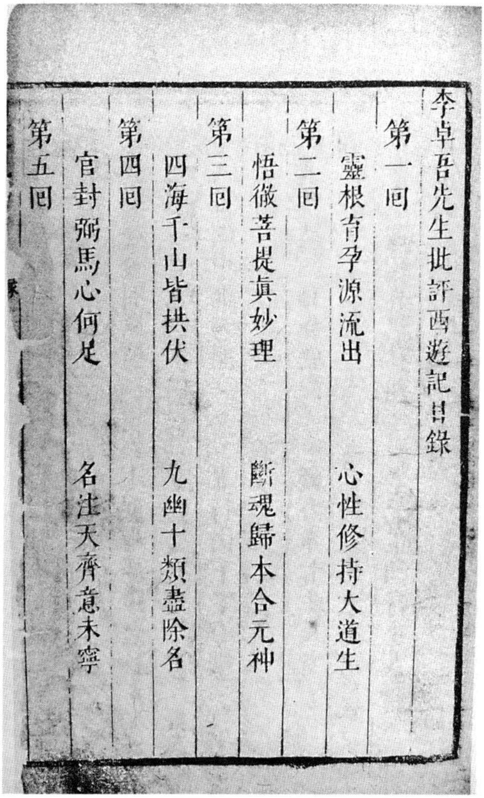
李卓吾先生批評西遊記目錄

第一回

靈根育孕源流出　心性修持大道生

第二回

悟徹菩提真妙理　斷魂歸本合元神

第三回

四海千山皆拱伏　九幽十類盡除名

第四回

官封弼馬心何足　名注齊天意未寧

第五回

图 1. 河南图书馆藏明版《李卓吾先生批评西游记》目录首页

① 曹炳建《西游记版本源流考》谓河图本“正文第二十六回缺”，但原书第二十六回大致完好，仅缺失末叶（第 14 叶），或系偶然误记，曹文见人民出版社 2012 年版，第 185 页。

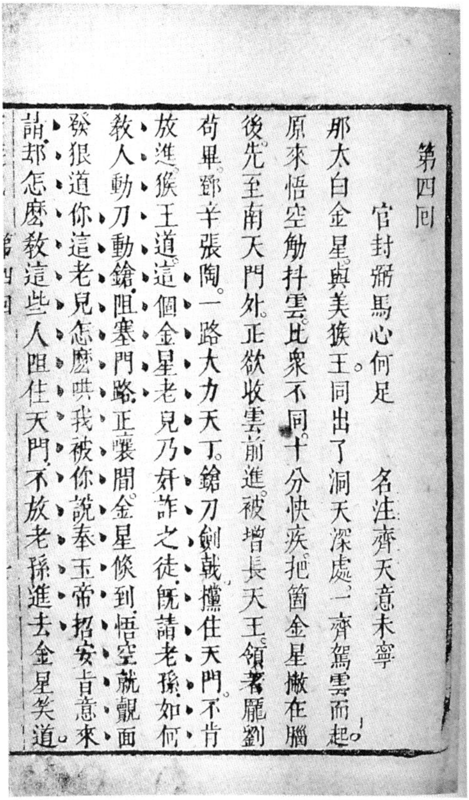

第四回

官封弼馬心何足　名注齊天意未寧

那太白金星與美猴王同出了洞天深處，一齊駕雲而起。原來悟空觔斗雲比衆不同，十分快疾，把箇金星撇在腦後，先至南天門外。正欲收雲前進，被增長天王領著龐、劉、苟、畢、鄧、辛、張、陶一路大力天丁，鎗刀劍戟擋住天門，不肯放進。猴王道：這個金星老兒乃奸詐之徒，既請老孫，如何教人動刀動鎗，阻塞門路？正嚷間，金星倏到。悟空就覿面發狠道：你這老兒怎麼哄我？被你說奉玉帝招安旨意來請，却怎麼教這些人阻住天門，不放老孫進去？金星笑道

图 2. 河南图书馆藏明版《李卓吾先生批评西游记》第四回首页

## 一、“幔亭过客”《题辞》

凡 5 叶，河图本缺失第 1、2 叶及第 3 叶 A 面，中州本以历博本替换，但仍缺第 1 叶 A 面，盖历博本亦缺此半叶。

## 二、《李卓吾先生批评西游记目录》一百回

凡 11 叶，河图本不缺，中州本均用河图本。

## 三、插图

凡 100 叶 200 幅，河图本实存 99 叶 198 幅，第 94 回无插图，全部图像集中置于《目录》后、正文前。河图本部分插图叶有残损，中州本影印时以历博本替换，计有第 7、11、12、14、15、16、26、27、30、31、35、36、37、40、41、42、44、45、47、51、56、66、71 回，合计 23 叶 46 幅。

此处需要说明三点：

其一，中州本《影印说明》曾云："第九十四回插图两书均缺，兹用北京图书馆所藏明刊本金陵世德堂《新刻出像官板大字西游记》摄影胶卷同回图象补全。"可知历博本第 94 回亦缺插图。有意思的是，日本宫内厅书陵部、法国国家图书馆、日本学者矶部彰等诸家藏本插图均有缺，乙本第 94 回插图目前似未见有存世者，但广岛市立中央图书馆藏丙本、日本国立公文书馆藏甲本第 94 回插图皆存，其中原因待考。

其二，上述 46 幅被替换的河图本插图，虽有纸叶残损，但较之历博本，其图像刷印质量相对更佳。

其三，中州本影印出版时，每回之前有插图2幅，但又将全部插图集中为一册，刊为《李卓吾先生批评西游记插图》，这就给使用者造成一定困惑，不知河图本插图究竟集中于书首，还是分置于回前。实际上，河图本图像集中于书首，历博本则分置于回前，或受此影响，中州本保留了两种影印方式，却因未予清楚说明而留下不小的遗憾。

## 四、小说正文一百回

河图本正文书叶存在缺失和残损两种情况：

1. 河图本缺失的书叶。

共计有12叶，包括第5回第13叶、第6回第13叶、第10回第14叶、第26回第14叶、第37回第16叶、第40回第15叶、第50回第14叶、第55回第15叶、第65回第14叶、第70回第16叶、第75回第16叶、第86回第13叶。其中，除了第86回第13叶之外，其余各回所缺失的均为末叶，大多仅刊刻有数行总批文字，容易造成残缺。

以上12叶，中州本均补以历博本，但历博本书叶版面文字多有漫漶，第5回第13叶，历博本所存亦仅有A面，对勘法国国家图书馆藏金陵大业堂本，B面尚有总批1条。

2. 河图本局部残损的书叶。

共计有 22 叶，包括第 1 回第 1 第 2 叶、第 5 回第 11 第 12 叶、第 8 回第 8 第 13 叶、第 15 回第 14 叶、第 25 回第 15 叶、第 27 回第 4 叶、第 35 回第 14 叶、第 38 回第 3 叶、第 39 回第 11 叶、第 40 回第 14 叶、第 51 回第 13 叶、第 64 回第 1 叶、第 71 回第 8 第 14 第 15 叶、第 77 回第 4 叶、第 78 回第 1 叶、第 99 回第 9 叶、第 100 回第 13 叶。

以上 22 叶，中州本均以历博本替换。比对这些书叶可以发现：河图本的残损乃属于纸叶的物理破损，历博本虽纸叶完好，但版面文字状况却不如河图本，这再次证明历博本刷印在河图本之后。第 100 回第 13 叶，中州本采取了特殊的替换方式，即把河图本缺失的第 13 叶 B 面第 1—5 行，替换为历博本，文字颇有漫漶；第 6—10 行仍保留河图本，文字较为清晰，造成全书最后半叶左右文字刷印优劣差异明显的奇特视觉效果。

值得一提的是，在本次核查过程中，还发现河图本若干处文字似有残缺，但中州本却未予补换，实则另有隐情。兹略举两例：

譬如第 81 回第 14 叶最后两行（第 9—10 行）为“总批”一则，末行为“人试思之陷空山无底洞是怎么东西若想得着定是”，语意未完，显然有缺，但中州本却未予补换，我们最初推测可能历博本也有残缺，故中州本无可补换。但核查法国国家图书馆藏金陵大业堂本、日本学者矶部彰藏本等另两个乙本，此处文字居然完全一样，说明这是乙本的刊刻原貌；再查日本国立公文书馆藏甲本，则有第 15 叶，第 1 行奇怪地重复刊刻了第 14 叶末行的总批文字，第 2 行为“大笑又大哭也”，意接第 14 叶末行批语。乙本如此删简处理，目的大概只有一个，就是为了节省一块书板（即第 15 叶）。

再如河图本第 24 回第 14 叶 B 面末行，第 1—10 字为“却是甚的行者道活羞杀”，以下半行（第 11—22 字）皆为空白，且版面无剜挖痕迹，整回文字至此戛然而止，必有残缺，但中州本却同样未予补换，最初我们也是推测历博本有缺。然而核查金陵大业堂本、矶部彰藏本等乙本，情况完全一样，说明这也是乙本刊刻的原貌。再查广岛市立中央图书馆藏丙本、日本国立公文书馆藏甲本，第 14 叶末行为“却是甚的行者道活羞杀人这个不过是饮食之类若说”，第 15 叶第 1—3 行为正文“出来就是我们偷嘴了只是莫认八戒道正是正是昧了 / 罢他三人只得出了厨房走上殿去 / 毕竟不知怎么与他抵赖且听下回分解”，第 4—6 行为“总批”一则。乙本刊刻时简单粗暴地删去了上述文字，若是为了节省一叶（即第 15 叶），至少也应将第 14 叶末行刻完，其中是否另有不得已的原因，尚难确知。

此外，河图本、金陵大业堂本、矶部彰藏本等乙本的第 38 回、第 84 回末叶末行，还存在删字挤行以节省一叶的情况，凡此，均符合乙本为书坊翻刻本的特征，有裨于考察《西游记》小说文本在刊刻流通过程中的增删更动。

综上所述，河图本是中国大陆公藏最佳的明版百回本《西游记》；若综合考量单个版本图像和文字的完整度与版面刷印质量，河图本也是已知存世 8 部乙本之中最好的一部；《李卓吾先生批评西游记》之甲本、丙本，均已有了高清电子版或影印本[①]，惟独乙本尚付阙如，由于中州本当年影印时存在严重问题，导致河图本版本面貌一直遭受学界误解，故河图本的重新高清影印，不仅可以还原其真面目，而且为《李卓吾先生批评西游记》三个系统版本的高清公布，划上一个圆满句号，无疑具有重要的学术文献价值。

本次影印，除书叶开本略有等比缩小之外，其他悉遵河图本原貌，不作任何修润变动，其部分缺失或残损书叶，亦不作补换。这一方面因为甲本、丙本均已有电子本或影印本公布，即便是乙本，法国国家图书馆也已公开了金陵大业堂本的全书电子版，有需要者可以方便地自行查阅比对；另一方面，也是为了完整保留和客观呈现河图本的所

① 日本国立公文书馆网页公布了其所藏甲本的全书彩色照片，可供查阅；广岛市立中央图书馆藏丙本，经该馆授权，已收入潘建国主编《海外藏西游记珍稀版本丛刊》第一辑，北京大学出版社 2017 年影印出版。

有版本信息，更好地提供给《西游记》小说的研究者以及爱好者参考利用。

本文原为“国学基本典籍丛刊”之《李卓吾先生批评西游记》序文，国家图书馆出版社 2019 年影印本

# 跋顾氏过云楼藏清抄本《野叟曝言》

《野叟曝言》乃一部颇具特色和影响的清代章回体小说，曾被鲁迅《中国小说史略》列作四大“才学小说”之首。作者为康乾时期江阴文人夏敬渠（1705—1787），小说长达一百五十四回，刻资约需千金，无力付梓，遂以抄本流传。道光十八年（1838），江苏按察使裕谦颁令禁毁“淫词小说”，开列《计毁淫书目单》，已收录《野叟曝言》，可见其一度传抄颇盛。此后江南迭经兵燹，书籍损毁严重，《野叟曝言》抄本亦多零落，知者日少，至晚清时期搜寻已甚困难。光绪三年（1877）六月八日，上海《申报》馆主人——英商美查在《申报》登载“搜《野叟檐曝记》、原本《红楼梦》二书启”，向读者征求《野叟曝言》抄本，用于铅印出版，但广告断断续续刊载了数年，始终未能获得令人满意的版本。正在遗憾之时，别家书坊却抢先一步推出了《野叟曝言》，光绪七年（1881），毗陵汇珍楼刊行木活字本《野叟曝言》(图1)，这是目前所知该小说的首次出版，令等待多年的读者渴怀略慰。不过，这部售价不菲（据《申报》所载广告，白纸者售七元五角，竹纸六元）的木活字本，实际上乃据若干残抄本拼接而成，存在诸多文字残缺，譬如第三、四、一三四、一三五、一三六、一三七回全缺，另有多回之文首或文中或文尾，均有不同程度缺失，令阅者仍不免“以未睹全书为憾”。于是，时又出现号称“全本”之《野叟曝言》文本：光绪八年四月二十七日（1882年6月12日），上海《字林沪报》第22号开始连载《野叟曝言》(图2)，这是近代报刊第一次连载传统章回小说，前后持续了2年6个月零3天，直至《字林沪报》第833号（1884年12月15日），悉数登完一百五十四回。此外，光绪八年（1882）年底至九年（1883）年初，铅印一百五十四回本《野叟曝言》出版（即所谓“《申报》馆本”)。这两个版本的最大亮点，就是“足本”。但有所不同的是,《字林沪报》连载本明确交代，所增文字乃由报馆“延请名手一一补足，务使毫无缺憾而后已”，尚为诚实；而铅印本则提供了一个动人故事，其卷首刊有光绪壬午（1882）九月“西岷山樵”序言，声称乃据作者夏敬渠友人后裔所藏全书之“副本”刊印，凡汇珍楼木活字本缺失之处，它均完好无损，后世各种翻印本均从此出。虽然，铅印本之太过“完美”，引发了鲁迅、孙楷第、赵景深等前辈小说学者的怀疑，却

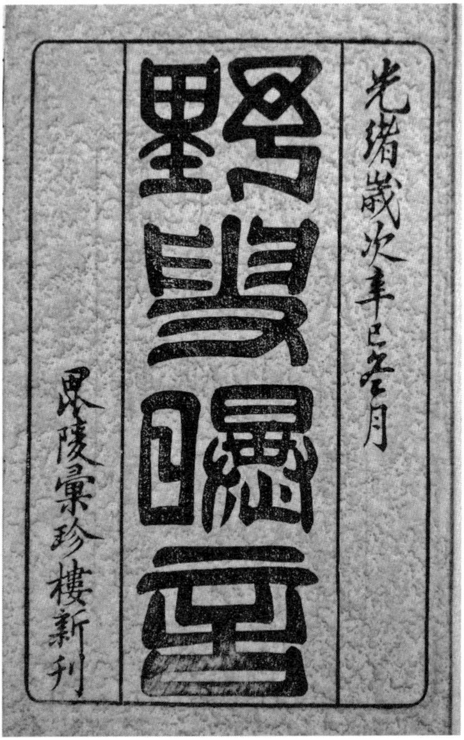


图 1. 光绪七年毗陵汇珍楼刊行木活字本（北京大学图书馆藏）

因缺少早期抄本相比勘而难以考定。

2005 年，笔者在北京大学图书馆发现清抄本《野叟曝言》（以下简称“北大本”），凡三函，原二十四册，现缺失一册，即卷十一（自第七十八回至第八十五回），存二十三册。抄本首册封三左上角，贴有 1957 年 8 月北京图书业同业公会印制的售书签，称此书为“道光抄本”，

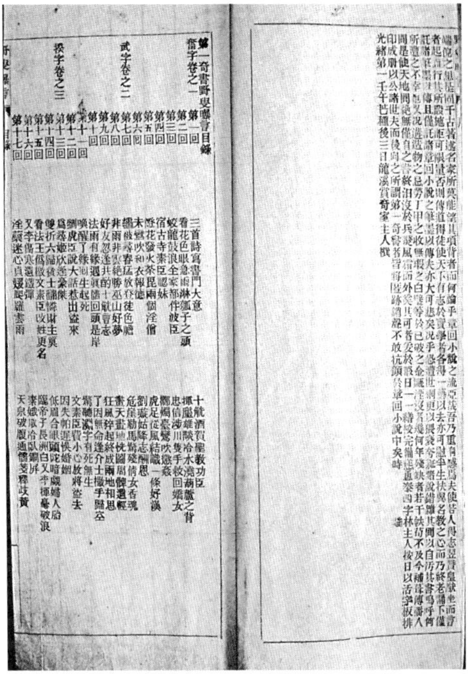
第一奇書野叟曝言目錄

奮字卷之一

武字卷之二

揆字卷之三

第一回 第二回 第三回 第四回 第五回 第六回 第七回 第八回 第九回 第十回 第十一回 第十二回 第十三回 第十四回 第十五回 第十六回 第十七回

图 2. 光绪八年（1882）上海《字林沪报》连载本（上海图书馆藏）

但遍阅全书，未发现任何可支持此说的明确证据。第二十三册末尾，有一则墨笔题跋：

此书吾乡夏二铭先生所著，当时极为脍炙人口，然因篇幅过长，传抄不易，以致流传甚少。洪逆乱后，更为稀见。此乃客腊以五金得之于姑苏书肆。同治壬申莫春古澄半园客识。

文后钤“半园客”（阴文）、“巢云阁”（阳文）两印（图 3）。“壬申”为同治十一年（1872），“古澄”乃江阴古称，“半园客”应是跋者别号，“巢云阁”当为其室名，然未能查得此人的真实身份。半园客购买抄本的时间为“客腊”，即同治十年（1871）冬天，则抄本抄录时间下限为同治十年（1871）冬。尽管老一辈书业人员或据纸张、墨色等因素，推断其为道光抄本，但在找到确切证据之前，不妨将其定为“同治跋抄本”。

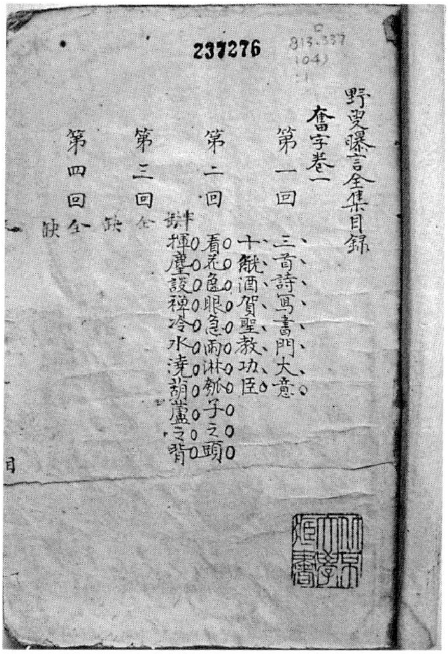


图 3. 清同治跋抄本目录首页（北京大学图书馆藏）

将此本与汇珍楼本、壬午铅印本进行了文字比对，结果发现：1）北大本与汇珍楼本的文字存缺情况，基本一致，包括整回缺失、回首回中回末残缺、回末总评全缺以及回末总评部分残缺等各种情形，均是如此；更有甚者，若干回目文中残缺，起讫竟不差一字，此证明汇珍楼本刊行时严格忠实于底本（即其所得《野叟曝言》旧抄本），其学术可靠性不容置疑。2）北大本存有若干汇珍本已缺失文字，包括小说正文与总评；而凡汇珍本残缺之处，壬午铅印本均完好无损。如此一来，在某些特定位置上，《野叟曝言》小说出现了“异文”，比勘这些“异文”，壬午铅印本错讹百出，终于显露出其后人妄加增补之原形。《野叟曝言》早期抄本之学术价值，亦由此得以彰显。

此过云楼旧藏清抄本（图4，以下简称“过云楼本”），乃笔者所见《野叟曝言》存世之第三部早期抄本（第二部为中国社科院文学所藏光绪抄本，因为该本乃是一个混抄本，情况较为复杂，兹姑且不论）。凡三十六册，一百五十四回，抄录于紫红行格纸，全书笔迹不一，盖由多人分抄而成，据纸张特征推测，约抄录于清季同光时期。不过，其抄录时所据底本实乃一道光抄本，故第8回回末总评“宁可以得诗之多寡定马之高下也哉”之“宁”字、第109回第7叶第1行第3字之“宁”字，均缺笔避道光讳（图5），而北大本则皆不避。

过云楼本中夹杂有若干墨笔浮签以及朱笔校语，两

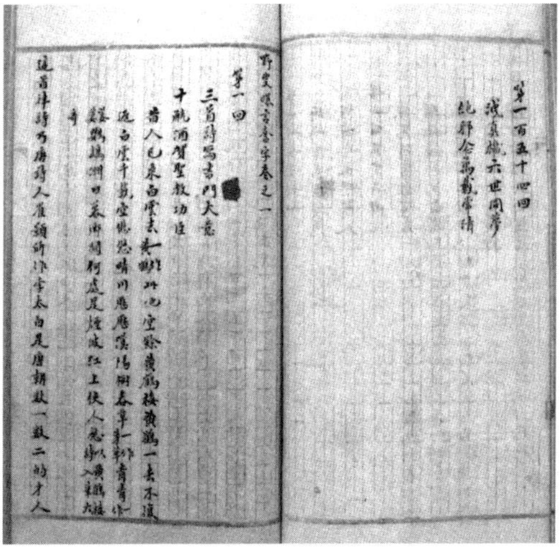

图 4. 过云楼藏清抄本首回首页

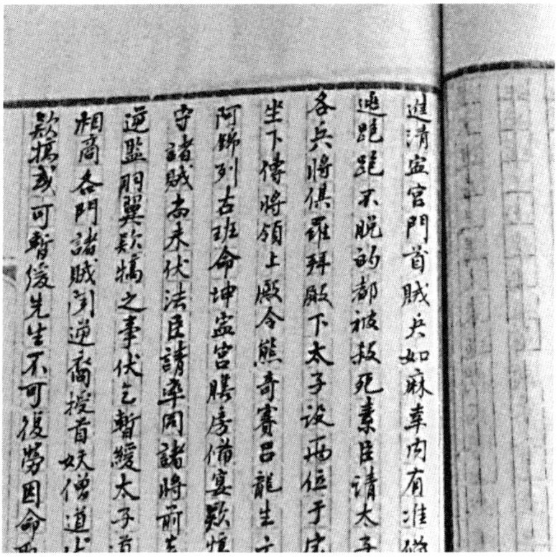

图 5. 过云楼藏清抄本第 109 回第 7 叶首行“寧”字缺末笔讳

者笔迹相同，系出一人之手，内容乃以“坊本”“新刻本”校勘该抄本，指出其缺损情况，并以朱笔补抄若干文字。譬如第13回第2叶A面第7、8、9行以及B面第1、2、3行，原抄本文字残损严重（北大本亦如此残缺），该叶书眉有大段朱笔补抄文字，并注明“从新刻本补入”，经比对，其补抄文字乃抄自汇珍楼本，补抄者既称汇珍楼本为“新刻本”，则朱笔补抄时间，盖在光绪七年至八年（1881—1882）间。惟校勘补抄者姓氏未详。值得注意的是，偶有浮签被装订在正文书叶之中，书眉朱笔文字也被裁去各行首字，这表明：校补工作乃发生在该抄本重装之前，似也不太可能是过云楼顾家人所为。

据初步比勘（笔者未及进行全书之细致比对），过云楼本与北大本的文本面貌颇为接近：两本文字残缺情况大体一致，譬如正文第3、4、134、135、136、137回，共6回全文残缺；正文第5、13、107、138、141、142回，共6回文首残缺；正文第2、31、52、69、132、133、140、141、153回，共9回文尾残缺；正文第72、74、109、132、139、142、147回，共7回文中残缺。而北大本所存、汇珍本所缺的若干重要文字，譬如第8回回末所存关于《春风晓日图》之总评、第140回文首所存关于文界题诗文字、第86回回首所存文字，过云楼本也一一俱在。凡此，均见证了《野叟曝言》小说流传至清代道光、同治时期的基本面貌。

与其他诸本相比，过云楼本也存在不少差异，独具研究价值：1）卷回设置不同。自卷一至卷八，过云楼本与中国社科院文学所藏光绪抄本相同，而与北大本不同；自卷九至卷二十，过云楼本与北大本相同，而与光绪抄本不同。2）各回回目文字，过云楼本乃出入于北大本、光绪抄本及汇珍楼本诸本之间。3）北大本第36回回末残存有两则总评，过云楼本、汇珍楼本则皆无。4）过云楼本与诸本间的字词异文，数量最为可观，因其底本为道光抄本（此乃《野叟曝言》所知最早版本），故有较为重要的文献校勘价值。5）由于北大本已遗失一册（即第七十八回至第八十五回），过云楼本实乃《野叟曝言》目前存世最为完整的清抄本。可以期待：随着相关研究的细致与深入，过云楼本的学术价值还将得到更进一步的挖掘和呈现。

# 跋清抄本魏秀仁《榕社丛谈》

清代小说《花月痕》作者魏秀仁，一生著作甚夥，据其好友谢章铤《魏秀仁墓志铭》所录，计有《正始石经考》《熹平石经文考》《陔南山馆诗话》《陔南山馆文录》《陔南山馆诗集》《碧花凝唾集》《咄咄录》《故我论诗录》等33种，惜已多亡佚。今可见者，除《花月痕》外，有《陔南山馆诗话》《陔南山馆遗文》《碧花凝唾集》《咄咄录》抄本4种，均藏福建师范大学图书馆，今人陈庆元以《陔南山馆杂著钞本》为题，辑入福建丛书第二辑中。另有《百美帖体诗》刻本、《海氛诗话》抄本，亦藏福建师范大学图书馆。

近廿年前，笔者曾在上海辞书出版社图书馆发现魏秀仁一部佚作，名为《榕社丛谈》，十二卷，六册。该馆所编《古籍善本书目》"子部·杂家类"著录为清同治九年（1870）稿本，《中国古籍善本书目》"子部·杂家类"

袭之。序文页钤有“观古堂”“叶德辉焕彬甫藏阅书”“中华书局图书馆珍藏”，卷一首页钤有“叶启勋”“定侯所藏”“拾经楼”三印，这些印章，清晰地显示了该书的收藏过程：原为湖南长沙叶德辉观古堂旧藏，然其《郎园读书志》《观古堂书目》诸目均未载录。

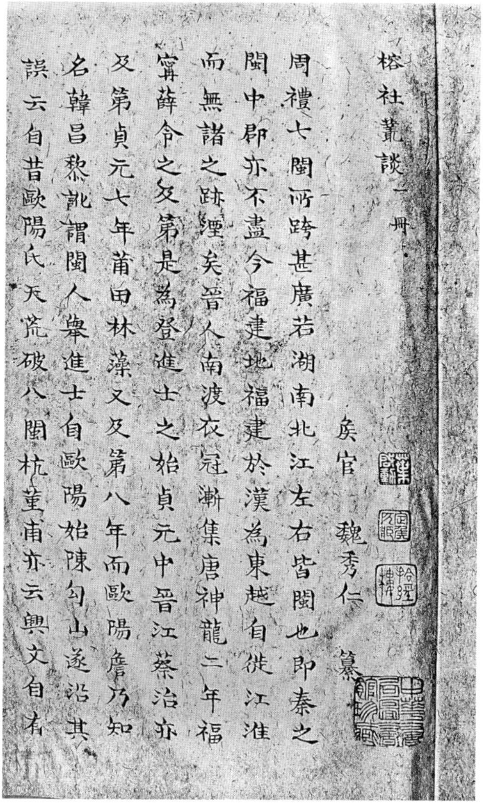
榕社叢談一冊
侯官 魏秀仁 纂
周禮七閩所跨甚廣若湖南北江左右皆閩也即秦之
閩中郡亦不盡今福建地福建於漢為東越自從江淮
而無諸之跡湮矣晉人南渡衣冠漸集唐神龍二年福
甯薛令之及第是為登進士之始貞元中晉江蔡治亦
及第貞元七年莆田林藻又及第八年而歐陽詹乃知
名韓昌黎氏謂閩人舉進士自歐陽始陳勾山遂沿其
誤云自昔歐陽氏天荒破八閩杭堇甫亦云輿文自有

图 1. 清抄本《榕社丛谈》（上海辞书出版社图书馆藏）

叶启勋，字定侯，乃叶德辉三弟叶德炯之子，幼承家学，性喜蓄书，聚书十万余卷，凡其伯父观古堂中所无，必重值觅购。1927年春，叶德辉被湖南革命群众处决，观古堂藏书逐渐散出，其秘本佳椠，多为启勋所得，《榕社丛谈》当即得于此时。著名藏书家傅增湘，1934年曾观书于叶启勋的拾经楼，见“旧椠名钞，连楹充栋，中多罕传秘籍。余披玩竟日夕，手籍其要于《瞥记》中。其最著者如宋刊则有《古史》，元刊则有《韵补》《宣和画谱》”，“盖频年搜采，鉴别既精，卷帙遂富。吏部君藏书身后散出者，其秘本又多为君所得，如蒙叟之有遵王，若云之有月宵焉”[①]。1930年，叶启勋“举室避地申江，行箧所携大都秘籍，沪滨米贵，居大不易，不得不以质之。虽自我得之，自我失之，亦复何憾”（叶启勋《拾经楼细书录序》），《榕社丛谈》或即因此流入原中华书局图书馆，后中华书局图书馆的藏书，大部分转为上海辞书出版社所有，而辞书出版社图书馆的藏书，又没有对外开放，遂使《榕社丛谈》尘封至今。

《榕社丛谈》天头有墨笔批语，审其笔迹，乃出自一人之手。卷二一则批语称“先君喜得文献，读书社中人屡曾考核，不得其全，见于《课余录》诸篇。子安此则是抄

① 傅增湘《长沙叶氏藏书目录序》，载《藏园群书题记》附录二“藏园序跋选录”，上海古籍出版社1989年版，第1086页。

先君旧说”云云。《课余录》乃谢章铤所著，则批语者当为谢章铤之子。魏秀仁《陔南山馆诗话》卷四载：“芳洲缵，枚如哲嗣也，好读史，能工诗词，有《望仙楼集句》一卷。《寇警》云：‘伤心岂独为悲秋李益，画角三声起百忧皇冉甫。跨马出郊时极目杜甫，长安不见使人愁李白。’《鹦鹉》诗有‘融修未许称知己，采表何尝解爱材’句，亦顾盼不凡。”① 则批点《榕社丛谈》者，或即此章缵。此外，谢章铤《课余续录》卷一载：

> 子安所著《陔南山馆诗话》十卷、《咄咄录》四卷、《故我论诗录》十卷、《榕社丛谈》十二卷（原注：“此书《墓志》未见，《志》有《榕阴杂掇》二卷，或即此书之原名。”），予皆抄副本。

由此推知，谢章铤之子批点时所用的本子，乃《榕社丛谈》的谢家抄本。上海辞书出版社图书馆《古籍善本书目》所谓“稿本”之说，实误。《中国古籍善本书目》以讹沿讹，应予更正。

《榕社丛谈》首载魏秀仁自序，未见《陔南山馆遗文》辑录，颇为珍贵，今全文转录如下：

① 《魏秀仁杂著钞本》之《陔南山馆诗话》卷四，江苏古籍出版社 2000 年版，第 156 页。

福州之名榕城也，始于宋熙宁中程守师孟。夫榕，无用之木耳，材不中器，爨不生焰，而扶疏旁出，可荫行旅；盘根难拔，可固堤防，盖即其无用之用也。昔人谓吾乡人不善为名，又谓拙于仕宦，将无用殆与榕同。呜乎！刚方倔强，不屑屑逐时，趋无用之神于用，殆犹榕千年上有奇南香欤？其与庄子所云“拳曲支离，以不材得终天年”者，容有间欤！谓余不信，请听余之丛谈。时庚午仲秋月圆夜秀仁自序于小湖旅次。

此“庚午”为同治九年（1870），时魏秀仁就馆于福建建宁小湖盐埠，《榕社丛谈》即编撰于斯。

次为《例言》九则，详述本书之编撰原则，今亦转录如下：

一此编意仿《汝南先贤传》《荆州英雄记》等书，而胜迹旧俗、物产土音亦详之。

一台湾孤悬海外，自为风气，别为一册。

一道光以后，东南多事，闽尤岌岌，风人告哀，虽语不雅驯，而以备兴观，君子亦有取焉，择其共见共闻者，附录一册终焉。

一阴雨之绸缪，土风之凉薄，于此编三致意焉，览者倘亦有感于斯乎。

一此编采摭群书，悉标所自，不敢掠美。

一先人游好之迹及吾友投赠之篇，悉登《陔南山馆诗话》，此编不赘。

一贤母贞姬，节媛烈女，以及闺秀著作，别录为《女宪拾遗》，此不更及。

一时贤事迹，前人议论，详于《诗话》《诗录》者，此不更赘。

一卷中人姓名、履历，详于《诗话》《诗录》者，此不重出。

从《例言》可知，《榕社丛谈》，乃是一部与《陔南山馆诗话》《故我论诗录》两书互为补充的杂家类笔记著作。《例言》所云《女宪拾遗》一书，未见任何文献提及，亦未知是否成书。

《榕社丛谈》各卷内容大致如下：卷一叙明清两代福建名宦事迹，卷二、三、四、五叙福建乡贤著述，卷六、七、八叙福建名胜古迹、风俗民情，涉及赛神淫祀、赌博械斗、会匪邪教等；卷九叙闽地饮食物产；卷十、十一述台湾地理沿革、社会史事；卷十二为附录。

具体编撰之时，魏秀仁确如《凡例》所云“采摭群书，悉标所自，不敢掠美”，其中较为重要的著作，有谢章铤《稗贩杂录》《赌棋山庄词话》《藤荫客赘》、孟超然（瓶庵）《瓜棚避暑录》、何南霞《竹清斋诗话》《斯未信斋杂录》、李次青《先正纪略》、刘芑川《藤荫杂著》、徐红雨《榕荫新检》、蓝鼎元《蓝鹿洲集》《制艺丛谈》、丁朴夫《二乐堂文集》、陆以湉《冷庐杂识》等数十种。

《榕社丛谈》全书保留了数量可观的文献史料，尤其是对于考察明清以降福州地区的学术文化传承以及清咸同时期的福建社会经济情况，具有相当重要的研究价值。兹略举数则，聊以窥斑知豹。譬如卷二“《福建通志》”条载：

《福建通志》重纂于道光己丑，是时延东南名下士，设局分纂。总裁则陈恭甫侍御也，副之者为高雨农舍人，其义例采掇于林香溪教授《射鹰楼诗话》，又见舍人文集。至甲午书成，侍御归道山，梁芷邻中丞适以薇垣家居，起而议之，其见于公牍者，一曰儒林混入，二曰孝义滥收，三曰艺文无志，四曰道学无传，五曰山川太繁，于是分纂原稿、总裁清稿，俱归于梁。无何中丞召用书移还官，积十三年无过问者。丁未，徐松龛中丞慨然于遗文饱蠹，以某太史总校，檄先君归副之，时任上杭教谕也。先君于山川、故迹、沿革，悉多补订，《海防》一志，原纂在十二年以前与十九年后，时势顿殊，用意自别。《洋市》自二十二年，始有西洋夹板入闽。先君更为类次编定，广向来所未及，以付总校，遂赴晋江新任。迨咸丰甲寅，任汀洲教授，仍奉檄归校《通志》，则时事孔棘，有其名无其事矣。同治六年丁卯，李星衢中丞福泰抚闽，王子希征君景贤，请设局刊刻。从之，即延征君总校刊成。余旅食上游，令嗣筱猗太史言《沿革表》全归散佚，又刘炯甫大令言《洋市》一门，关系不浅，惜此稿亦归散佚。然则先君所注意者，彼时总校固不喻之也，且亦不甚爱惜之也。幸而《沿革表》家有完书，即《洋市》一门，虽复零落，亦易补缀，异日均可单行。

魏秀仁的父亲魏本唐，曾参与《福建通志》的编撰。卷二之记载，不仅详细介绍了《福建通志》的编撰过程，还揭示了编撰人员之间的矛盾纠葛，指出同治六年（1867）刊印的《福建通志》，由于“某太史”（魏敬中）的疏忽失职，而成为残缺之书，所残文字之中，包含有其父魏本唐分纂的部分，即魏秀仁《又瓶府君行述》所录《东越沿革表》五册、《山川古迹订讹》二册、《海防、洋市补》二册诸书之内容。此则史料，对于正确认识《福建通志》的版本传承和修订细节，弥足珍贵。

卷六“鼓山”条，描述了咸、同时期的鼓山胜景，可为今日鼓山风景区之谈助：“鼓山支分昆仑，脉接渔梁，东越巨镇也。山旧有涌泉禅林，匪以奉佛，盖以助守望。游者可水可陆，水路自南台买舟，直抵山下；陆路则出水部门，行二十余里，抵白云廨院，由东际桥沿山麓，登渐高而所见渐远。行数里，历三亭而上，水石益幽，度松关，修途螺旋迤逦。达寺山门，内外砌石，益整治。左萦山，右缭短垣，中铺纵石一线以取正，石独白于两旁横石，盘纡松间，如修蛇走入，疏钟一声，时落云际，使人翛然神清，最为入山佳处。”

卷八“上游会匪”条载：“上游会匪各县各村皆有，为首者自系诡诈凶悍之徒，次亦纠人抢劫非安分者。而亦有懦弱平民，缘族姓孤单，虑人欺侮，希入会后有恃无恐；亦有贫乏冀同会助丧葬，纷纷阑入，不可胜计，皆为匪徒势动利诱也。甚至生心觊觎良善富户，强之入会，拒之，则立时抢劫，一经给钱入会，幸保身家。迨匪徒犯案株连，有口难辩。胥吏乘机讹诈，拖累无穷，闾阎被扰，惊惶无措，往往激而滋事。粤逆之猖獗十余载，可为寒心。咸丰间九龙山红钱会匪甚炽，今扑灭略尽矣，然遗孽犹未尽除。同治五年三月，崇安斋匪滋事，戕官陷建阳，随平之，九年复起，先期捕之解散，乃者茶利攘于岛夷，而漳汀游民十万辈，秋后散厂无所资生，劫掠蜂起。呜乎，隐忧其可弥乎?”会匪之乱，是清代后期十分严重的社会问题，此处提及的“斋匪”，亦称“斋教”，曾经横行于闽、赣、湘、桂诸省；至于“九龙山红钱会匪”，则未见其他研究秘密社会与民间宗教的论著涉及。

卷九“烟草”条载：“烟草，名淡芭菰，亦名相思草。本出吕宋，明季始入中国，于时官禁极严，吃者发边远充军。后以北人寒疾，非此不治，遂开禁。其初价昂至以马一匹，易烟一斤，今则一斤百钱耳。海宁陈文贞诗云：‘细管通呼吸，微嘘一缕烟。味从无味得，情岂有情牵？益气驱朝雾，清心却昼眠。谁知饮食外，别有意中缘。’摹写嗜好牵缠，曲尽其妙。呜乎！淡芭菰之后，讵知又有阿芙蓉，其足以使人萦思溺志者，有数百倍于淡芭菰耶。”此则文字，从淡芭菰之瘾，论及鸦片之害，涉及的是晚清社会的又一敏感话题。

卷十二名为附录，实际上乃仿《陔南山馆诗话》之例，杂抄当时有关社会情况的俗文学作品，如柯易堂《采买谣》、福州传钞之《禽言》六章、何午楼《行路难》九首、陈星辉《绝命诗》、三山樵叟《闽省近事竹枝词》二十首、佚名《丙寅福州竹枝词》十二首等。

这些民谣俗曲，生动地反映了咸、同时期福建社会的某些细况。譬如正谊书局，乃是晚清福建的著名书局，由闽浙总督左宗棠创办于同治五年（1866），其主要工作是访求康熙版《正谊堂全书》的完本，重加校勘，督工刊印，历经二十二年的时间，出版书籍 68 种，凡 524 卷，书局聘请福建著名学者杨浚为总校，下设复校、分校 138 人，他们多从侯官、闽县两地已获举人、副贡、优贡之名的儒生中考核选用[①]。左宗棠此举，笼络了一批文人之心，因此，当他后来奉调陕甘时，据传福建士人纷纷上书

① 参阅谢水顺等著《福建古代刻书》第四章第六节“清代福建书院刻书”，福建人民出版社 1997 年版，第 477—479 页。

请留。但是,《丙寅福州竹枝词》的记载，却使我们看到了此事的另一个侧面，或者说听到了一种来自民间的声音:“偃武修文说太平，搜罗书集养群英。厘金又要充修脯，只是商人苦莫名。”注云:“抽厘甚重，众议纷纷。左因设正谊局修前贤著述，延举贡生百余人，每月于厘金内备给脯修五两，厚待读书，以收人心，故士多感恩，递呈请留。”“君召俟驾已非臣，况复迁延又几旬。大将殷殷求众挽，至今贻笑海隅人。”注云:“左奉调往陕甘，不欲前去，因请缓起程，遂密商绅士设法挽留。饬地保劝谕各社签名借冠，并鸣锣传士商往制署挽留，三山一时传为笑柄。”左宗棠利用抽取的厘金，开设书局收买人心，而奉调之时，竟又强命士人设法挽留，亦难脱沽名钓誉之嫌。

本文摘自《清代小说家魏秀仁著述新考》，载《中国古代小说研究》第1辑，人民文学出版社2005年版

# 日本藏《西游记》明刊本三种解题

## 一、《海外所藏〈西游记〉珍稀版本丛刊》编印缘起

《西游记》是中国古代小说四大名著之一，深受读者喜爱，流播极为广远。自二十世纪二三十年代古代小说专学兴起至今，《西游记》始终是小说学术研究的重要对象，已出版的论著数量殊足可观。然而，令人感到意外和遗憾的是，存世的西游故事早期文本和《西游记》明代版本，却基本上多庋藏于海外，譬如：

1. 宋刊本《大唐三藏取经诗话》，今藏日本大仓集古馆；

2. 宋刊本《新雕大唐三藏法师取经记》，今藏日本石川武美纪念图书馆；

3. 明刊本杨景贤《西游记杂剧》，今藏日本宫内厅书

陵部；

4—6. 明刊“世德堂”系统本《新刻出像官板大字西游记》二十卷一百回，日本存 3 部，分藏于天理大学图书馆、日光轮王寺、广岛市立中央图书馆浅野文库（此本仅残存后十卷五十回）；

7—8. 明刊本《李卓吾先生批评西游记》不分卷一百回，有甲乙丙三个系统，属于甲本系统的有 2 部，即日本公文书馆内阁文库藏本、庆应义塾图书馆奥野信太郎旧藏本；

9—13. 属于乙本系统的有 5 部，即日本宫内厅书陵部藏本、田中谦二旧藏，矶部彰旧藏本、法国国家图书馆藏“金陵大业堂重梓”本、韩国某寺庙藏本；

14—15. 属于丙本系统的有 2 部，即广岛市立中央图书馆浅野文库藏本、广岛大学中国文学语学研究室藏本；

16. 明刊本《新刻全像批评西游记》（残存第 86 回至 90 回），今藏巴黎法国国家图书馆；

17. 明刊本《鼎锲唐三藏西游释厄传》（即“朱本”），今藏日本日光轮王寺；

18. 明刊本《新锲三藏出身全传》（即“杨本”），今藏英国牛津大学图书馆；

19—21. 明刊本《唐僧西游记》二十卷一百回，存世有 3 部，分藏于日本国会图书馆、比叡山叡山文库、日光轮王寺；

22. 明杨闽斋清白堂刊本《鼎镌京本全像西游记》二十卷一百回，今藏日本公文书馆内阁文库；

23. 明崇祯四年（1631）闽斋堂刊本《新刻增补批评全像西游记》二十卷一百回，日本庆应义塾图书馆奥野信太郎旧藏。

上述23种《西游记》古本，绝大部分收藏于日本，与此形成强烈反差的是，中国大陆境内竟然连一部完整的明刻本也没有。根据目前的调查，中国大陆境内仅藏有3部《李卓吾先生批评西游记》乙本，但均为残本，分别是中国国家图书馆藏残本、中国河南省图书馆藏残本、中国历史博物馆藏残本。实际上，中国国家图书馆的前身——北平图书馆，曾在1933年从日本东京村口书店，购回明刊“世德堂”系统本《新刻出像官板大字西游记》二十卷一百回以及明刊本《鼎镌唐三藏西游释厄传》（即朱本）各1部，但因抗战爆发，馆方将包括上述两书在内的善本古籍2720余种，秘密转运美国，委托美国国会图书馆代为保存。抗战胜利后，随即发生国共内战，1949年新中国成立，中美又陷入冷战，种种历史的阴差阳错，导致这批善本最终未能回到北京。1965年美国国会图书馆将其交还给中国台湾，次年正式入藏台北“故宫博物院”，如今，明刊“世德堂”本《新刻出像官板大字西游记》、明刊本《鼎镌唐三藏西游释厄传》（即朱本）两书仍静静地躺在台北故宫的书库之中。

自二十世纪初期以来，为给《西游记》研究者提供第一手的文献资料，中日两国一直致力于影印或整理出版相关古本，成绩颇为可观。上列诸版本中，第 1、2 号有罗振玉 1915 年影印本，第 3 号有日本盐谷温 1928 年铅印本，第 7 号有台湾天一出版社《明清善本小说丛刊》及上海古籍出版社《续修四库全书》影印本，第 17、22 号均各有上海古籍出版社《古本小说集成》及中华书局《古本小说丛刊》影印本，第 18 号有上海古籍出版社《古本小说集成》影印本，第 19 号有台湾天一出版社《明清善本小说丛刊》影印本，第 23 号有 2006 年日本东北大学矶部彰影印本。此外，1983 年，中州书画出版社将河南省图书馆及中国历史博物馆所藏《李卓吾先生批评西游记》乙本残本拼配后影印出版；1984 年，人民文学出版社据美国国会图书馆摄制的缩微胶卷，整理出版了明刊本《鼎镌唐三藏西游释厄传》（即朱本）；1990 年，上海古籍出版社《古本小说集成》据缩微胶卷影印了台北“故宫博物院”藏明刊“世德堂”本《新刻出像官板大字西游记》（简称“故宫本”）。上述古本文献的公布，尤其是“故宫本”的影印，极大地推进了《西游记》小说文本的整理与研究。

但是，迄今为止，仍有诸多重要的古本尚未影印出版，这对《西游记》研究特别是中国学者的《西游记》研究，构成了一定的限制。由于国内图书馆藏本的匮乏，中国学者的《西游记》研究，只能依靠已经公布的几部影印本而展开，相关学术论题长期无法获得突破。反观日本学者的研究，则在充分调查利用日本国内所藏丰富版本的基础上，呈现出不断推进的可喜态势，从太田辰夫的《西游记研究》(1984)，到矶部彰的《西游记形成史的研究》(1993)、《西游记受容史的研究》(1995)、《西游记资料的研究》(2007)，再到年轻的东京大学博士上原究一的系列论文《世德堂刊本〈西游记〉传本考述》(载《文学遗产》2010年第4期)、《关于〈李卓吾先生批评西游记〉的版本问题》(日文版载《日本中国学会报》2011年总第63集，中文修订版载北京大学国际汉学家研修基地主办《国际汉学研究通讯》2012年总第5辑)，薪火相传，推陈出新，他们在关于《大唐三藏取经诗话》传入日本的历史考察、存世四部明刊"世德堂"系统本的版本调查及其学术关系探讨、《李卓吾先生批评西游记》甲乙丙版本系统的划分、百二十回删简本《西游记》的版本调查及其底本探考等论题上，均取得了超越中方的学术新成果，这是颇可令中国的小说研究者感到惭愧和尴尬的事情。

有鉴于此，我产生了搜集影印海外所藏《西游记》古本文献的想法，希望藉此方式来推动国内的《西游记》研究。幸运的是，此学术计划甫一提出，就得到了北京大学出版社，特别是文史部主任马辛民先生的积极响应和支持，他不仅为本计划申请了新闻出版署的项目资助，落实了出版经费，而且还曾利用赴日参加学术会议的机会，和我一起去庆应大学斯道文库、日本宫内厅书陵部等机构，调查版本，协商出版授权事宜，这真是一次愉快而又难忘的合作。

实际上，本次拟影印的《西游记》古本均收藏于日本，我很早就列出了版本清单，可以说目标明确，之后的大部分时间和精力，主要花在申请出版授权方面。因为我和马辛民主任都有一个共同的理念，就是希望能够按照国际出版界的惯例和规范，向古书收藏机构申请正式的影印授权。其中收藏于公立图书馆——广岛市立中央图书馆的两个藏本，提交申请之后不久，就顺利地得到了馆方的影印授权核准；而收藏在私立图书馆及佛教寺庙的几个藏本，则颇费周折，期间，我还请求了日本东北大学矶部彰教授、东京大学博士上原究一、大阪近畿大学原田信博士等给予联络和帮助，最后，终于获得了天理大学图书馆藏本的影印授权，北京大学出版社也按规定慷慨地支付了一笔数额不小的底本复制费。虽然，由于种种原因，还有几个原来计划影印的古本未能取得影印授权，留下了深深的遗憾。但是，目前取得影印授权的三个版本，即日本天理大学图书馆藏明刊“世德堂”系统本《新刻出像官板大字西游记》二十卷一百回（简称“天理本”）、广岛市立中央图书馆浅野文库藏明刊“世德堂”系统本《新刻出像官板大字西游记》二十卷一百回（残存后十卷五十回，简称“浅野本”）、广岛市立中央图书馆浅野文库藏明刊本《李卓吾先生批评西游记》一百回（简称“广岛李本”），均在《西游记》版本系统中占有非常重要的学术地位（详参各书解题），而且，它们在日本国内也没有影印过，可以说是真正的海内外首次公开出版。

因此，本丛刊的文献价值和学术意义，是显而易见的，其对于《西游记》学术研究的推动作用，也是值得期待的。此外，对于那些曾经热心促成本丛刊出版的中日双方的相关机构和人员，我谨致以真诚的谢意。

大概在今年三月，北京大学出版社的王应女史将几大箱影印资料搬到我家，嘱我尽快撰写三个版本的解题以交付出版。近几年来，我不仅在北大中文系讲授过“《西游记》研读”的课程，也撰写发表了《新见法国巴黎藏明刊〈新刻全像批评西游记〉考》（载《文学遗产》2014 年第 1 期）、《〈朴通事谚解〉所引旧本〈西游记〉探考》（载香港《岭南学报》2016 年总第 6 辑）等论文，对于《西游记》版本情况并不陌生。但解题虽仅寥寥数百字，却涉及诸多细节问题，需要逐一核检比勘书叶文字情况，这着实花费了我不少时间，即便如此，有些问题匆促之间仍无法给出明确答案，不妨就留给丛刊读者们去作进一步的探究。在丛刊编印过程中，王琳女史前期为联络影印授权，费心费力；王应女史曾十分细心地核查了三个版本的所有书叶，标出了缺漏错简之处；对于我解题撰写的一再延期，她也非常宽容，只是有节奏地给我发送短信或邮件，委婉地提醒我该交稿了。我对她们的专业与敬业，也要表示由衷的感谢和赞许。

如果条件允许，我希望还能继续编印丛刊的第二辑，把更多孤藏海外的《西游记》古本文献，接回它们的祖国影印出版，提供给学界参考利用。

## 二、日本藏《西游记》明刊本三种解题

### 1.《新刻出像官板大字西游记》二十卷一百回，明刊“世德堂”系统本，今藏天理大学图书馆（简称“天理本”）

《新刻出像官板大字西游记》二十卷一百回，明刊“世德堂”系统本。原为日本京都槙尾山西明寺平等心王院旧藏（第二册封三有墨笔题识“槙尾山西明寺藏”，各卷首页钤有“平等心王院”戳记），1956年2月1日，入藏日本天理大学图书馆（第一册首页所钤该馆藏印有“昭和卅一年贰月壹日”系年）（简称“天理本”）。1958年，日本学者鸟居久靖发表《天理图书馆藏〈新刻出像官板大字西游记〉觉え书》（文载《ビブリア》1958年第12号，第13号另有其《补订》短文），首次披露了天理本的版本情况，其后渐为学界所知，日本学者太田辰夫、矶部彰、上原究一等人的相关论著，对此本续有研考。

天理本书首有内封页，栏内左右两侧大字竖题“刻官

板全像西游记”，中间小字竖题“金陵唐氏世德堂校梓”，上栏居中钤有魁星图案的朱色圆形戳记。这是目前存世四部“世德堂”系统本中惟一幸存的内封页，弥足珍贵。

次为“刊西游记序”，署“秣陵陈元之撰”，凡5叶，四周单栏，白口单黑鱼尾，半叶6行行12字，大字写刻，末署“壬辰夏端四日”，一般认为此“壬辰”为明万历二十年（1592）。

次为“新刻出像官板大字西游记目录”，凡6叶，二十卷一百回，卷各五回，以宋代邵雍五绝《清夜吟》“月到天心处，风来水面时。一般清意味，料得少人知”为卷序。回目文字多为七言对句，少量为四言、五言或八言对句。其中第1叶第12行“第九回”三字空缺，台北“故宫博物院”藏明刊“世德堂”系统本《新刻出像官板大字西游记》（以下简称“故宫本”）同缺。

次为正文，首页首行顶格题“新刻出像官板大字西游记月字卷之一”，另两行分题“华阳洞天主人校”“金陵世德堂梓行”。四周单边，白口单黑鱼尾，半叶12行行24字。版心上题“出像西游记”（有少量书叶空白），鱼尾下刻印卷数，版心下刻印叶码。第九、十、十九、二十卷，卷首第3行题“金陵荣寿堂梓行”，第十六卷卷首第3行题“书林熊云滨重锲”，其余各卷卷首题署基本相同。

检阅天理本全书，偶有书叶残损，计有：卷二第25、39、40叶，卷三第21叶、第64叶B面，卷五第65叶B

面，卷十五第 23 叶 B 面、第 24 叶 A 面、第 69 叶 B 面，卷十六第 33 叶、第 64 叶 B 面左半，卷十八第 61 叶 B 面，卷十九第 44、59、60 叶，卷二十第 62 叶，合计残损 9 个整叶、6.5 个半叶。

再来看插图情况，每回随正文插入图像 2 幅，位置不固定，每幅由左右两个半幅（即前一叶 B 面、后一叶 A 面）合成一幅完整构图。其中第 3 回、第 4 回、第 18 回、第 72 回、第 94 回、第 99 回，均只有 1 幅插图，第 98 回则有 3 幅插图，全书共存插图 195 幅。需要注意的是，第 72 回残缺第 23 叶 B 面、24 叶 A 面，实即绘有裸女形象的插图《濯垢泉八戒忘形》，估计是寺院碍于清规戒律而故意撕去的。其他第 3、4、18、94、99 回叶码及文字均相连接，表明这几回插图的缺失是书版原缺，而非书叶残损所致。

仔细比勘天理本与“故宫本”的全部书叶，可以得出明确结论，即两书为同版，但天理本的刷印时间，要晚于“故宫本”，刷印时又补刻了若干书叶，多集中在前十卷，其中卷一第 45 叶 B 面、46 叶 A 面，“故宫本”为第四回第二幅插图《名注天齐》，天理本补刻时舍弃了镌刻麻烦的插图，又将原来第 46 叶 B 面文字，提刻为第 45 叶 B 面，导致天理本卷一第四回缺少了 1 幅插图，而且第 46 叶及以下叶码，均较“故宫本”提前 1 叶。

至于“故宫本”和天理本究竟同属于哪一版？上原

究一认为是“书林熊云滨重锲”世德堂本（见其《世德堂刊本〈西游记〉传本考述》，载《文学遗产》2010年第4期），但此说仍有进一步探讨的空间。“故宫本”、天理本与日本广岛市立中央图书馆浅野文库藏明刻本《新刻出像官板大字西游记》（简称“浅野本”），存在较为亲密的学术关系，详参“浅野本”解题。

本次以日本天理大学图书馆藏本影印，乃海内外首次影印出版。

**2.《新刻出像官板大字西游记》二十卷一百回，明刊“世德堂”系统本，今藏广岛市立中央图书馆浅野文库（简称“浅野本”）**

明刊“世德堂”系统本，残存第11至第20卷凡五十回（第51至第100回）。原为日本江户时期广岛藩大名浅野家旧藏，今藏广岛市立中央图书馆浅野文库（简称“浅野本”）。较早提及浅野本的是日本学者丰田穰《某山法库观书录》（载《书志学》1941年总第16卷第6号），而首次介绍其书志情况的，则是田中岩《西游记の传本》（载《横滨大学论丛》1957年总第8卷人文Ⅲ号）。之后，日本学者太田辰夫、矶部彰、上原究一等人的相关论著，对此本续有研考。

浅野本字体与“故宫本”、天理本明显不同，洵非同版。所存各卷均无缺叶。

卷十一首页首行，顶格题“新刻出像官板大字西游记一字卷之十一”，另两行分题“华阳洞天主人校”“金陵世德堂梓行”。四周单边，白口单黑鱼尾，半叶 12 行，行 24 字。版心上题“出像西游记”，鱼尾下刻卷数，版心下刻叶码。第十九、二十卷，卷首第 3 行题“金陵荣寿堂梓行”，其余各卷卷首题署相同。惟第十六卷卷首第 2、3 行空白，且有明显剜削痕迹。对比“故宫本”、天理本，卷十六卷首题“华阳洞天主人校”“书林熊云滨重锲”，浅野本剜削的是否就是上述文字，尚难遽定，而这个被挖去名称的书坊，或即浅野本的实际出版者。

各回随正文配入插图 2 幅，位置不固定；第 94、99 回仅有 1 幅插图，第 98 回有 3 幅插图，合计共存插图 99 幅。比勘浅野本与“故宫本”、天理本插图，其构图基本相同，但部分插图细节有差异，且“故宫本”、天理本存在较为明显的据浅野本省简覆刻的痕迹；此外，从书叶中一些特殊标记（譬如墨钉、错字、正文中间莫名的空格、正文刻作小字双行等）来看，三本也往往相同，它们之间必定存在密切的关系。综合图像、文字两方面的情况判断，浅野本（或其底本）可能就是“故宫本”、天理本据以翻刻的底本。

浅野本第六十一回第一幅插图右半幅（卷十三第 3 叶 B 面）右侧刻有“王少淮写”，此人名亦见题于万历时期金陵世德堂原刊《南北宋志传题评》《唐书志传题评》《东西晋志传题评》等小说图像，上原究一认为：“王少淮和金陵世德堂关系甚密，浅野世本的署名应该是金陵世德堂初刻本里就有的”（见其《世德堂刊本〈西游记〉传本考述》，载《文学遗产》2010 年第 4 期），这一推断是可以成立的。不过，浅野本并非世德堂原刊本，而是它的翻刻本。浅野本内部字体有差异，至少包含了两三种不同的字体，大概间杂有补版书叶。值得注意的是，浅野本第十九卷、二十卷卷首题署“金陵荣寿堂梓行”字体与正文相同，此两卷正文字体与其他各卷也多相同，说明浅野本据以翻刻的底本上第十九、二十卷已刊有“荣寿堂”名号，这个底本有两种可能，其一是金陵世德堂、荣寿堂联合刊刻的原刊本，其二是金陵荣寿堂补版重印的世德堂本，究竟为哪一种，目前无法确认，但属于后一种的可能性更大一些。

本次以广岛市立中央图书馆浅野文库藏本影印，乃海内外首次影印出版。

**3.《李卓吾先生批评西游记》一百回，明刻本，今藏广岛市立中央图书馆浅野文库（简称“广岛李本”）**

《李卓吾先生批评西游记》一百回，明刻本。原为日本江户时期广岛藩大名浅野家旧藏，今藏广岛市立中央图书馆浅野文库（简称“广岛李本”）。书首有内封页，栏内右侧竖题“李卓吾先生原评”，中间大字竖题“西游记”，左侧刻印书坊识语，左下方钤“书业堂图章”朱色方印（阴文）。次为大字写刻“秃老”（即李卓吾）《批点西游记序》，共3叶；次为“李卓吾先生批评西游记目录”，共11叶，其中第11、12、13、96、97回回目下句文字有残损；次插图，每回两幅，共计200幅，合订为首册。全书书叶略有残损，凡缺第45回第14叶B面、第67回第14叶B面、第91回第5叶。

次正文，首回首页首行低7字题“西游记”，次行低1字题“第一回”，正文半叶10行，行22字，四周单边，白口，无鱼尾。版心上端低5字题“西游记”，中刻回数，下刻叶码。天头栏外有小字评点，行4字，可惜广岛李本天头已被裁割，多损及评点文字。检全书，每隔10回，题刻书名，其中第21、61、71回与首回相同，即首行低7字题“西游记”；第11、31、41回首行空白；而第51、81、91回首行，则均题“李卓吾先生批评西游记”，可知板木刊刻时书名全称当为“李卓吾先生批评西游记”，大概后因朝廷禁毁李氏书籍，重印时乃削去“李卓吾先生批评”7字，甚至将整行削去，但又遗漏了（或许是故意的也未可知）第51、81、91回三处，保留下原本痕迹。与此情况类似的，是书叶版心的书名题署，全书目前只发现第52回第3、4叶、第91回第6叶，版心顶格刻有“李卓吾批评西游记”，其余各叶均同首回首叶，即削去前五字“李卓吾批评”。鉴于晚明正式下令禁毁李卓吾著述的时间在天启五年（1625），则广岛李本的原刻书版，应刊刻于天启五年之前至万历后期之间；广岛李本是书坊削去

“李卓吾”名字后的重印本，其重印时间应在天启五年之后至崇祯中前期。

《李卓吾先生批评西游记》是《西游记》明刊百回繁本系统中的重要版本，存世有十余部藏本。据日本学者太田辰夫、矶部彰、上原究一研究，所有《李卓吾先生批评西游记》可分为甲、乙、丙三个子系统，属于甲本系统的有日本公文书馆内阁文库藏本、庆应义塾图书馆奥野信太郎旧藏本；属于乙本系统的有日本宫内厅书陵部藏本、田中谦二旧藏本、中国河南省图书馆藏本、中国历史博物馆藏本、法国国家图书馆藏“金陵大业堂重梓”本、矶部彰旧藏本、中国国家图书馆藏残本、韩国某寺庙藏本。广岛李本属于丙本系统，另有一部与它同版的藏本，今藏广岛大学中国文学语学研究室。此三个系统之间的学术关系，上原究一认为（见其《关于〈李卓吾先生批评西游记〉的版本问题》，载《国际汉学研究通讯》2012 年总第 5 辑）：丙本刊刻时间最早，但初印本尚未发现，存世两部藏本皆为削去“李卓吾”名字的重印本；甲本据丙本重印本翻刻，时间约在明末崇祯间；而乙本则据甲本翻刻，印行时间最晚，约在明末清初。

至于丙本的底本问题，先来看图像部分，矶部彰曾指出（见其《西游记资料的研究》，日本东北大学出版会 2007 年版），丙本图像的构图与甲、乙本完全不同，呈现出较为明显的模仿世德堂系统本构图，且将原来左右两幅

（各占半叶，前叶 B 面、后叶 A 面）缩拼为一幅（占半叶）的痕迹，这不仅节省了书版，也方便了图像绘刻，据此，丙本图像的翻刻底本，基本可确定为世德堂系统本。上原究一的论文又从正文、批语、版式等方面，考定丙本文字亦源自世德堂系统本。不过，存世德堂本系统的日光本、“故宫本”、天理本、浅野本文字略有小异，丙本依据的究竟是哪一个呢？今经比勘，天理本刷印晚于“故宫本”且有补版书叶，补版时出现了若干文字讹误脱漏，而丙本却大多沿袭了这些错漏，故其刊刻底本当与天理本同版同印。

本次以广岛市立中央图书馆浅野文库藏本影印，乃海内外首次影印出版。

原载《海外所藏〈西游记〉珍稀版本丛刊》卷首及三种影印本卷首，北京大学出版社 2016 年版

# 朝鲜所刊中国珍本小说十种解题

## 一、《朝鲜所刊中国珍本小说丛刊》编印缘起

处于东亚“汉字文化圈”之内的朝鲜半岛，与中国陆地相连，往来频密，其接受中国文化的影响最为及时和广泛。历史上曾有大量中国典籍，通过各种途径传入朝鲜，其中包括不受中国本土重视的稗官小说。朝鲜文人不仅喜欢研读中国小说，而且积极地予以庋藏、传抄、翻刻、选编、译介以及拟作，留下了颇为丰富的中国小说史料。其中，较早受到中国学者关注的，是存藏于韩国的明刻本中国小说，譬如发现于首尔大学奎章阁的明末刻本《型世言》，是一部亡佚了三百余年的话本集，晚明白话短篇小说的代表作也因此从“三言二拍”，扩展为“三言二拍一

型”；还有奎章阁所藏明万历金陵万卷楼刊本《新锲全像包孝肃公百家公案》六卷一百回，也是一个弥足珍贵的海内孤版。与明刻本相比，中国小说的朝鲜本（包括刊本和抄本），则尚未得到中国学者的充分关注和利用。

事实上，朝鲜半岛的印刷文化殊为发达，尤以高丽朝后期至朝鲜李朝中前期的金属活字印刷及雕版印刷最为繁盛，于中国古籍多有翻印，由于其刊刻底本往往是宋元本或明中前期刻本，故具有重要的学术文献价值。对于中国小说朝鲜本而言，这种文献价值则显得更为突出。兹分“以宋本为底本者”“以明版为底本者”两项，略述如下：

其一，以宋本为底本的朝鲜本中国小说。

中国白话小说虽肇始于宋元，但文本刊印不多，目前存世的宋元本寥若晨星，迄今尚未发现朝鲜半岛保留有根据宋元本翻刊的宋元话本旧种。因此，以宋本为底本的朝鲜本中国小说，均为文言小说。

最为学界所重的是朝鲜文人根据《太平广记》选编而成的《太平广记详节》（以下简称《详节》）。《太平广记》是一部广泛搜录汉唐志怪传奇的文言笔记小说总集，始编于北宋太平兴国二年（977），后曾刊刻行世，惜今未见宋刻本传世。资料显示：早在高丽时期该书便已传入朝鲜半岛，高丽文宗三十四年（1080，宋神宗元丰三年），使者朴寅亮已将《太平广记》中的故事化为典故写入诗作（见南宋王辟之《渑水燕谈录》卷九）；高丽仁宗二十四年

（1146），文人尹诵撰有《太平广记撮要诗》一百首（见高丽文宗八年黄文通所撰尹诵墓志铭，收入《朝鲜金石总览》上），则他大概曾通读过《太平广记》全书。由于《太平广记》多达五百卷，阅读和流通均甚不便，朝鲜李朝成宗时期文人成任（1421—1484），乃“芟其繁芜，约为五十卷，以便观览”，书于成宗八年（1462，明天顺六年）刊刻行世，较中国存世《太平广记》最早版本——明嘉靖谈恺刊本早了一百多年，据此推知《详节》的底本当为宋本，这从该书明确避宋太祖赵匡胤讳（卷二十《俳优人》“崔相胤”省作“崔相”，下有双行小注“名犯太祖庙讳”），亦可得验证。至于《详节》所据为宋刻本还是宋刻本的传抄本，尚难确考。

《详节》今存卷首序文目录、正文卷1—3、8—11、14—19、20—25、35—37、39—42，合计二十六卷，其中卷十所录《蕃中六畜》《耶孤儿》《胡王》三篇，乃失载于《太平广记》及其他任何书籍，仅赖《详节》而留世，弥足珍贵；而诸多《详节》与《太平广记》共有之篇目，也存在一定文字差异，其文献校勘价值不言而喻。《详节》发现后引起了韩国和中国学者的关注，陆续发表有金一根（韩国）《关于〈太平广记详节〉》（1971），张国风（中国）《韩国所藏〈太平广记〉的文献价值》（2002），沟部良惠（日本）《关于成任编刊〈太平广记详节〉》（2002），金长焕、李来宗、朴在渊（韩国）《太平广记详节》（2005），金程宇（中国）《韩国古籍〈太平广记详节〉新研》（2007）等重要论文。可以期待，随着《详节》文本的影印出版，还会出现更多也更为深入的学术研究成果。

此外，唐段成式（约803—863）所纂《酉阳杂俎》二十卷续集十卷，内容庞杂，向被视为唐以来“小说之翘楚”。其书始刊于南宋，凡经三刻，惜皆亡佚；元代未闻有刊本。现存最早版本为国家图书馆藏明初刊本，其他通行本有明万历三十六年（1608）赵琦美校刊本、商浚《续稗海》本、明末汲古阁《津逮秘书》本以及清代张氏照旷阁《学津讨源》本等，其刊印俱在明万历以降。朝鲜李朝成宗二十三年（1492，明弘治五年），由权叔强提供“家藏唐本”，李宗准负责校订，李士高负责“募工”，开雕《酉阳杂俎》正集二十卷，次年（1493）刻竣并进呈御览。据初步研考（参阅拙文《〈酉阳杂俎〉明初刊本考——兼论其在东亚地区的版本传承关系》，原载台北东吴大学主编《第一届中国古典文献学国际学术研讨会论文集》，台湾圣环图书公司2010年版；后收入潘建国《古代小说版本探考》，商务印书馆2020年版，第89—120页），此朝鲜刻本与明初刊本的刊刻底本，乃属同版宋刻本，但朝鲜刻本底本的刷印时间要早于明初刊本底本，其文字情况相对保存完好，《酉阳杂俎》的文本庶可据此得到更好的整理。

其二，以明版为底本的朝鲜本中国小说。

目前已知存世的明版中国典籍，数量庞大，其价值较之宋元本自稍逊一筹。但古小说属于不登大雅之书，在中国存藏情况不佳，因此，以明版为底本的朝鲜本中国小说，往往具有独特的学术价值。其中有些保存了中土久佚之书，譬如朝鲜刻本明陶辅（1441—？）《花影集》四卷；有些则为存世之早期善本，足资校勘，譬如朝鲜刻本明瞿佑（1347—1433）《剪灯新话句解》二卷、明赵弼（1364—1450?）《效颦集》三卷等。

此处，需要予以特别关注的是长篇章回小说名著《三国志演义》的两个朝鲜本。一是朝鲜铜活字本《三国志通俗演义》，该书由韩国收藏家李亮载先生在1980年代发现于寺庙之中，虽仅残存卷八一册，但它是已知刊印时间最早的金属活字本中国章回小说，殊为珍罕。

二是朝鲜“丁卯耽罗”刊刻的《三国志传通俗演义》十二卷，其底本乃以明金陵“周曰校甲本”为主。《三国志演义》存世明刻本之中，数嘉靖壬午本、叶逢春本刊刻时间最早，其次则为周曰校刻本，周曰校本包括甲乙丙三个系统，其中又以所谓“周曰校甲本”刊印相对较早，然迄今为止周曰校甲本仅发现若干残卷。而朝鲜翻刻本则保留了该本的完整文貌，其卷一（中国刊本之周曰校甲本卷一迄今尚未发现）首页题署“晋平阳侯陈寿史传、后学罗本贯中编次、晚学庐陵叶才音释、明书林周曰校刊行”，透露出周曰校甲本的若干编刊细节，对于周曰校本以及《三国志演义》早期版本研究，均有重要的学术参考价值。

值得一提的还有朝鲜抄本《新增九云楼》，此书之名见于朝鲜文人金进洙（1797—1865）《燕行杂咏》诗句（九云梦幻九云楼）注释，然其文本长期以来未知是否存世。今韩国学者梁承敏首次发现韩国仁川市立图书馆藏有抄本，惜仅残存六卷（第2、6、7、8、9、10卷）六册。《九云楼》乃据朝鲜小说名著《九云梦》改编扩写而成，其作者究竟是朝鲜文人还是中国文人，迄无定论。此《九云楼》抄本的新发现，不仅证明金进洙记载非虚，也为《九云梦》传播史研究提供了难得的新资料。

令人遗憾的是，自十六世纪以降，朝鲜半岛战火不断，图籍损毁严重。即以上述中国小说的朝鲜本而言，有些残缺近半，有些分藏于多家韩国公私藏书机构，有些则不见于韩国本土而佚存于东邻日本。这些客观原因，无疑增加了其学术整理研究的难度，中国学者尤甚。然而，它山之石，可以攻玉，朝鲜本中国小说所蕴含的丰富的学术价值，又要求中国学者必须高度重视和充分利用这批珍贵的学术资源。正是基于这一目的，我们决定编印本丛刊。

本丛刊收录的11种珍稀朝鲜本中国小说，均是首次在中国影印出版，朝鲜刻本《酉阳杂俎》、朝鲜抄本《九云楼》则在韩国也尚未影印；有的在韩国已经影印过的小说，本次也补充了近年来新发现的版本资料，譬如朝鲜刻本《三国志传通俗演义》就增加了朴彻庠修绠室藏本卷十二末页“岁在丁卯耽罗开刊”刊记、卷十首页朝鲜文人姜再烈（1647—1729）藏书印等书影；朝鲜刻本《酉阳杂俎》在韩国成均馆大学图书馆和日本国会图书馆均有藏本，在比较之后，我们选用了版本面貌较佳的日本藏本。凡此种种，皆旨在为中国研究者提供更为完善的原始史料。此11种朝鲜本中国小说的影印底本，大部分由韩国鲜文大学朴在渊教授帮助搜集提供，朴教授自二十世纪八九十年代以来，曾以一己之力整理出版了数量可观的韩国所藏中国小说文献，并对其中的多部作品作出了深入的研究，成绩卓著，令人钦佩。没有他的努力，这套丛刊是难以顺利编印出版的。此外，韩国收藏家李亮载、古文献家朴彻庠、鲜文大学教授梁承敏、日本早稻田大学教授稻畑耕一郎，也为本丛刊的底本搜访提供了支持和帮助，谨致谢忱。

最后，我们还想强调的是，“朝鲜本中国小说”一词带有鲜明的跨区域、跨文化色彩，它承载着一段东亚汉文学彼此交融、共同创造的历史；而它们在今天的汇集出版，也是中、韩、日三国学者齐心协力的结果。这一事实再次表明：东亚地区只有借助不断推进、日趋紧密的交流合作，才能拥有更为美好的未来。

## 二、朝鲜刊本中国小说珍本十种解题

### 1.《三国志通俗演义》二十卷（存卷八）

朝鲜铜活字本《三国志通俗演义》残本一册，分为上下两卷，下卷首页题“三国志通俗演义卷之八下”，知其为原书之卷八，惜首尾均有残阙，仅存卷上第36—44、46—56叶，卷下第1—47叶（第47叶缺损严重，第47叶以下残失），合计67叶。该书印刷使用的铜活字，为朝鲜中宗十一年丙子（明正德十一年，1516）铸造的“丙子字”，其使用期限直至壬辰（明万历二十年，1592）倭乱之前。研究者另据朝鲜文人奇大升（1527—1572）在宣祖二年（1569）御前侍讲时提及《三国志衍义》“怪诞如是，而至于印出”“此书出来未久，小臣未之见”（《宣祖实录》卷三）诸语，推测铜活字的刊印时间为朝鲜明宗时期（1534—1567）或1560年代初中期。不过，奇大升提及的印本是否就是目前所见铜活字本，难以确认，故铜活字本的刊印时间尚待研考。至于铜活字本的底本，通过与《三国志演义》嘉靖壬午本、叶逢春本、周曰校甲本以及朝鲜翻刻本等版本的文字比勘，得出两个不同的看法：其一是以周曰校甲本为底本，又曾参校了嘉靖壬午本；其二是一个与嘉靖壬午本、周曰校刊本甲本同时或更早的版本。朝鲜铜活字本《三国志通俗演义》，乃已知刊印时间最早的金属活字本中国章回体小说，对于《三国志演义》早期版本流播以及东亚出版史研究，具有重要的学术文献价值。

兹以韩国私人收藏家李亮载所藏朝鲜铜活字本影印。

**2.《三国志传通俗演义》十二卷**

《三国志演义》存世明刻本之中，嘉靖壬午本、叶逢春本刊刻时间最早，其次则为金陵周曰校刻本，周曰校本包括甲乙丙三个系统，其中又以所谓“周曰校甲本”刊印相对较早，然迄今为止周曰校甲本仅发现若干残卷。因此，以周曰校甲本为刊刻底本的朝鲜翻刻本，弥显珍贵。朝鲜翻刻本十二卷十二册，分藏于韩国多家公私机构，根据卷十二末页是否有刊记、书叶是否保留刻工姓名，以及部分卷次（譬如卷十二）复本间存在文字差异等情况，可知现存本乃分属于不同版本，卷末有刊记者为初刻本，无刊记者为覆刻本。卷十二末页刊记文字为“岁在丁卯耽罗开刊”，知其初刻地为济州；关于“丁卯”的具体时间，主要有三种不同看法，其一为朝鲜明宗二十二年（明隆庆元年，1567），其二为仁祖五年（明天启七年，1627），其三为肃宗十三年（清康熙二十六年，1687），根据该书装帧、纸张、版刻状态等特征判断，第三种可能性较大。朝鲜翻刻本保留了明代周曰校甲本的完整文貌，卷一（中国刊本之周曰校甲本卷一迄今尚未发现）首页题署“晋平阳侯陈寿史传、后学罗本贯中编次、晚学庐陵叶才音释、明书林周曰校刊行”，透露出若干周曰校甲本编刊细节，对于周曰校本以及《三国志演义》早期版本研究，均有颇为重要的学术文献价值。

兹据韩国鲜文大学中韩翻译文献研究所藏朝鲜刻本影印。附录书影3幅，分别为山气文库（李谦鲁）、修绠室（朴徹庠）藏本卷十二末页刊记、卷十首页朝鲜文人姜再烈（1647—1729）藏书印。

### 3.《太平广记详节》五十卷（存二十六卷）

《太平广记详节》（下称《详节》）五十卷，由朝鲜文人成任（1421—1484）据《太平广记》选编而成，并于成宗八年（明天顺六年，1462）刊刻行世，其出版时间较中国存世《太平广记》最早版本——明嘉靖谈恺刊本早了一百多年；《详节》卷二十《俳优人》“崔相胤”省作“崔相”，下有双行小注“名犯太祖庙讳”，明确避宋太祖赵匡胤讳，据此推知《详节》的选编底本当为宋本《太平广记》。《详节》今存卷首序文目录、正文卷1—3、8—11、14—19、20—25、35—37、39—42，合计二十六卷，分藏于韩国忠南大学、高丽大学晚松文库、国立中央图书馆、鲜文大学朴在渊、玉山书院等公私机构。卷首有“总目”和“目录”，其篇目顺序与《太平广记》完全一致，正文凡选录839篇，内容上偏重于人物逸话和传奇志怪小说。在《详节》残存诸卷之中，卷十所录《蕃中六畜》《耶孤儿》《胡王》三篇，失载于《太平广记》及其他任何书籍，仅赖《详节》而留世，弥足珍贵；而诸多《详节》与《太平广记》共有之篇目，也存在一定的文字差异，表明《详节》具有十分重要的文献校勘价值。

兹据韩国所藏朝鲜刻本影印，各卷所据底本情况如下：卷首徐居正、李胤保序、太平广记详节总目、太平广记详节目录、卷1—3均为韩国忠南大学图书馆藏本，卷8—11为高丽大学晚松文库藏本，卷14—19为国立中央图书馆藏本，卷20—25为鲜文大学朴在渊藏本，卷35—37为玉山书院藏本，卷39—42为高丽大学晚松文库藏本。

**4.《太平通载》一百卷（存十二卷）附《太平通载抄》**

《太平通载》一百卷，由朝鲜文人成任（1421—1484）根据《湖海新闻》《剪灯新话》《太平广记详节》（下称《详节》）《高丽史》《破闲集》等大量中韩典籍选编而成，约刊印于成宗二十三年（1492），出版者为庆尚道监司李克墩。今残存12卷，分别为卷7—9、18—21、28—29、65—67，分藏于韩国高丽大学晚松文库、韩国学中央研究院藏书阁、江陵船桥庄等机构。由于《太平通载》中出处标为《太平广记》的篇目，实际上均移录自《详节》，而《详节》今已残阙近半，故《太平通载》辗转保存了47篇《详节》佚文，其中《详节》卷三十一本已亡佚，但全部13篇作品，均见录于《太平通载》，该卷遂得以复原，可称幸事。值得注意的是，残阙严重的刊本《太平通载》，在流传过程中出现了传抄的情况，韩国淑明女子大学图书馆所藏《太平通载抄》一册，乃1959年佚名者根据江陵船桥庄所藏《太平通载》残本选抄而成，凡128篇，有36篇未见于今存本《太平通载》，也具有一定的文献史料价值。

兹据韩国所藏朝鲜刻本《太平通载》影印，底本情况如下：卷7—9为韩国高丽大学晚松文库藏本，卷18—21为韩国学中央研究院藏书阁藏本，卷28—29、65—67为江陵船桥庄藏本。《太平通载抄》则据韩国淑明女子大学图书馆藏本影印。

### 5. 唐段成式《酉阳杂俎》二十卷

唐段成式（约803—863）《酉阳杂俎》二十卷续集十卷，内容庞杂，举凡神话传说、秘闻逸事、草木鸟兽、风土习俗之类，无所不包，向被视为唐以来“小说之翘楚”。其书始刊于南宋，凡经三刻，惜皆亡佚；元代未闻有刊本。现存最早版本为国家图书馆藏明初刊本，其他较为通行的版本，则有明万历三十六年（1608）赵琦美校刊本、商濬《续稗海》本、明末汲古阁《津逮秘书》本以及清代张氏照旷阁《学津讨源》本等，其刊印俱在明万历以降。朝鲜李朝成宗二十三年（明弘治五年，1492），由权叔强提供“家藏唐本”，李宗准负责校订，李士高负责“募工”，开雕《酉阳杂俎》正集二十卷，次年（1493）刻竣并进呈御览。此本今有日本国会图书馆、韩国成均馆大学图书馆藏本，属于同版，日本国会图书馆藏本刷印较早。书末附跋语三篇，依次署为“弘治壬子腊前二日广原李士高识”“弘治五年玄黙困敦腊月有日月城李宗准谨识”“弘治壬子腊前有日睡翁崔应贤宝臣谨志”。李宗准，字仲钧，号慵轩，朝鲜成宗间（1469—1494）进士，能文章，善书画；崔应贤，字宝臣，号睡翁，朝鲜世祖间（1455—1468）登第，曾任刑曹参判等职。经初步比勘，朝鲜刻本除字体之外，版式行款悉与明初刊本相同，各卷各篇内容文字、各条目之分合起讫，甚至行间之缺漏空格，亦基本一致。然明初刊本有若干文字缺失，朝鲜刻本则完整无缺。据此推测：朝鲜刻本与明初刊本刊刻底本，盖为同版之宋刻本，但朝鲜刻本底本刷印时间要早于明初刊本底本，故其文字保存情况相对完好。

兹据日本国会图书馆藏朝鲜刻本影印。

**6.《剪灯新话句解》二卷**

明瞿佑（1347—1433）《剪灯新话》四卷，收录文言传奇小说二十一篇（含附录之《秋香亭记》），内容多述灵怪爱情故事，笔仿唐人，诗文相间，颇足称道。其中《翠翠传》《金凤钗记》《三山福地记》《绿衣人》等多篇作品，曾被之后的明清小说戏曲家取资改编。《剪灯新话》约成书于洪武十一年（1378），随即传抄四方，并出现了“脱略弥甚”的坊刻本。永乐十八年（1419），晚年瞿佑听从友人建议，对《剪灯新话》进行了重新校订，此校订本藏于瞿家，久未刊行，约至正统、天顺间，始由瞿佑侄子瞿暹刊刻行世，惜原刻本已佚。而在瞿暹刊本问世之前，福建建阳知县张光启约于宣德时期（1426—1435），曾将《剪灯新话》四卷及《剪灯余话》五卷合刊，可惜此版本《剪灯新话》已佚。目前所知存世较早版本，为明正德六年（1511）福建杨氏清江书堂所刊《新增补相剪灯新话》四卷附录一卷，今藏国家图书馆。此外，尚有明万历黄正位刊本，今藏日本早稻田大学图书馆，其底本为未经瞿佑晚年修订的早期版本。

《剪灯新话》大概在朝鲜早期即已传入朝鲜半岛，文人金时习（1435—1493）模仿此书创作了朝鲜第一部传奇小说集《金鳌新话》；李边（1391—1473）所编《训世评话》卷下，收录了据《剪灯新话》之《爱卿传》改编的《爱爱传》；成任（1421—1484）所编《太平通载》也收录了五篇《剪灯新话》的作品。不仅如此，朝鲜半岛对于《剪灯新话》的翻刻也颇为积极，其中包括白文本和注释本两个系统。属于白文本的版本较少，今知有韩国忠南大学图书馆藏木活字本，据称刊印于壬辰倭乱之前。流行最广的则是注释本《剪灯新话句解》二卷，首题“山阳瞿佑宗吉著”“沧洲订正”“垂胡子集释”，据书末所附林芑（号垂胡子，生卒不详，其学问广博，曾六次出使中国）、尹春年（号沧洲，1514—1567，曾任艺文馆提学、资宪大夫等职，著有《学音稿》）跋文，可知：注释由林芑完成，吏员宋粪以木活字排印于朝鲜明宗四年（嘉靖二十八年，

1549），惜此本已佚。其后，在尹春年的主持下又曾雕版刊印，由于林芑跋文的题署时间（嘉靖三十八年，1559）与尹春年（嘉靖四十三年，1564）相隔五年，或谓此书曾两次刊行。《剪灯新话句解》本的学术价值主要有两个方面：其一，林芑的详尽注释，不仅大有裨益于当时的朝鲜文人阅读小说文本，迄今仍足资参考，而且也反映了朝鲜文人对于《剪灯新话》文本的理解和接受情况；其二，句解本的底本为流传至朝鲜的中国瞿暹刊本（以朝鲜刻本为底本的日本庆安元年翻刊本，卷末存有“侄瞿暹刊行”“杭州在城官亭桥经坊都家印行”牌记），完整保留了瞿佑晚年改订本的文本面貌，弥足珍贵。

兹据韩国首尔大学奎章阁所藏朝鲜刻本影印，此本卷末原无尹春年跋文，乃据日本公文书馆藏本所附江户文人林罗山抄录之文补入。

### 7.《删补文苑楂橘》二卷

《删补文苑楂橘》是一部由朝鲜文人选辑的中国文言小说集，凡二卷二册，收录作品二十篇。据朝鲜英祖大王（1725—1776）《题文苑楂橘》诗，编者为“金相”，一说即金锡胄(1634—1684)。此书曾著录于朝鲜英祖三十八年（1762，乾隆二十七年）完山李氏所编《中国小说绘模本》小序，存世版本有朝鲜活字本，韩国国立中央图书馆一山文库、韩国学中央研究院、日本石川武美纪念图书馆“成篑堂文库”、两靖室等均有藏本。活字本使用了朝鲜肃宗十年（1684，康熙二十三年）至英祖三十六年（1760，乾隆二十五年）间“第一校书馆印书体字”，则其刊印时间最晚或在1760年前。此外，尚有若干抄本传世。《删补文苑楂橘》所录大多为唐人传奇，乃辑采自晚明刊行之《艳异编》《情史》《古今说海》《国色天香》诸书；其中收录了两篇在中国流传稀少的明代文言小说《负情侬》和《韦十一娘》，颇具文献史料价值。

兹据韩国鲜文大学教授朴在渊所藏朝鲜活字本影印，另附录朴在渊藏朝鲜抄本《韦十一娘》《负情侬》两篇。

**8. 明赵弼《效颦集》三卷**

明赵弼（1364—1450?）《效颦集》，乃效仿宋洪迈《夷坚志》、明瞿佑《剪灯新话》而作，凡二十五篇，内容多纪阴德报应故事，意寓劝惩。其中《钟离叟妪传》《续东窗事犯传》《木棉庵记》三篇，因与《古今小说》《京本通俗小说》等书所录作品相近，颇受关注。《效颦集》曾著录于明人《百川书志》《千顷堂书目》等目录。目前存世最早刊本为明正统间刻本，分为上中下三卷，末附宣德戊申三年（1488）赵弼《效颦集后序》，首卷首页题“汉阳府知府新安王静订正绣梓，汉阳县儒学教谕南平赵弼撰述”，书前另有清同治藏书家丁申（竹舟）墨笔题跋，今藏南京图书馆，有《续修四库全书》影印本。此本实即古典文学出版社1957年据以排印之底本，向被视作“宣德原刻本”，然上卷《愚庄先生传》已载及“宣德乙卯秋”

事，则其刊刻当在宣德乙卯十年（1435）之后，定为正统间刻本似较妥当。其后，赵弼四代孙赵迁曾予翻刻，惜书版毁于嘉靖壬寅二十一年（1542）。嘉靖二十七年（1548），五代孙赵子伯捐俸重刻，此本今藏南京博物院，有《四库全书存目丛书》影印本，全书篇目与正统刻本相同，惟分为上下两卷，书前有宣德壬子七年（1432）王静序、宣德辛亥六年（1431）潘文奎序，末附赵弼自序及嘉靖戊申二十七年（1548）赵子伯《效颦集后序》。此外，尚有日本文化五年（1808）抄本，亦为三卷本，其底本尚难确考。

《效颦集》传入朝鲜半岛的时间甚早，朝鲜初期文人成任（1421—1484）所编《太平通载》，已将《效颦集》之《孙鸿胪传》易名为《孙刚》收录其中，可知《效颦集》至迟已在1484年（明成化二十年）前传入朝鲜。另据《朝鲜王朝实录·燕山君日记》卷六二载，燕山君十二年（1506）四月十三日，令赴中国“谢恩使”购买《剪灯新话》《剪灯余话》《效颦集》《娇红记》《西厢记》等书，则传入朝鲜的《效颦集》版本可能还不止一种。此朝鲜刻本《效颦集》，今藏日本名古屋蓬左文库，乃日本德川家康旧藏“御本”。分为上中下三卷，凡二十五篇，书首有宣德壬子七年（1432）王静《效颦集序》，首卷首页题“汉阳县儒学教谕南平赵弼撰述、汉阳府知府新安王静证正”。朝鲜本的刊刻时间，据学者推测在十六世纪。朝鲜刻本与中国正统间刻本、嘉靖刻本以及日本抄本在文字上可以相互校补，具有一定的学术文献价值。

兹据日本名古屋蓬左文库藏朝鲜刻本影印。

**9. 明陶辅《花影集》四卷**

明陶辅（1441—？）《花影集》四卷，模仿《剪灯新话》《剪灯余话》及《效颦集》编创而成，收录文言小说二十篇，叙事之外复多议论，以阐释作者之气理思想，可谓别具一格。其中《刘方三义传》《心坚金石传》《节义传》诸篇，流传颇广。《花影集》曾著录于明人《百川书志》《千顷堂书目》等目录，然中国国内未见传本，惟日本早稻田大学图书馆藏有朝鲜刻本。朝鲜本书末附有跋语，尾署“万历丙戌首春通川崔岦立之识”，据跋文可知，该书由朝鲜文人尹景禧翻刻于万历十四年（1586），底本为其父尹溪嘉靖丙午出使中国时所购唐本，则《花影集》的中国初刊时间当早于嘉靖二十五年（1546），惜其本已佚。存世孤本为尹景禧刊本之翻刻本或重印本。跋文作者崔岦（1539—1616）字立之，号简易，朝鲜中期著名文人，曾多次访问中国，有《简易集》《十家近体诗》《汉史列传抄》《周易本议口诀附说》等著述。

兹据日本早稻田大学图书馆藏朝鲜刻本影印。

**10.《钟离葫芦》不分卷**

《钟离葫芦》不分卷，今惟韩国雅丹文库藏有朝鲜翻刻本，残本一册，凡三十叶，末尾有残阙，收录各类笑话 78 则。朝鲜文人柳梦寅（1559—1623）《於于野谈》卷三载：“今年春，新刊中原书七十小说，目曰《钟离葫芦》，自西伯所来，淫亵不忍睹闻。”可知此书至迟于明末已在朝鲜半岛刊行。研究者之前多认为这是一部中土亡佚的明代笑话集，后在日本东京大学文学部汉籍中心发现了明万历曼山馆刊本《绝缨三笑》三卷，题“开口世人”辑，包括《时笑》《昔笑》《儒笑》三部分，共收录笑话七百二十六则，经比对，始知《钟离葫芦》实乃朝鲜文人选编《绝缨三笑》而成。朝鲜翻刻本偶有小字双行注释，盖为方便朝鲜读者阅读而新增。

兹据韩国雅丹文库藏朝鲜刻本影印。

**附编：《新增九云楼》十卷（存六卷）**

《九云楼》一名，始见于朝鲜文人金进洙（1797—1865）《燕行杂咏》诗句（九云梦幻九云楼）注释：“我东小说《九云梦》，增演己意，如杨少游系以杨震，贾春云系以贾充，他皆仿此。皆写像于卷首，如圣叹四大书，著为十册，改名曰《九云楼》。自序曰：‘余官西省也，于舟中得见《九云梦》，即朝鲜人所撰也。事有可采，而朝鲜不娴于稗官野史之书，故改撰云。’”此《九云楼》文本长期以来未知是否存世。今韩国学者梁承敏新发现韩国仁川市立图书馆藏有抄本，惜仅残存六卷（第 2、6、7、8、9、10 卷）六册，抄写时间约为十九世纪初中期，文字有校改痕迹。经过详细比勘，初步推定其为韩国岭南大学所藏《新增才子九云记》的“添删”底本，而《九云记》在添删之时又衍生出了不少句义断裂、语词讹误之处。《九云楼》乃据朝鲜小说《九云梦》改编扩写而成，然其作者的国籍问题，迄无定论：从金进洙的记载来看，作者似乎是中国文人，但《九云楼》（包括据其添删而成的《九云记》）文本内部又存在明显的非母语色彩，透露出作者或为朝鲜文人的讯息。孰是孰非，尚有续加探考的空间。《九云楼》文本的发现，不仅证明金进洙记载非虚，也为《九云记》成书以及《九云梦》传播史研究，提供了十分重要的学术新文献。

兹据韩国仁川市立图书馆藏抄本影印。

原载《朝鲜所刊中国珍本小说丛刊》卷首及诸书影印本卷首，上海古籍出版社2014年版。其中关于《钟离葫芦》解题，本次收录时据最新学术研究成果进行了修订

# 古代小说珍稀史料知见录

予治稗史有年，尤多关注文献史料。暇日尝访书南北，或流连坊肆，寻寻觅觅，乐此不疲。近年古籍拍卖渐热，予虽一介寒儒，阮囊羞涩，亦欣然赴会，摩挲赏玩。每有所得所见，则批注于《中国通俗小说总目提要》之上，日积月累，颇足可观。今夏闲居无赖，择其十数则，略作考订，献诸同好。

## 一、明崇祯序刊本《古本演义三国志》

2007 年 3 月，中国嘉德四季古籍善本拍卖会以三十余万元的天价，拍出了一部明崇祯五年（1632）序刊本《古本演义三国志》，此本未见任何文献著录，诚天壤间秘籍。残存三册，小说正文部分已全佚。三册内容包括：第一册首大字序言，首叶残，尾署“壬申午日梦藏道人书于蒲室”，刻有“蒲室”（阴文）、“梦藏道人”（阳文）两枚方印；次为“古本演义三国志目次”，凡二十卷二百四十回，每回七言单句回目，如第一回“祭天地桃园结义”、第二回“刘玄德斩寇立功”、第三回“安喜张飞鞭督邮”等；次“三国君臣姓氏”。其字体除序文为写刻外，余皆为略显瘦长的楷体，甚是工整，非普通明代坊刻小说所能比拟。第二、三册为插图，每回一幅，残存一百十六幅，上文下图，上文写刻，内容多为对小说情节或人物的评赞，行间夹有朱印圈点及少量批注，朱墨套印，相映生辉；下图采用月光式，以各回回目为题，刀法流畅，刻绘极精，洵为明季版画之白眉。其中首幅插图镌有“刘玉明刻”方形小印，刘氏曾为明崇祯雄飞馆刊本《英雄谱》刻过插图。从版本研究的角度来看，此本最值得关注之处有二：其一，它明确标作二百四十回，这在目前所知《三国志演义》诸家版本中绝无仅有，是明末坊贾的翻新伎俩，还是另有版本来源？其二，此本与清初遗香堂本《绘像三国志》均有“壬申午日梦藏道人”序，则《古本演义三国志》似为遗香堂本的底本，或者两本同出一源；但遗香堂本共二十四卷一百二十回，其分卷分回情形又与《古本演义三国志》不同，它们之间究竟是何种关系？凡此均尚待研究。

## 二、明四知馆刊本冯梦龙《春秋定旨参新》

寒斋两靖室藏本，竹纸四册，存卷一至卷二十二。内封页题“镌冯犹龙先生春秋定旨参新”“四知馆杨帝卿订梓”。书避“校”为“较”，当刊于明崇祯年间。首“叙”，署“社弟张我城德仲氏题”；次“叙”，署“阳羡陈于鼎书”。正文分上下两节，上节为“春秋定旨参新”，写刻，题“冯梦龙犹龙辑”“郑昆贞十师参”“曹胤昌石霞订”“张我城仲德定”“余璟景玉较”；下节为“春秋发凡”，方体字，题“宋胡安国著传”“明冯犹龙增定”。

明四知馆杨帝卿刊本《春秋定旨参新》极为罕见，中国国内未见藏本，所知仅日本内阁文库藏有一个残本，存卷一至卷二十三，较寒斋藏本多出一卷，然其内封页已佚，此本影印收入上海古籍出版社版《冯梦龙全集》，经笔者仔细比堪，内阁文库藏本实即四知馆刊本。

值得一提的是，寒斋藏本所存内封页（图 1），提供了一则珍贵的明代出版史料，即明闽四知馆书坊的主人，乃书林杨帝卿。瞿冕之《中国古籍版刻辞典》云“四知馆，明嘉靖间杨金的书坊名。金字丽泉，号君临，刻印过黄儒卿辑《精选南北乐府时调青昆》不分卷”，未知所据。谢水顺等著《福建古代刻书》（1997）第三章第一节载，与杨帝卿同辈的尚有杨素卿、杨璧卿、杨懋卿等人，其中杨素卿刻有《春秋左传纲目定注》三十卷、《天工开物》三卷、《红梨花记》二卷、《新刻宋璟鹣钗记》二卷等书；杨璧卿刻有《重刻翰林校正少微通鉴大全》二十卷卷首二卷、《重刻翰林校正资治通鉴大全》二十卷等书；杨懋卿刻有《东垣十书》三十二卷、《产宝百问》五卷等书，诸书出版时间多在明末。根据笔者掌握的资料，杨帝卿四知馆活跃于晚明时期，所刻书籍题“四知馆”或“杨氏四知馆”者 5 种，题“书林杨帝卿”者 1 种，题“四知馆杨帝卿”者 1 种，共计 7 种：

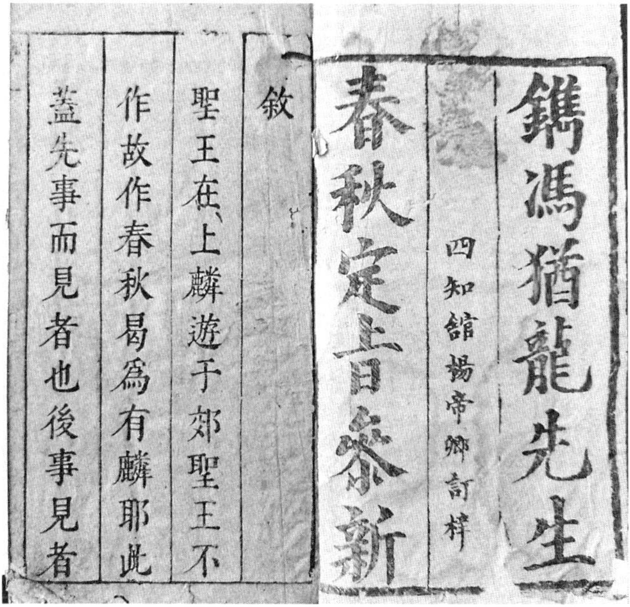


图 1. 明末四知馆杨帝卿刊本《春秋定旨参新》

1. 明黄儒卿辑《精选南北乐府时调青昆》四卷，内封页上图下文，题“新选时尚雅调共听赏”“四知馆梓”，首卷首页题“江湖黄儒卿汇选”，“书林四知馆绣梓”，已影印收入王三桂主编《善本戏曲丛刊》（1984）第一辑第九册；北京大学图书馆亦藏此本，惜仅残存卷一。

2.《新镌神峰张先生通考辟谬命理正宗大全》六卷，国家图书馆藏清大文堂覆明本，六册，卷一题“新镌神峰张先生通考辟谬命理正宗大全”“临川西溪逸叟神峰张楠著集”“友人索古子元台杜春芳校正”“钦差福建布政司左布政青螺郭子章发行”“艺林四知馆丽泉杨金绣梓”。

3.《重刻小儿杂症秘传便蒙捷法》一卷、《重刻补遗秘传痘症全婴金镜录》一卷，合为一册，国图［善］14847。

4.《翰墨琅函》四卷，国家图书馆藏有日本今井五兵卫房明宽文辛亥（1671）覆明本，四册，内封页题“新刻名公精辑全备捷用翰墨琅函”“四知馆梓”；首卷首页题“鼎锲漱石山房汇编注释士民便观云笺柬”“三山陈翊九汇编”“富沙□□□剞劂”，内容为书信写作格式及范文。卷首书坊名已被剜去，或是日本书坊翻刻时所剜，或者四知馆乃以别家书坊旧版重印。

5.《李卓吾批评水浒传》，藏法国巴黎国家图书馆，内封页中刊两行大字“钟伯敬先生批评水浒忠义传”，左下刻一行小字“四知馆梓行”。关于“四知馆”的命名由来，刘世德《钟批本〈水浒传〉的刊行年代和版本问题》

云“所谓‘四知’，是指天知、神知（或地知）、我知、你知，出自东汉杨震的故事。据此，可以揣知，四知馆刊本的书坊主人姓杨”，文载《文献》1989年第2期。另据刘世德文研究，四知馆刊本《李卓吾批评水浒传》，实以明“积庆堂”旧版重印，仅增刻了印有“四知馆梓行”的内封页，并削去原书叶版心下端“积庆堂藏板”五字，惟漏削卷二十二第三叶，露出痕迹。

6.《新刻订补注释会海对类》十九卷首一卷，四册，书林杨帝卿刊，国图藏。

7.《镌冯犹龙先生春秋定旨参新》，寒斋藏本，见上文。

## 三、清蒲松龄《聊斋诗剩》手迹

据《中国嘉德2005年春季拍卖会·古籍善本》著录：此稿一册八页，纸本，钤“聊斋”“蒲”“松龄”印；诗稿尺寸为29×19厘米，原件出自津门世家。估价为人民币10—12万元。附书影一叶，全文释读如下：

风定云收雨乍晴，月光如水十分清。流萤带润浑无力，鸣柝绵宵正有声。独立不去零露重，闲愁时共夜凉生。抚桐四顾谁同赏？拈得新诗负乎行。

城西散步小饮

秋来意不适，扶醉度青林。客燕留残影，栖鸦亦多音。不才人共弃，多恨病常侵。口口流云去，斜阳塔影沈。

聊斋诗剩录呈 蓬仙老社长清政 留仙蒲松龄

姓名之下钤有“蒲”（阳文）、“松龄”（阴文）印。书法苍劲潇洒，或书于蒲松龄晚年。“蓬仙老社长”，未详何人。今人盛伟编《蒲松龄全集》（1998）之“聊斋诗集”，未收上述两诗。

## 四、清康熙刻本《人月圆》小说

阿英旧藏本（图2），今藏安徽芜湖市图书馆。2005年6月，予与萧相恺先生、苗怀明兄同往芜湖观看阿英特藏，获睹此书。时因受条件限制，未能摄下书影，仅匆匆记下数语：清刻本，一册，首尾均残，存第九至十五回，凡七回；所叙故事多有涉及僧人风流者，如第十回回目为“烧寺香两姬俱失，买新妾百两皆输”，隐约可见《欢喜冤家》小说影响之痕迹。

此书十分罕见。胡士莹《〈中国通俗小说书目〉补·〈人月园〉》曾予著录，云“残存上卷，康熙刻本，半叶八行，行二十字。屯溪旧书店书目”，与阿英藏本当即一书，惟“圆”字，胡文误记为“园”。此外，朝鲜尹

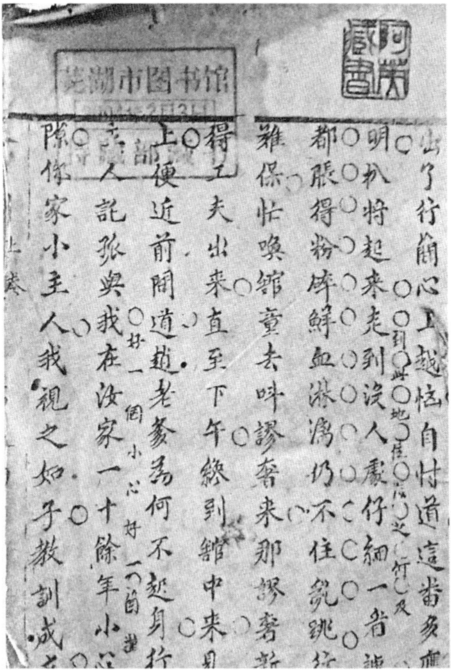
出了行簡心上越慌自忖道這番多
明扒將起來走到沒人處仔細一看
都脹得粉碎鮮血淋漓仍不住亂跳
雜保忙喚館童去叫謬奢來那謬奢
得工夫出來直至下午纔到館中來
上便近前問道趙老爹為何不起身
主人說張與我在汝家一十餘年小
際你家小主人我視之如子教訓
上卷

图 2. 阿英旧藏清初刻本《人月圆》

德熙《小说经览者》(1762)亦收录《人月圆》小说，则该书至迟刊印于乾隆二十七年(1762)，其成书应更早。胡士莹先生断其为“康熙刻本”，庶可信矣。

## 五、清抄本褚人获《坚瓠集》

据《中国嘉德 2005 年春季拍卖会 · 古籍善本》著录：此书为清抄本，顾鹤逸过云楼旧藏，傅增湘藏本《顾鹤逸藏书目》、《国立北平图书馆馆刊》第五卷第六号均有著录。凡八册，存“补集”六卷、“广集”第五第六卷、“余集”四卷、“续集”四卷，“余集”卷首有康熙四十二年（1703）张潮“序”。钤“藕西钓宅”印。抄本尺寸为25×15.5厘米。估价人民币2.2—3万元。

附书影一帧，为“坚瓠补集卷之一”首页，黑格，半叶八行，行抄十六字，字体极精。四边双栏，白口，无鱼尾，版心上书“坚瓠集”，下署“补集卷一”，正文题“长洲石农褚人获学稼纂辑”。取寒斋藏康熙四雪草堂巾箱本相校，得异文两条：刻本“得以宁定”，抄本作“得以安定”；刻本“至八月中始归”，抄本作“始至八月始归”。抄本将“宁定”改为“安定”，或为避道光皇帝讳，则抄本或传抄于清道光时期。《坚瓠集》版本流传甚稀，今所知仅康熙四雪草堂巾箱本及道光寻春书屋刊本两种而已。故此抄本虽非完帙，亦弥足珍贵。

## 六、清乾隆刊本《桃花扇》小说

清孔尚任《桃花扇》传奇问世之后，风行海内，所谓“纵使元人多院本，勾栏争唱孔洪词”（清金埴《题桃花扇传奇》）。在此背景下，小说家亦以戏曲故事为蓝本，敷衍为小说《桃花扇》。今知时间最早者，乃乾隆年间翰香楼梓、竹窗斋评本《桃花扇》，六卷十六回，收入路工、谭天合编《古本平话小说集》(1984),并附录书影一帧。然令人遗憾的是,路工在题解中没有交代藏处,该书的下落也至今不明。其后,《增补中国通俗小说书目》(1987)、《中国通俗小说总目提要》(1990)、《中国古代小说总目·白话卷》(2004)诸书,均按路工《古本平话小说集》予以著录,实则皆未见原书。丙戌秋,笔者偶检《中国人民大学图书馆古籍善本书目》(1991),却意外发现该馆藏有一部乾隆刻本《桃花扇》小说。一册一函,残存第十四回至十六回;半叶八行,行二十四字,白口,四周单边;封面有著名学者刘半农题签“桃花扇演义”,首页钤“刘复所藏”“刘家书库”“含晖堂”诸印,则原为刘半农旧藏。笔者将此本残存三回文字与《古本平话小说集》所载细加对勘,结果完全相同,但中国人民大学图书馆藏本是否即为翰香楼刊本,目前尚难判断。有意思的是,清末民初时期另有孙镜寰、江荫香两位小说家,亦曾分别编创过《桃花扇》小说。侯方域与李香君的爱情故事,由戏入稗,叠经文人改编,成为古代小说戏曲互动研究的绝佳个案。

## 七、清抄本《野叟曝言》小说

据《中国嘉德2005年春季拍卖会·古籍善本》著录:此书为顾鹤逸过云楼旧藏,清抄本,三十六册,一百五十回,内有朱笔校字,抄本尺寸为23×12厘米。估价为人民币 4.2—5 万元。附首回首页书影一帧，题“野叟曝言奋字卷之一”，第一回回目“三首诗写书门大意，十觥酒贺圣教功臣”，起首文字与光绪七年（1881）毗陵汇珍楼本完全相同。

《野叟曝言》小说抄本，笔者以前所知有三种：其一为同治抄本，藏北京大学图书馆，予曾撰《新发现〈野叟曝言〉同治抄本考略》一文，发表于《文学遗产》2005年第 3 期，可参见；其二为胡士莹先生旧藏同治抄本，其《〈中国通俗小说书目〉补·〈野叟曝言〉》载：“余得同治抄本，残存十一册，亦一百五十四回”，惜今下落不明；其三为光绪四年（1878）抄本，藏中国社科院图书馆，台湾王琼玲撰《〈野叟曝言〉光绪四年精抄本析论——兼论〈野叟曝言〉版本问题》，文载《东吴中文学报》1995 年第 1 期。今又多一种，嘉德图录称其共一百五十回，与现存诸本皆不同，不知该抄本第三、第四回是否残缺？具体文字面貌又如何？惟过云楼藏书被私人买家整批拍走，此抄本已难细阅，殊为恨恨。

## 八、清王纕堂编《通天晓》非通俗小说

刘世德《小说琐记》（文载《明清小说研究》2000 年第 2 期）一文，曾介绍了他在日本东北大学图书馆狩野文库所见抄本《小说目录》（1911），该目抄录《禅真后史》

《醉菩提传》《谐铎》等小说二十余种，其中有一部“绝大多数古代小说研究者所不知晓的《通天晓》”，著录为“纕堂偶编”，十八卷，八册，小本，嘉庆丙子二十一年（1816）刊行，“内容不详”，也不知“是否尚存在于人间”；石昌渝主编《中国古代小说总目·白话卷》（2004）据刘世德文，将《通天晓》作为白话小说收录，标为“未见”。然而据笔者调查，此书尚存，惟诸馆藏目多录其别名《卫济余编》，故未引起注意；此外，《通天晓》也不是通俗小说，而是一部内容丰富的笔记杂著。

国家图书馆藏有此书多种版本，其中道光二十一年（1841）海陵怀德堂藏板本、道光二十二年（1842）经国堂刻本等，其内封页皆题“通天晓”，而书首缪艮莲仙序、赵古农序、“例言”“采摭书目”“总目”及各卷卷首则题“卫济余编”，作者署“纕堂偶编”“男景苏、景韩校字”，很显然，《通天晓》与《卫济余编》实乃同书异名。全书凡十八卷，包括卷一“卫生”、卷二“醒世”、卷三“捍灾”、卷四“辟邪”、卷五“形体”、卷六“人事”、卷七“备荒”、卷八“稀痘”、卷九“营造”、卷十“器用”、卷十一“宝玩”、卷十二“文房”、卷十三“冠服”、卷十四“饮馔”、卷十五“树艺”、卷十六“畜牧”、卷十七“制物”、卷十八“戏术”。关于《通天晓》的编著情况及内容特色，书前嘉庆二十一年（1816）赵古农序言之甚详：“此《卫济余编》者，余友王君纕堂继其先大人松溪公所纂辑，简而出之，编以成书者也。曷为以《卫济》名？缨堂之志，首在于卫生济世云尔。卫济之外，门分十八，其日用、服食、器玩等，则卫生所当知，亦济世之余事，皆由此推而衍之者也”。具体而言，譬如卷二“醒世”门载有“处穷方”“快活无忧散”等则；卷五“形体”门载有“唐天后泽面法”“杨妃玉容法”“缩金莲法”“女子初束脚不疼痛”“妇人面上雀斑”等则；卷六“人事”门载有“令妇不妒”“堕胎”“戒鸦片方”“令妇妾孝顺”“令妇生贵子”等则；卷十二“文房”门载有“钉书要略”“制画轴”等则；卷十四“饮馔”门载有“夏天收藏肉食方”“造酱油”等则；卷十七“制物”门载有“辟鼠符”“辟蚊药”“辟臭虫”等则；卷十八“戏术”门载有“鸡蛋升空”“口中含火”等则，由此种种，可知《通天晓》实际上是一部古代日常生活知识的百科手册。

编者王缨堂的生平事迹不详，赵古农序文称：“予与缨堂交有年矣，入其室，邺架云连，牙签万卷，百城坐拥，手不停披，与之辩论古今，则口如悬河，滔滔不竭，此编之刻，是其绪余。第虽其绪余，而裨益于人者为不少。”则王氏遍览群书，学识渊博，诚无愧“通天晓”之誉。

## 九、清咸丰选抄本《聊斋志异》

目前所见《聊斋志异》抄本共六种，包括康熙抄本、康雍间《异史》抄本、乾隆铸雪斋抄本、乾隆二十四卷抄本及乾隆黄炎熙选抄本。丁亥春，寒斋偶得旧抄本一种（图3），六册，金镶玉装，审其笔迹，系由一人抄录，书法颇精。首“序”，署“咸丰元年岁次辛亥清和月上浣古青拙愚堂殷建中选抄”，则选抄者为殷建中，抄录于清咸丰元年（1853）前后，简称“咸丰选抄本”。序文末尾有云：“是年，余馆于寿邑牟翁之居敬堂，堂设书卷正多，拣得《聊斋志异》两函，春间阅至三月，欣之，遂摘抄得其六卷，自谓不特可以娱目，破拘墟之习见正不少也。”此“寿邑”，即今之山东东平县，“古青”即山东青州，据此可知：抄者殷建中乃山东青州人，咸丰元年（1853）前后在东平县牟家居敬堂任塾师，期间完成了《聊斋志异》的选抄。抄本书前题词中有一首七绝，署“司抄氏题”，当出殷建中之手，诗云“晨早摊书居敬堂，自抄自选自商量。抄成《志异》详推阅，若见神仙坐满床”，吟咏的正是抄书的情景及甘苦。不过，此诗风格近似打油体，可知殷氏的文学水平并不甚高。

殷序后为蒲氏自序，署“康熙十八年岁次己未桂月上浣古般阳聊斋蒲松龄记”；次“聊斋志异题词”，凡九家十八首；次“聊斋志异总目”，凡六卷八十篇。从殷序及题词来看，咸丰选抄本依据的底本，应是乾隆三十二年（1767）王金范刻十八卷本《聊斋志异》，因为殷序的大部分文字（除上引文字外）以及九家十八首题词中的八

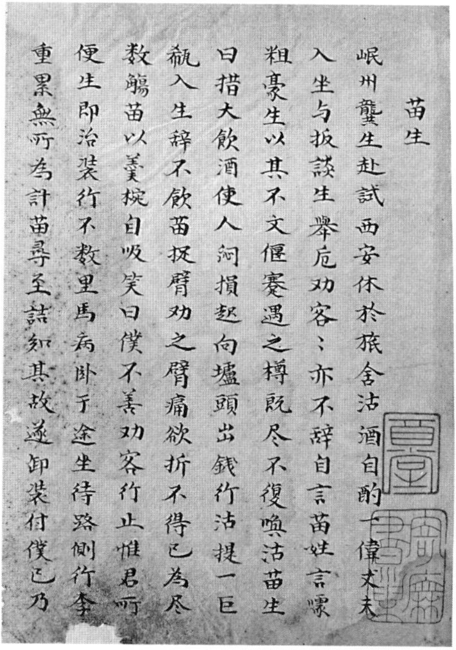

苗生
岷州龔生赴試西安休於旅舍沽酒自酌一偉丈夫入坐与扳談生舉卮劝客：亦不辞自言苗姓言噱粗豪生以其不文偃蹇遇之樽既尽不復唤沽苗生曰措大飲酒使人悶損起向壚頭出錢行沽提一巨瓻入生辞不飲苗捉臂劝之臂痛欲折不得已為尽数觴苗以羹椀自吸笑曰僕不善劝客行止惟君所便生即治裝行不数里馬病卧于途生待路側行李重累無所為計苗尋至詰知其故遂卸装付僕已乃

图 3. 清咸丰选抄本《聊斋志异》

家十七首，均与王金范刻本相同；此外，咸丰选抄本卷四《公孙九娘》篇尾附有评语两则，第二则署名“梓园”，此正是王金范的别号。王金范刻十八卷本《聊斋志异》属于选本，且对蒲松龄原作文字及篇尾“异史氏曰”多有不同程度的删改，故被研究者视为“在现存《聊斋志异》诸抄本、刊本中，是一部最不忠实于原著的选本”，“基本上没有校勘价值”（见袁世硕《王金范选刻十八卷本〈聊斋志异〉》，文载袁氏《蒲松龄事迹著述新考》，齐鲁书社 1988

年版，第430页）。从小说版本研究的角度，上述评价的确合乎事实。寒斋所藏咸丰选抄本，既然以王金范选刻本为底本，自然也不能避免王本的不足。但是，倘若转换一下研究角度，即站在《聊斋志异》文本传播的立场，那么，王金范选刻本、咸丰选抄本蕴涵的学术价值就会显现出来。事实上《聊斋志异》的选本存世不少，仅笔者所知就有乾隆黄炎熙选抄本、道光七年（1827）刊小芝山樵选本《聊斋志异》六卷、清刻古歙江绍莲摘抄《十八种新书聊斋志异》五卷、清抄本《聊斋志异摘抄》十六卷等等。运用上述选本提供的资料，可以考察不同时期不同地区的读者，对于《聊斋志异》小说的接受情况与欣赏口味。

## 十、晚清小说《真园游乐记》稿本

据《中安太平2006年秋季艺术品拍卖会场古籍文献》著录：一函四册，不分回目，内容以一园之兴废，讲人世之兴衰。钤有“吴曼公”“曾经沧海”印。尺寸为18×13厘米；估价为人民币2.3—2.8万元。书末有吴曼公题跋两则：“此园疑或清华园之影，主人必是福康安一流。杰阁崇楼好在有山有水，穷奢极欲无非民脂民膏。观卷末涕泪沾巾之语，当为末路王孙所作。曼公戏题。”“清华园无此宏大，或颐和前身乎？甲辰二月又书，时年七十。”吴曼公，民国时期曾任故宫博物院副院长，文物专家。此“甲辰”当为1964年。

附书影三帧：其一为首册封面，墨笔题“游乐真园记小说稿”，旁有吴曼公题记“此是原题封面”；其二为吴曼公跋语两则一页；其三为小说正文一页，全部文字为：

次日丑刻，园主便出园去了。这里众亲友相公们日出方起，盥漱毕，大家凑在一处商议游逛的地方。杨秀岚令检点韩涛上来问道：“爷们，先生们，用点心不用？早饭还是这里吃，还是上别处去呢？”众客都道：“饭是不在这里吃了，若有现成儿的点心，弄点儿来也好。”韩涛只得答应着下去，去了半天，才每位跟前送上一小碟羊肉包子，一小桉汤来。大家吃了，小厮撤了家伙下去，少不得又送上一桉茶来。隋念生道：“我们倒是往那一路去呢？大家商量商量。”何心缘道：“自然是到清华阁的为是，且把这正所儿的局面光景……”

此小说未见著录。审其文体及语言，宜是清末民初作品，图录称“据序则或成书于道光年间”，恐不确。

## 十一、晚清小说《美人肝》抄本

2007年3月，中国嘉德四季古籍善本拍卖会拍出一部清末小说《美人肝》抄本，一册，钤有“郑州大学图书馆”藏书印，不知何以流出。首有宣统元年（1909）作者自序，次为“壬子中秋白门乌榜村锄月老农识”序，再次“中华民国元年岁次壬子仲秋冶山道人再识”序，文云：“余最嗜小说演义诸书，读之遂有废餐忘寝。读斯书三复，三昼夜而不释手，如读经传，勉人入道德之心。嗟乎！惜哉是书无图咏目录，未免缺点，勉为补之十六回，以成部数；再征似余之嗜痴者，增其图咏，可谓完璧之珍，不负美人经三字也。”小说凡十六回，叙妇女教育婚姻之事。樽本照雄《增补新编清末民初小说目录》著录有“奇奇”所撰家庭小说《美人肝》，曾连载于1918年4月至秋冬间的《友声日报》，未知与该书是否为同一部作品。

## 十二、日本明治铅印本《劝惩绣像奇谈》

寒斋藏本，乃日本汉学家伊藤漱平教授旧藏。铅印两册，扉页题“服部抚松先生纂评”“劝惩绣像奇谈一编”“明治十六年第六月版权免许”“九春社印行”。首“劝惩绣像奇谈序”，全文云：

天下谁善作小说者，虽徒缀锦绣文字，非隐讽时事，劝诱风化，则不足读也；天下谁善读小说者，虽好传奇怪说话，非晓寓意所在，讽诲所存，则读无益也。小说者，正史之余也，劝惩之器也，作者不可轻轻下笔也。夫蜃楼焰山、吞刀吐火之奇，则出于想象，故易说而读无益也；忠孝节烈、善恶报应之事，则出于实见，故难说而读有益也。作小说譬则如作画，描妖怪则最易矣，描牛马则却难矣。妖怪则非耳目经验之物，故描想象而犹能惊人；牛马则人常观之，故失真样则人不曾感。小说亦然矣。读之不含寓意，不存讽诲，宛如嚼蜡者，此妄谈耳，非小说也。读之晓醒世讽时之寓意，观人情世态之真像，余意袅袅，欲断又续，使人或悲或叹、或喜或惊者，而始可谓得小说之体矣。于是乎小说之益，亦不让正史也。本邦小说之多，虽埋书簏，其文字不流于鄙俚，则贻讥于淫猥，仅仅之外，未有得小说体者也。如此，则盖非因无善作小说者，以无善读小说者也。世人视小说以为徒说奇怪、道淫猥之书，未知小说之真味也。小说之有益于世，岂其仅少哉。泰西人善作小说，又善读小说，贵重之不异正史，其说曰："由人情世态而能诱风化于开明，能导思想于政治者，莫如于小说；由小说而施诱导，则易入而感深。"此说实是矣。余亦好读小说，有暇则又自起稿，既付剞劂者，不止二三也。顷者，又读支那小说其最有益于风化者，则拔写以备忘，积为数卷，书肆来乞，曰："此书篇篇金玉，空藏簏底，则憾甚矣。愿上梓以别同好者。"余不能辞，今少施加削，且加评点，名为《劝惩绣像奇谈》。此篇虽未足以成风化之美，亦庶几以有裨益于讽诲欤？于时明治十有六年初秋抚松居士书于汤岛菅庙畔之吸霞楼。

序文强调小说的教化功能，乍听之下，几与中国明清文人如出一辙；而论及泰西社会之小说观，则颇为夸张，又与中国晚清梁启超等人口吻相近。中日两国的文化品格与近代化进程，均存在诸多相似处，由此序亦可见一斑。服部抚松还曾评点过清代笔炼阁主人所撰《五色石》小说。

《劝惩绣像奇谈》包括四篇作品，皆取自中国明代的话本小说集，依次为：《醒世恒言》第二卷“三孝廉让产立高名”、《警世通言》第三十二卷“杜十娘怒沉百宝箱”、《醒世恒言》第三十卷“李汧公穷邸遇侠客”、《警世通言》第三十四卷“王娇鸾百年常恨”。每篇之尾，缀以“抚松居士”的评点，多侧重于道德风化之说，泛泛而谈，偶有借题发挥，抨击日本社会世风日下，譬如“三孝廉让产立高名”评点有云：“东洋自古皆贵孝廉，卿党依以敦。今也不然，轻薄为风，孝廉坠地，兄则讦弟之非，弟则鸣兄之曲，兄弟相斗，不惟墙内，其甚则至骨肉相争，诉于法庭，而人以为常，不曾怪之。噫！亦可叹哉！”

江户以降，日人取中土明清话本缀合成书者，实不在少数，除《劝惩绣像奇谈》之外，今已知尚有《小说精言》（宽保三年［1743］京师风月堂庄左卫门刻本）、《小说奇言》（宝历三年［1753］京师风月堂庄左卫门刻本）、《小说粹言》（宝历八年［1758］京师风月堂刻本）、《小说奇观》（前引《小说粹言》末页广告载）、《小说选言》

（《画引小说字汇》引）等。此类作品的存在，正可反映中国小说在日本的接受与传播。

## 十三、大谷光瑞与“含秀居丛书”

大连图书馆的前身为“南满洲铁道株式会社大连图书馆”，其所藏“大谷文库”（大谷，即日本著名政治家、藏书家及汉学家大谷光瑞）之明清善本小说戏曲，二十世纪初期便已闻名中外：1927 年 4 月，小说收藏家马廉参观满铁大连图书馆，“余久闻该馆藏有大谷光瑞寄存之中国小说戏曲多种，是日，蒙馆长柿沼氏及中国图书主任松崎氏，特别招待，设桌椅于藏书处，得自由取阅。于是尽八小时之力，大致浏览一过，钞存目录一通”（马廉《大连满铁图书馆所藏中国小说戏曲目录》文前小叙），该目经整理后发表在《图书馆学季刊》1928 年第 2 卷第 4 期；同年，日本学者辛岛骁亦在《斯文》杂志第九编分三次连载了《满铁大连图书馆大谷本小说戏曲目录》；1931 年，孙楷第先生自日本访书回国，也特意至满铁图书馆作了调查，撰成《大连图书馆所见中国小说书目提要》，于 1932 年刊印出版，后又编入其《中国通俗小说书目》（1933 年初版）；二十世纪八九十年代，春风文艺出版社以“明末清初小说选刊”为题，出版了数十种“大谷文库”藏本小说，直接引发了学术界对“才子佳人小说”的研究热。可以说，八十多年来，“大谷文库”所藏明清小说文献，对于古代小说学术史的演进，产生了十分重要的推动作用。

值得一提的是，大谷光瑞不仅收藏中国小说，还曾于大正五年至六年间（1916—1917），以“支那珍籍颁布会”的名义，铅印出版了若干部明清通俗小说，并用他在中国的斋名，命其名曰“含秀居丛书”。这套丛书究竟出版了多少种？寒斋所藏“含秀居丛书”本《鼓掌绝尘》，书尾有“本会既刊书目如左”，列出三种，依次为《草木春秋演义》、《鼓掌绝尘》“日”字号及《禅真后史》“天”字号；《禅真后史》“地”字号书尾“本会既刊书目如左”，则列有四种，其后是否仍有续印，尚难确知。但遍查海内公私目录，未见有第五种。“含秀居丛书”虽是近代铅印本，但在当时属于非卖品，只有“支那珍籍颁布会”会员才有资格获得此书，且每部仅印三百五十套，编号发行，再加上叠经兵燹之灾，存世无多，其珍稀程度实不亚于古籍善本。事实上，早在二十世纪二三十年代，此书便已少为人知，就连对古小说卓有研究的鲁迅先生也未曾听闻，1930 年 4 月 12 日，他在写给李秉中的信中询问：“《含秀居丛书》中国似未曾有人介绍，亦不知刊行几种，现在尚在刊行与否？其《草木春秋》及《禅真后史》，中国尚有而版甚劣，此丛书中者殆必根据旧印，想当较佳。至于《鼓掌绝尘》，则从来未闻其名，恐此土早已佚失。明人此类小说，佚存于日本者闻颇不少也。”（《鲁迅全集》第九卷“书信”，人民文学出版社 1958 年版，第 316 页）而予居然先后将已刊四种悉数收入斋中，亦可谓书福不浅。今逐一介绍如下：

其一，《草木春秋演义》。扉页题“含秀居丛书”“草木春秋演义”“支那珍籍颁布会”，扉二牌记作“大正五年春于满洲大连排印铅字代誊写以颁之”；首附书影两页，据此知其底本为清最乐堂刻本，此本现藏大连图书馆大谷文库。书末版权页钤有“支那珍籍颁布会之章”（朱文）印，并有长方形木记，上印“此书刊三百五十部之第 号”，空白处朱笔手书“百拾”，则寒斋藏本为所印三百五十部之第一百十号。《草木春秋演义》现知存世最早版本乃乾隆十六年（1751）最乐堂刊本，今藏北京大学图书馆，而非《中国古代小说总目·白话卷》（2004）所谓“嘉庆二十三年（1818）博古堂藏板本”。

其二，《禅真后史》“天”字号（图 4）。扉页题“含秀居丛书”“禅真后史天”“支那珍籍颁布会”，扉二牌记作“大正五年夏于满洲大连排印铅字代誊写以颁之”；首附书影三页，据此知其底本为清初“钱塘金衙梓”本，此本现藏大连图书馆大谷文库。版权页木记编号为一八八。正文排印第一至十八回。

其三，《鼓掌绝尘》“日”字号。乃日本汉学家伊藤漱平教授旧藏本，伊藤先生对大谷光瑞的藏书亦多关注，曾撰《大连图书馆藏“大谷本”的来历及其现状》一文，连

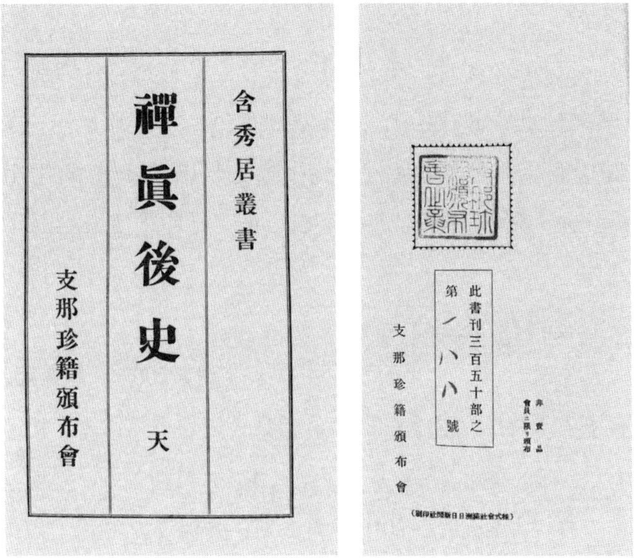


图 4. 含秀居丛书本《禅真后史》“天”字号

载于日本《汲古》杂志 1986 年第 8、9 号。此书扉页题“含秀居丛书”“鼓掌绝尘日”“支那珍籍颁布会”；扉二牌记作“大正五年秋于满洲大连排印铅字代誊写以颁之”；版权页木记编号空白。首附书影四页，据此知其底本乃日本内阁文库所藏明崇祯龚氏本衙藏板本，而非现今大连图书馆所藏“大谷文库”本，因大谷藏本每回仅有一幅插图，而含秀居本每回有两幅插图，正与内阁文库藏本相同。《中国通俗小说总目提要》著录有误。正文仅排印《鼓掌绝尘》“风集”十四回，其余“花集”“雪集”“月集”均未印。

其四，《禅真后史》“地”字号。扉页题“含秀居丛书”“禅真后史　地”“支那珍籍颁布会”，扉二牌记作“大正六年春于满洲大连排印铅字代誊写以颁之”；首附书影三页。版权页木记编号空白。正文排印第十九至三十八回。

原载台湾《中正大学中文学术年刊》2007年第2期。其中关于康熙刻本《人月圆》，后蒙芜湖图书馆同意，我已做了调查，撰成《阿英藏清早期刻本〈人月圆〉小说考略》，载《明清小说研究》2019年第2期；关于清抄本《野叟曝言》，参阅本书《跋顾氏过云楼藏清抄本〈野叟曝言〉》一文；关于含秀居丛书，本次收录时略有增补

# 下编　怀风藻

# 应重新评价马廉的学术史意义

世人知隅卿（马廉，1893—1935）之名，多由其“不登大雅文库”（另有斋名“平妖堂”“雨窗欹枕室”）（图1）所藏明清珍本小说戏曲文献，而对马氏的学术研究，则知之甚少。究其原因，盖在于马廉“平素过于谦退，不肯发表”（周作人《隅卿纪念》），生前正式出版或发表的学术论著十分有限。然而，北京大学图书馆藏有马廉遗稿112册，约200余万字，总名为《隅卿杂钞》，包括马氏的读书札记、论著手稿、演讲笔述、书函底稿以及抄录的各类史料，尘封数十年，乏人问津。1993年，北大图书馆张玉范发表《北大图书馆的马氏特藏书》，首次介绍了《隅卿杂钞》的内容及价值，可惜没有引起研究者的重视；1997年，笔者因撰写《中国古代小说书目研究》，专程赴北大查阅马廉稿本《不登大雅文库书目》，但于《隅卿杂钞》亦未细检；2004年8月，笔者进入北大中文系从事博士后研究，始得通读全部遗稿，当时深感兴奋，撰写了长文《马廉的藏书及其小说研究》（收入拙著《古代小说文献丛考》，中华书局 2006 年版），并萌发整理之愿，后得知馆方早已约请了刘倩博士选编马氏论集，可谓于我心有戚戚焉。

如今，在马廉去世七十一周年之后，《马隅卿小说戏曲论集》（以下简称《论集》）终得梓行，隅卿幸甚！稗史幸甚！手执此册，眼前总会浮现出那些浸透着马氏心血的盈尺遗稿，心中便觉莫名感动。或许，对于谦退的马廉

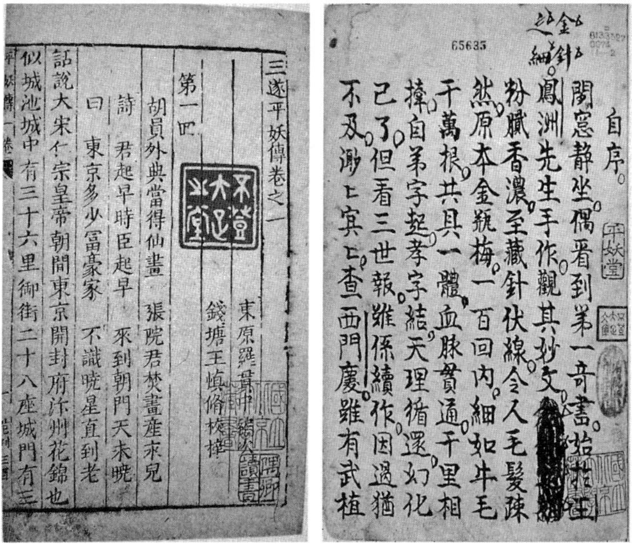
三遂平妖傳卷之一
東原羅貫中編次
錢塘王慎脩校梓
第一回
胡員外典當得仙畫　張院君焚畫產求兒
詩　君起早時臣起早　來到朝門天未曉
曰　東京多少富豪家　不識曉星直到老
話說大宋仁宗皇帝朝間東京開封府汴州花錦也
似城池城中有三十六里御街二十八座城門有三

自序
閑窓靜坐偶看到第一奇書
鳳洲先生手作觀其抄文
粉膩香濃至藏針伏線令人毛髮竦
然原本金瓶梅一百回内細如牛毛
千萬根共具一體血脉貫通千里相
捧自弟字起孝字結天理循環幻化
已了但看三世報雖係續作因過猶
不及渺渺冥冥查西門慶雖有武植

图 1. 马廉旧藏明刊《三遂平妖传》（左）、清抄《三续金瓶梅》（右）所钤藏印

来说，并不在意自己的著述是否流传；但作为后世研究者，却有必要根据《论集》，重新认识马廉，进而重新评价其在二十世纪小说戏曲研究史上的学术贡献。兹以通俗小说为例，略加评述，至于马氏在戏曲方面的成绩，则自有相关研究者的专论。

根据《论集》所收诸文，马廉的通俗小说研究，大致包括四个部分：

## 一、古代通俗小说目录的编抄

计有收入《论集》的《中国通俗小说考略》《大连满铁图书馆所藏中国小说戏曲目录》《小说戏曲目录五种》《不登大雅文库书目》等文。古代通俗小说历来被视作不登大雅之书，摈弃于公私目录之外，其著录几近空白，故马廉的工作，不乏筚路蓝缕之举：他是首位亲赴大连满铁图书馆访书，并公布其所藏通俗小说目录的中国人；他最早公布了明抄本《宝文堂书目》所载小说戏曲书目（附录于《京本通俗小说与清平山堂》文末）；他还是最早抄录日本长泽规矩也所编《日本所存中国小说戏曲目录》的国内学者；而记录其珍贵藏书的《不登大雅文库书目》，则更具学术价值。关于《中国通俗小说考略》，尚需略作说明：

1.《中国通俗小说考略》，原存见于《隅卿杂钞》，抄本一册，书名为原署。全稿仅存“上编”及“中编”的第一部分，即今《论集》第 1 页至第 15 页首段。而《论集》第 15 页次段至第 68 页所录文字，实际上与《中国通俗小说考略》非为同文，它们另订为一册，统一抄写于印有“中国辞典编纂处”字样的稿纸，笔者认为其是中国大辞典编纂处《近代小说书目提要》残存之条目。《论集》编者将其汇入《中国通俗小说考略》一文，又未作交代，似欠妥。

2.《中国通俗小说考略》及《近代小说书目提要》残稿的作者是否均为马廉，尚存疑问，《中国通俗小说考略》案语有“长泽规矩也氏”“鲁迅氏”等称，独于马廉则称“马隅卿先生”，似非马氏口吻。将两稿与孙楷第《中国通俗小说书目》（1933 年初版）相关条目对读，可见清晰的承继关系，或出孙楷第之手。撇开作者问题，此两文对于《中国通俗小说书目》（1933 年初版）的最终编定，宜有奠基之功。

## 二、古代通俗小说家史料的辑考

计有收入《论集》的《墨憨斋著作目录》《冯犹龙氏年表》《关于周静轩先生》《关于批评〈金瓶梅〉之张竹坡先生》等文。其中，马廉对冯梦龙生平著述史料的搜辑，尤为殷勤，除《论集》所收两篇外，《隅卿杂钞》中尚存

《墨憨斋散曲录存》《墨憨斋诗歌目录》《〈太霞新奏〉选冯梦龙曲目》《〈太霞新奏〉选冯梦龙小令目》等多份手稿，马氏还亲笔抄录了冯梦龙题跋文一册，收入《太平广记钞小引》《甲申纪事叙》等文22篇，凡此种种，庶几将冯氏史料一网打尽，周作人《隅卿纪念》谓其“尝考冯梦龙事迹著作甚详备，又抄集遗文成一卷，屡嘱其付印亦未允”，实为小说研究的一大憾事。至于周静轩、张竹坡两文，虽仅辑录一鳞半爪，但在当时亦属新文献的发现，弥足珍贵。

## 三、明代白话短篇小说集研究

此乃马廉毕生学术兴趣所在，也最能代表其小说研究的学术水平，研究的重点集中于三《言》二《拍》及《清平山堂话本》等六部作品。

三《言》二《拍》，是二十世纪初期古代小说研究的学术热点，凭借文献优势，日本学者曾一度掌握了研究的主动权。马廉对此课题关注甚早，但苦于国内小说版本的缺乏，难以进行系统的版本梳理，遂将作者生平著述辑考，确立为自己的侧重点。与此同时，为弥补版本方面的不足，马廉及时追踪日本学者的最新学术动态，尽管不懂日文，他仍然借助友人，节译了盐谷温的讲演报告《关于明代小说“三言”》，改题为《明代之通俗短篇小说》，连载于《孔德月刊》1926年第1—2期，文中复以“廉按”的方式，发表了对冯梦龙和凌濛初的详细考证，其成绩实已超过同时期的盐谷温及长泽规矩也等人。

更为重要的是，通过此次翻译，马廉掌握了三《言》二《拍》诸书版本的最新存佚情况：“五大丛刻六部书，《醒世恒言》及《初刻拍案惊奇》两种，还不甚难得。其余四种是很不易搜寻了。但是有三种——《古今小说》《喻世明言》《二刻拍案惊奇》，盐谷氏已经发见在日本内阁文库藏有此书。现在大家正竭力访求的，就是只有序目没有原书的《警世通言》一种。”（《关于白话短篇小说三“言”二“拍”》，见《论集》第102页）此后不久，1926年9月，由中国返回日本的东京帝国大学学生辛岛骁，途经大连，在满铁图书馆发现大谷光瑞旧藏衍庆堂刊《二刻增补警世通言》残本（即“大谷本”）；1926年10月，长泽规矩也在日本名古屋蓬左文库，发现明兼善堂刊《警世通言》全本（即“尾州本”）。眼看《警世通言》的首次公布权，又将为日本学者所属。就在此时，马廉任职的孔德学校图书馆，也购得一个珍贵的《警世通言》新版本，向来慎于著述的马廉，于1926年12月1日撰成《关于白话短篇小说三“言”二“拍”》一文，发表在《语丝》1926年12月第111期。此文的亮点，是趁着辛岛骁与长泽规矩也的新发现“还没有经他们发表”，详细介绍了孔德图书馆所得三桂堂本《警世通言》的版本情况（图2），这是目前所知发表时间最早的《警世通言》版本研究论文。在这场颇为激烈的搜访《警世通言》版本的竞争中，马廉以自己的努力，捍卫了一个中国学者的学术尊严。

不仅如此，关于衍庆堂本、兼善堂本及三桂堂本，孰为《警世通言》原本的问题，马廉的观点也与长泽规矩也、辛岛骁等人迥然不同，在致长泽规矩也的信札中（即《论集》所收《与长泽规矩也关于〈警世通言〉的通信》一文），马廉根据自己及孔德图书馆所藏的两个三桂堂本、满铁图书馆所藏衍庆堂本以及长泽规矩也提供的尾州本资

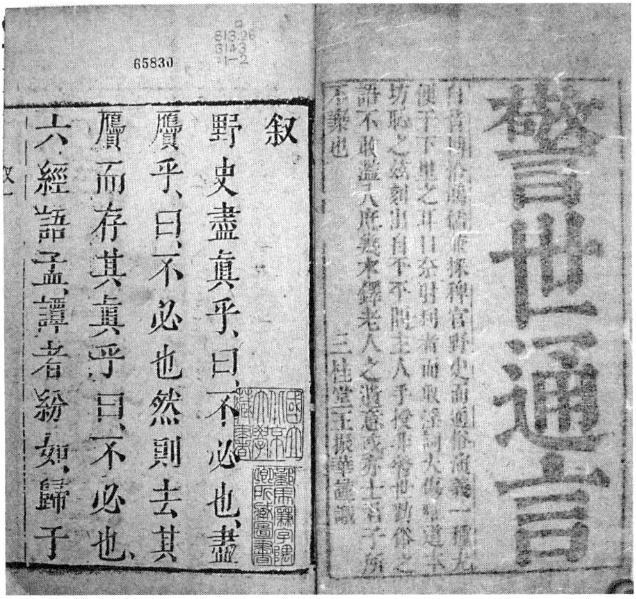


图 2. 马廉旧藏明三桂堂刊本《警世通言》

料，仔细比较，详加覆考，认为尾州本“纵非原刊，观其目录，当是《舶载书目》所载三桂堂本以前之书，且比较的存原书之本来面目也”；而关于《玉堂春落难逢夫》和《旌阳宫铁树镇妖》两卷叶数太多的问题，马廉则逆向释之：“其实书贾只有舍重就轻者，或竟因原书叶数之多，后印时始易以其他二篇，亦未可知。”马廉的上述学术观点，洵为真知灼见，时至今日犹为的论。试看2004年出版《中国古代小说总目·白话卷》之《警世通言》条目，撰者为日本当今三《言》二《拍》的研究专家大塚秀高教授，其主要观点是：“《警世通言》之明天启四年序刊金陵兼善堂原刊本已佚”，兼善堂“后修本”（即尾州本），乃今存诸本中最接近原本面貌的版本；“《旌阳宫铁树镇妖》和《玉堂春落难逢夫》，是《警世通言》中篇幅最长和次之，大概覆刻《警世通言》的书贾，不喜其长而换上篇幅短的”，其论述竟与七十多年前的马廉，如出一辙，令人不得不感佩于马廉的学术睿智。

至于《清平山堂话本》的整理与研究，则更是马廉“平生的一椿快事”（《论集》第91页），他在宁波旧肆发现的天一阁旧藏《雨窗集》《欹枕集》所存十二篇作品，庶可与日本内阁文库所藏十五篇“分庭抗礼”，此与三《言》二《拍》的足本或善本多藏于日本的情形，形成鲜明对比，足令中国学者稍感释怀，为纪念此次意义特别的发现，马廉自铭书斋曰“雨窗欹枕室”。以此为基础，马廉撰写了《清平山堂话本与雨窗欹枕集》等多篇论文，均已收入《论集》；而1934年马隅卿自费影印的《雨窗欹枕集》，如今也成了藏书家的架上善本。

值得一提的是，马廉还曾接替鲁迅先生在北大、北师大讲授“中国小说史”课程，鲁迅主讲的“中国小说史”早已声名远播，其讲义《中国小说史略》，更是古代小说研究的名著，这对继任者构成了不小的压力。笔者曾于南京大学图书馆古籍部，获见马廉在北师大的讲义《短篇小说》，铅印三册，收录13篇小说研究论文或资料，其中除《宋之小说杂戏》取自王国维《宋元戏曲史》第三章、《中国俗文学史研究底材料》乃汪馥泉所译日本学者狩野直喜的论文之外，余11篇均为马廉编撰或翻译，论题集中于三《言》二《拍》、《清平山堂话本》及《京本通俗小说》等白话短篇小说集，且偏重于文献资料（包括目录、序跋及识语等）的辑录。由此可知，马廉乃选取了鲁迅最为薄弱的白话短篇小说，作为该课程的讲述内容，以便最大限度地扬己所长，补人所短。尽管《短篇小说》仍属资料长编性质，尚未形成系统的论述，不过，按照马廉当时对于白话短篇小说的学术积累，撰写一部《中国白话短篇小说史略》，实非难事也。

## 四、《三国志演义》版本的搜考

在马廉生前发表的数篇论文中，就有《旧本三国演义板本的调查》一文（《论集》第69—73页），可见其对《三国志演义》的关注非同一般。《隅卿杂钞》中存有此文的油印底稿，文前有题识云："《三国演义》一书，可以算是最通行的小说，但只从杭永年的定本题作《圣叹外书声山别集》的出世之后，其余的也就湮没不闻了。我在最近一年来关于旧本的调查截至本月四日止，已经知道尚有十六种以上不同的本子存在，将来预备对这个问题，作一个有系统的报告，或者也是一件有意义的工作。"（论文正式发表时删去了此段文字）可惜天不假年，这个"系统的报告"未能完成。不过，《旧本三国演义板本的调查》仍然是当时最为重要的《三国志演义》版本研究论文。文中提及的明闽书林杨美生刊本《新刻按鉴演义全像三国英雄志传》，尤为令人注目，据《隅卿杂钞》记载（见《论集》第74—76页），此书原为来薰阁所有，马廉曾予借归，并请周作人、刘半农、钱玄同等人相助，以二十日为限，将全书悉数过录于《第一才子书》。杨美生刊本十分罕见，今所知仅日本大谷大学图书馆有藏本（参见中川谕《〈三国志演义〉版本研究》，汲古书院1998年版，第29页），乃著名汉学家神田喜一郎旧藏，未知是否即为马廉当年所见本。

新刊校正古本大字音釋三國志通俗演義卷之一
晉平陽侯陳壽史傳
後學羅本貫中編次
明書林周曰校刊行
祭天地桃園結義
後漢桓帝崩靈帝即位時年十二歲朝廷有大將軍竇武太傅陳蕃
司徒胡廣共相輔佐至秋九月中涓【釋義】中涓宫中掌事之官官也曹節王甫弄
權竇武陳蕃預謀誅之機謀不密反被曹節王甫所害中涓自此得
權建寧二年四月十五日帝會羣臣於温德殿中方欲陞座殿角狂
風大作見一條青蛇從梁上飛下來約二十餘丈長蟠於椅上靈
驚倒武士急慌救出文武互相推擁倒于丹墀者無數須臾不見片
時大雷大雨降以冰雹到半夜方住東都城中壞却房屋數千餘間
建寧四年二月洛陽地震【釋義】洛陽郡名今河南府洛陽縣是也省垣皆倒海水泛

图 2. 马廉旧藏明万历周曰校刊本《三国志通俗演义》首卷首页

毋庸讳言，由于英年早逝，由于个性的澹泊与谦退，马廉留下的形诸文字的学术成果，从数量上而言，还不能算是非常丰厚；《隅卿杂钞》辑采摘抄的小说史料，当年得之非易，而在今天却已失去了学术的新鲜感。不过，即便只是阅读《论集》所收的廿余篇论文，也足以重评马廉在二十世纪古代小说研究史上的地位。更何况，我们还长期忽视了一个事实，即马廉对于孙楷第编定《中国通俗小说书目》，曾经发挥过极其重要的学术作用。

《中国通俗小说书目》的编制，源于中国大辞典编纂处搜集近代白话语料的需要，其项目负责人即为孙楷第与马廉；1930年，两人合作编成《近代小说书目提要》，此乃《中国通俗小说书目》的雏形；其后，经孙楷第的补充修订，于1933年正式出版。在这部初版《中国通俗小说书目》中，到处烙有马氏的深刻印痕：书前郑振铎序、黎锦熙序及孙楷第自序，都客观地交代了马廉的功劳；孙楷第在“凡例十二”中亦写道：“本书搜集伊始，所据为孔德学校及马隅卿先生藏书。自民国十八年春起，至民国十九年春止，以次迻录孔德及隅卿先生藏书讫。在此期间虽所阅仅孔德及隅卿先生一人之书，而孔德素以藏小说戏曲著名，马先生又为斯学大家，所阅善本旧本既多，又与隅卿先生朝夕讨论，于此类书目录版本之学，乃粗立一基础。”言辞之间，洋溢着感激之情；另据笔者统计，《中国通俗小说书目》（1933年初版）所著录的“马隅卿”藏本，多达78部（包括同书异版），是采录各家中最多的一家，其他如日本内阁文库70部，大连满铁图书馆53部，郑振铎32部，北平图书馆27部，孔德图书馆19部，马廉以一己之收藏，竟然匹敌闻名天下的内阁文库，真可令人惊叹。但令人遗憾的是，至1957年作家出版社重版《中国通俗小说书目》时，原郑振铎序、黎锦熙序、孙楷第自序及“凡例十二”，均被全文删去；而正文中的“马隅卿”，则因小说藏处的变动，被统一改作了“北京大学图书馆”。于是，马廉和他著名的隅卿藏书，就此彻底地从《中国通俗小说书目》中消失，未留一丝痕迹。

就此而言，《论集》的选编出版，不仅使我们得以领略藏书家马廉的另一面，即作为一名学者的学术风采；同时，它也为今天的小说史学史叙述，提供了一个复原与校改的契机。

原载《书品》2007 年第 1 期

# 孙楷第与也是园《古今杂剧》

也是园旧藏古今杂剧（下文简称《古今杂剧》）是二十世纪戏曲文献最为重要的一次发现，发现者郑振铎曾惊喜地宣称："这个收获，不下于'内阁大库'的打开，不下于安阳甲骨文字的出现，不下于敦煌千佛洞抄本的发现。"[①] 洵非过誉。这批珍贵文献的发现、购买以及借给商务印书馆选印《孤本元明杂剧》的过程，本就富有传奇性，而一切又发生在抗战爆发民族危难之际，更增添了一层

① 郑振铎《劫中得书记·新序》，生活·读书·新知三联书店 1983 年版，第 270—271 页。

可歌可泣的悲壮色彩。关于此，前人已颇有考述[①]，近期《校订元明杂剧事往来信札》的编印出版[②]，复令更多当年的细节浮现于今日读者面前，可知其时此书周围活跃着诸多学者、图书馆员、古籍收藏家、出版家及古书商的身影，若以学术贡献而论，最值得关注者，则莫如郑振铎、王季烈及孙楷第。本文拟利用近年新见书札及校补本史料，探

① 最早为郑振铎《跋脉望馆钞校本古今杂剧》，载《文学集林》1939 年 11 月第 1 辑《山程》（为保持资料的原始性，本文所引郑跋，均据此 1939 年初次发表的版本，不另注）；后有陈福康《郑振铎传》第八章第三十八节《一部奇书》，北京十月文艺出版社 1994 年版；宋若云《谁驾玉轮入海底，辗破琉璃千顷——〈脉望馆钞校本古今杂剧〉的发现和流传》，载《学术研究》1999 年第 8 期；苗怀明《二十世纪〈脉望馆钞校本古今杂剧〉的发现整理与研究》，载《戏曲研究》2004 年第 2 期。

② 这批商务印书馆编印《孤本元明杂剧》的往还函件及档案，大部分收藏于上海图书馆，经胡坚整理后，由商务印书馆 2018 年 1 月影印出版，线装六册。但似乎也有小部分流散至民间，详见肖伊绯《张元济王季烈编校刊印〈孤本元明杂剧〉来往信函汇辑》，载《戏曲与俗文学研究》第 3 辑；《校印〈孤本元明杂剧〉始末——以新近发现的张元济、王季烈通信为中心》，载《关东学刊》2017 年第 9 期。两文引用了“一批流散于民间的商务印书馆内部存档”，共 10 余件，包括铅字打印稿、手写抄录稿、明信片原件等。

考孙楷第与《古今杂剧》之间的学术因缘始末[①]。

## 一、赴沪阅曲及参与《孤本元明杂剧》选目审读

孙楷第最初得知《古今杂剧》的信息，乃源自其任职的北平图书馆副馆长袁同礼（字守和），1939 年 7 月 25 日，他在写给张元济的信札中说："前累接守和先生书，悉也是园旧藏曲本由公选定付印，以校雠需时，杀青有待，总可成功云云。"[②] 实际上，早在 1938 年 5 月，郑振铎发现《古今杂剧》下落之初，便数度函电袁同礼，鼓动北平图书馆购买，袁起初态度积极，后因书贾将书价抬至

① 关于孙楷第与古今杂剧的学术关系，若干总结孙楷第学术成就的文章已有论及；苗怀明撰有专文《孙楷第戏曲文献研究成就》，载《文献》2008 年第 1 期，改订后另题《试听匣中三尺剑，夜深常响是何灵——孙楷第和他的戏曲研究》，收入其《从传统文人到现代学者——戏曲研究十四家》，中华书局 2013 年版，第 102—104 页。惜限于材料而未得详述。

② 《校订元明杂剧事往来信札》第 2 册，第 145 页。

万金，他只能表示“望洋兴叹”①。幸好，郑振铎通过卢前（字冀野）成功游说国民政府教育部以九千金购下此书，而且，经袁守和的游说，教育部同意在借给商务印书馆选印出版后，全部原书由驻沪代表（即郑振铎）“监交国立北平图书馆收藏”，兜兜转转，此书所有权最终仍归属北平图书馆，可算是一个意外之喜。至于袁守和屡屡致函孙楷第通报《古今杂剧》的信息，可能是因为孙楷第此时正对元明戏曲深感兴趣，作为《古今杂剧》的收藏单位，北平图书馆需要了解和研究此书的版本情况及学术价值，而孙楷第无疑就是馆内的最佳人选。孙楷第在 7 月 25 日的信中告诉张元济：“本月梢、下月初或南行一游，届时便诣崇阶修谒。”预告了自己准备赴沪阅曲的计划。

① 据《跋脉望馆钞校本古今杂剧》载：发现此书下落的当天，郑振铎“立即将这好消息告诉在汉口的卢冀野先生和在香港的袁守和先生”，两三天后，他“又作一札告诉袁守和先生，说这部书大约三千金可得，不知北平图书馆有意收购没有”，袁同礼从香港回函说：“北平图书馆决定要购下此书，三千之数，他也可以设法筹措。”孰料事生变故，书贾孙伯渊居奇抬价，索值万金，郑振铎即又“发了两个电报，一致守和，一致教部”，“守和在第二天，便回电说，他那里只好‘望洋兴叹’”。

孙楷第抵沪的时间，大概在1939年8月3日[1]，动身之前，傅增湘[2]分别于1939年7月26日、28日两次致函商务印书馆张元济，予以绍介："兹有门人孙子书（楷第）及馆员赵斐云来沪，欲刊教育部所购之元人曲抄刻各

① 1939年8月12日，孙楷第致张元济信札中有云："到沪人地生疏，诸多不便，旅邸噪杂，每夕非过十二时不能成寐，饮食起居，动乖寻常，此十日之间，小病已二次。"据此推算，他抵沪时间应为8月3日。见《校订元明杂剧事往来信札》第2册，第213页。

② 关于傅增湘与孙楷第的特殊师生关系，孙楷第晚年曾回忆道："戊戌变法后，沧州城里开办了新式学堂，名之为'高等学校'。宣统二年（1910），我十三岁，上了这个新式学堂。一天，直隶提学使傅增湘来校察学，赶上我们的国文课，他见我作文，不起草，写的还挺快，就注意了。回到他下榻的警察局，下个条子：传高校学生孙楷第。校长就带着我去了，见面我给他作了个揖，恭恭敬敬地听他的训词，他说：'看你做国文，挺不错；要好好念书，不要学报纸上的那些空论。'又说了些勉励我继续深造的话，让我留下几篇作文，校长便带我回来了。这位提学使仔细看了我作的文章，还写了批语，记得有一句是'气势畅旺'。"后来，孙楷第到北平上大学，乡贤张化臣（傅增湘的同学）写了荐举信，孙楷第执函前往拜见，"傅先生赋闲在家，正闷得慌，见了我，很高兴。我后来很得他的帮助"，孙楷第亦终身师事傅增湘。参阅黄克《建立科学的中国小说史学——孙楷第先生晚年自述及其他》，载《文学遗产》2008年第4期。

种”，“兹孙、赵二君来申，祈拨冗赐以颜色为幸。”[①] 有了傅增湘推荐，再加上袁同礼和北平图书馆的这层关系，孙楷第在沪期间，甚得张元济关照，查阅古今杂剧自然也是一路顺利。9 月 7 日，孙楷第离沪回京，在沪时间共计 36 天[②]。回到北平后，他还请傅增湘致函张元济，转达谢忱[③]。那么，孙楷第寓沪期间究竟完成了哪些与《古今杂剧》有关的工作呢？

在展开论述之前，不妨先来梳理一下截至 1939 年 8 月初，古今杂剧购买、商议出版、签订契约、书籍移交、启动整理的情况[④]，为便于观察，兹以时间为序罗列于下：

① 《张元济傅增湘论书尺牍》，商务印书馆 1983 年版，第 371—372 页。

② 孙楷第《述也是园旧藏古今杂剧》自序：“余以二十八年八月游沪，得阅斯书于友人所，凡三周读讫，既归，守和先生属为文记之。”然其实际居留时间不止三周。见《图书季刊专刊》第一种，图书季刊社 1940 年 12 月版，第 4 页。

③ 傅增湘 1939 年 9 月 7 日致函张元济云：“今日孙生子书自申江回，询悉道履安娱，至深欣慰。孙生并言荷公雅意殷拳，濒行复蒙纡驾往送，感谢之忱，属为转致。”见《张元济傅增湘论书尺牍》，第 372 页。

④ 详参拙文《也是园古今杂剧发现及购藏始末新考》，载《文学遗产》2019 年第 1 期。

1938年

6月4日，郑振铎与古董商孙伯渊签订购买契约，支付千元定金。

6月18日，郑振铎取回六十四册《古今杂剧》原书。

6月22日，郑振铎致函张元济，“现此书已取回，暂存敝处”。

7月1日至5日，郑振铎代表教育部、张元济代表商务印书馆，商议借印古今杂剧事，因在出版名义上存在严重分歧（教育部要求使用国家机关名义，商务则坚持“只能用商务印书馆名义”），协商未果，遂作罢。

11月3日，郑振铎致函张元济，表示教育部同意借给商务印行，“一切条件，均可不计，仅须于印出后赠书若干部而已。如荷同意，当即设法将全书奉上”。

11月4日，张元济复函郑振铎，称此事须函询香港王云五意见。

12月27日，张元济致函郑振铎，称昨日始得王云五复函，商务“允为承办”；随即由商务印书馆起草出版契约。

1939年

1月3日，郑振铎致函张元济，称“契约无问题”，但保险费太低，希望从原来的1万元提高为3万元；并说“书目当另行誊清一份，于数日内奉上”。

1月24日，张元济将修订后的契约（保险费折中为

2 万元）两份，随函送交郑振铎，“乞于签署后发还一份为荷”。

1 月 25 日，郑振铎将契约寄重庆教育部审核。

1 月 30 日，张元济致函郑振铎询问契约事，郑振铎复函称，等收到教育部回复，即可签署；并说：“全目已抄好，兹奉上，计孤本凡一百四十一本；外间虽有刊本而异同甚多，必须印出以资比勘者，计六十二本；外间有影印本及其他易得之版本者，计三十九本，敝意除去三十九本外，余二百四十三本似均须印出。”“提要写毕，当即奉上指正，全书也可于该时点交。”

2 月 27 日，教育部致函郑振铎，就契约提出两点补充条款，其中第二条关于移交书籍事，原契约第四条为“本书由商馆印齐后交还教育部驻沪代表人”，嘱改为“原书全部由商馆印齐后邀请教育部代表监交国立北平图书馆收藏”。

3 月 10 日，张元济致函郑振铎，商量“移交全书手续”，声称：“敝处当遣员趋前，先行商定。”商务印书馆所遣之人，即为丁英桂。

3 月 11 日，丁英桂函告张元济：“今晨访晤郑振铎先生，接洽也是园元曲事。”“原书郑君谓渠正在写作一文，下星期可脱稿，当即将原书移交公司。”

3 月 21 日，张元济致函丁英桂：“移交也是园元明杂剧，前日所谈各节已否与郑君商妥？何日移交？务乞先期见示。”

3月27日，张元济致函丁英桂：“也是园曲本最好于三四日内交齐，则我处便可着手，仍望转达郑君为幸。何日开手交书？乞电示。弟能到必到。”

3月28日，张元济致函丁英桂：“昨日与郑君所谈如何结果？盼示。”

4月20日，张元济致函丁英桂：“近日已晤郑君否？元明杂剧后半部未知何时可以移交？曾否请胡文楷君开始检阅？前半部修理约何时可完？”

5月9日，张元济致函丁英桂：“前半部元明杂剧天字类已否照成？郑君处所存后半已否检完？何时可以移交？均祈示悉。”

5月11日，丁英桂致函张元济：“元明杂剧后半部，今晨电话与郑君接洽，据称本星期六未能移交，因尚有需查阅之处，当请其速查，约定于下星期内前往接收。”

5月15日，张元济致函丁英桂：“后半何日可以取书？亦祈询明见示为荷。”

同日，丁英桂复函张元济：“后半部何日取书，明晨往询郑君后再陈明。”

同日，张元济致函王季烈：“也是园元明杂剧虽系北平图书馆购藏，却在上海交易，此书并未运至北平，故伯恒未之知。本馆借印，蒙允代校订，至深感幸。今寄上目录一分，祈察入。此书系郑君振铎在沪代教部料理，目录即郑君所制，亦不尽依也是园目，分为天地元三类，亦郑君所指，究竟其所谓孤本、有异同本、有通行本是否无误，亦祈鉴定。全书共六十四册，只交到一半，尚余三十二册，郑君尚在阅览。”

5月16日，丁英桂复函张元济：“今晨访晤郑振铎君，据称元明杂剧后半部，本星期仍难移交，因尚有若干册未阅毕，而连日忙于他事，无暇及此。当告以馆中急待取书详查，渠乃允在下星期内移交。至下星期一，当再往催问。”

5月29日，王季烈复函张元济，称“略读目录一过，郑君所分天地元，大致当不误。”

6月8日，丁英桂致函李拔可：“今晨访晤郑振铎君，元明杂剧后半部仍未查齐，据约下星期一再往接洽，可定移交日期。”

6月17日，丁英桂致函张元济：“又请郑君开具排校意见及后半部原书移交数事，均当分别催办。”

8月3日，丁英桂致函张元济：“今晨询郑振铎君，据称至下星期一八月七日，准可将原书后半部移交公司不误。”

8月5日，张元济致函丁英桂：“昨示敬悉。元明杂剧后半部，郑君允于下星期一日可以移交，请再询问确实。如不改期，请代借拔可先生车，于是日赴公司时先至敝处一转，当借乘至郑寓。”

由上可知，孙楷第1939年8月3日抵沪之际，《古今杂剧》上半部三十二册原书，已移交商务印书馆，并正被照相打样，陆续交姜殿扬、胡文楷初校后，寄送王季烈复校；下半部三十二册，则仍在郑振铎处，但已商定8月7日移交商务，实际上这个时间似又有延迟，9月7日，张元济致函王季烈称："此书后半部甫于半月前，始由郑君交出，现在正在照相天字各本。"据此推算，后半部正式移交商务的时间，大概在8月下旬。换言之，在孙楷第离沪之前，《古今杂剧》原本六十四册均已移交商务馆，他有条件查阅全书。《校订元明杂剧事往来信札》收录有5通孙楷第致张元济信札、北京德宝拍卖公司2017年另曾拍卖过1通张元济致孙楷第信札，今据此六札（完整书札文字俱见附录）及其他相关史料，钩沉孙楷第在沪阅曲情况如下：

**1. 通读《古今杂剧》原书，抄录相关资料**

孙楷第在1939年8月12日致张元济函中，称自己"每日出入商务馆中贪玩书籍"，可见其时阅曲之兴殊为高涨；而张元济亦曾将《单刀会》等照相本五种及《货郎旦》等校勘记五册，先后送至旅馆请其审读。孙楷第钞录的十余册阅曲笔记，构成了之后撰写《述也是园旧藏古今杂剧》的资料基础，他在序言中写道："余以二十八年八月游沪，得阅斯书于友人所，凡三周读讫，既归，守和先生属为文记之。余既于役，从事于此，谊不敢辞，乃出沪游掌记，分类排比，稍加考稽，撰为此文”，“况余之留沪不过三周，虽阅时极力求详，而不免挂漏，其疑似难明及欲抄录而未及抄录者，辄询之张菊生先生，幸前辈高明，不吝指示，书问三反，教诲益勤”云云，可见一斑。

此处所谓“挂漏”，大多集中在题识文字的漏录。略举数例：

譬如《述也是园旧藏古今杂剧》下篇论及“今存刊本曲”一节时，云“黄丕烈手书也是园藏书《古今杂剧目》，《尉迟恭单鞭夺槊》有二本，一在关汉卿名下，一在尚仲贤名下。今本则在尚仲贤名下者已佚，在关汉卿名下者系钞本，题名下批云：‘《太和正音》名《敬德降唐》。’郑氏跋《古今杂剧》，谓此剧封面里页有某氏批云：‘此尚仲贤所作，非汉卿。玄度误认作《敬德降唐》，故目。’”此处，孙楷第有双行小字注：“此二十字批，余未见。”[①] 客观地说，此条批语隐藏在封面里页，不易发现，即便是后来郑振铎亲自主持的《古本戏曲丛刊》第四辑影印本，也将它遗漏了，孙楷第匆忙之间未曾留意，实不足怪。

再如1939年10月31日，孙楷第收到张元济寄来打字稿《也是园旧藏元明杂剧》六十四册目录，他校录后寄还，并录副自存，此册封面有孙氏朱笔题识：“《黄廷道

① 《述也是园旧藏古今杂剧》1940年版，第94页，1953年修订版相同，见第124页。

夜走流星马》《孙真人南极登仙会》《王兰卿服信明真传》，右三本，商务印书馆打字目皆云有清常记，而余手记无之，须问。”（图 .1-1）今核检《古本戏曲丛刊》第四辑影印本，《王兰卿服信明真传》无赵琦美题识，《孙真人南极登仙会》《黄廷道夜走流星马》则均有清常题识，盖孙氏匆忙间漏录。不过，囿于时间和客观条件，孙楷第似并未进一步核对情况，在随后发表的《述也是园旧藏古今杂剧》中，他将《孙真人南极登仙会》列入“其剧附穿关而无题识者”，将《黄廷道夜走流星马》《王兰卿服信明真传》列

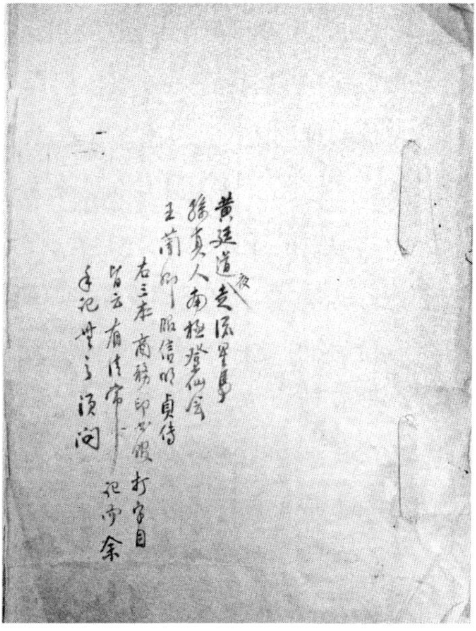

图 .1-1

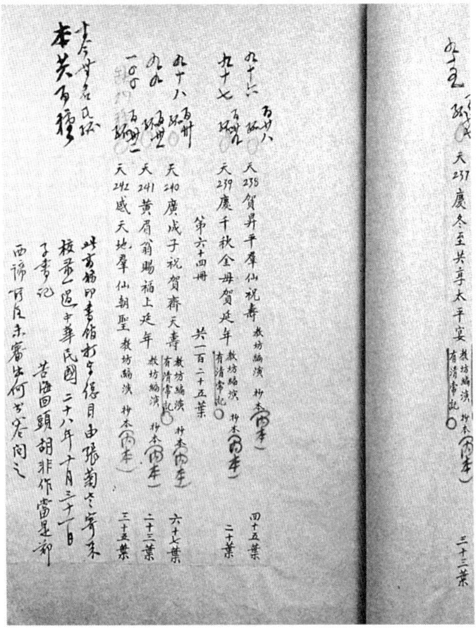

九十五 天237 慶冬至共享太平宴 教坊編演 有清常記 抄本(丙本) 二十三葉

九十六 天238 賀昇平羣仙祝壽 教坊編演 抄本(丙本) 四十五葉

九十七 天239 慶千秋金母賀延年 教坊編演 有清常記 抄本(丙本) 二十葉

第六十四冊 共一百二十五葉

九十八 天240 廣成子祝賀齊天壽 教坊編演 有清常記 抄本(丙本) 六十七葉

九九 天241 黃眉翁賜福上延年 教坊編演 抄本(丙本) 二十三葉

一〇〇 天242 感天地羣仙朝聖 教坊編演 抄本(丙本) 三十五葉

此為商務印書館抄寫傳目由張菊生寄來 校錄一過 中華民國二十八年十一月三十日

图 1-1、1-2. 商务印书馆编制《也是园旧藏元明杂剧》

孙楷第录副本，封面页孙氏朱笔批注文字

入“无赵琦美题识不知录自何本者”①，直至 1953 年修订版仍沿此讹。

再如 1939 年 11 月 6 日，孙楷第曾致函向张元济求助，信札原件未见，但 11 月 18 日张元济复函尚存（图 2），

① 分别见《述也是园旧藏古今杂剧》1940 年版，第 65、85 页。

札中有云："十一月六手书属抄录董香光跋语两通，别纸抄奉。又遵王补抄《三醉岳阳楼》剧缺文三行，今亦照原文影上。此三行的述遵王手笔，敝处藏有遵王手写书籍及其跋语，笔致极相合，可无疑也。"孙氏在《述也是园旧藏古今杂剧》卷首，配插了《三醉岳阳楼》钱遵王补抄页的书影，盖即张元济所寄送者。孙楷第在撰写论文过程中遇有原始材料问题，赖张元济等商务印书馆友朋相助，始得解决，故序文所说"前辈高明，不吝指示，书问三反，教诲益勤"云云，实非客套语。

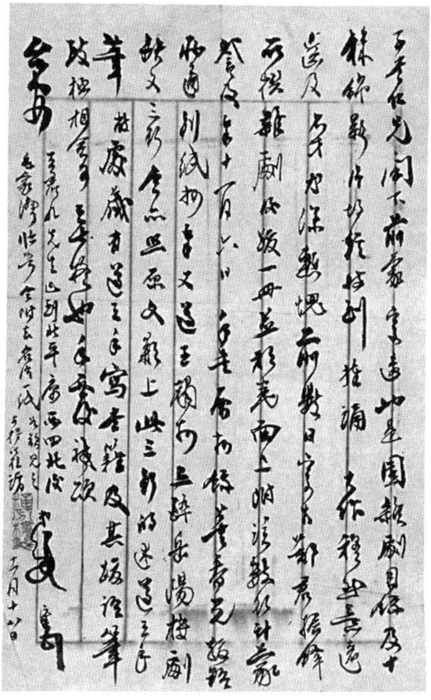

图 2. 张元济致孙楷第札（1939 年 11 月 18 日）

### 2. 参与商讨《古今杂剧》的刊印选目

商务印书馆计划刊印《古今杂剧》，确定选目最为关键。1939 年 1 月 14 日，郑振铎曾复函张元济，称“全目已抄好，兹奉上，计孤本凡一百四十一本；外间虽有刊本而异同甚多，必须印出以资比勘者，计六十二本；外间有影印本及其他易得之版本者，计三十九本，敝意除去三十九本外，余二百零三本似均须印出，恰好较臧选多一倍，且钞本及刊本俱出于臧选出版之前，实天壤间之大秘笈也”[①]。《校订元明杂剧事往来信札》第六册存有此份郑氏手书目录，凡二百四十二种，据目录后标注文字可知[②]，剧目名上标“○○○”（三个圈）符号者，为孤本，必须印出，共一百四十一本；标“○○”（两个圈）者，虽有他本通行，惟异同甚多，应该印出，以资校勘，共六十二本；打“×”者，已有通行本，可不必印，共三十九本。此三类，后又称为“天”“地”“元”（或“人”），商务印书馆的刊印选目，亦大体即在此基础上展开。1939 年 5 月 15 日，张元济致函王季烈：“今寄上目录一分，祈察入。此书系郑君振铎在沪代教部料理，目录

① 《校订元明杂剧事往来信札》第 1 册，第 27 页。原札中郑振铎有一笔误，须印出的数目应为“二百零三”，误作“二百四十三”。
② 《校订元明杂剧事往来信札》第 6 册，第 804 页。

即郑君所制，亦不尽依也是园目，分为天、地、元三类，亦郑君所指，究竟其所谓孤本、有异同本、有通行本是否无误，亦祈鉴定。”[1]之后，两人书札往还，从学术价值、出版利益、时局情况等角度，反复斟酌，再三权衡，前后经过10个多月时间，直至1940年3月20日，才最终遴选出一百四十四种，定名为《孤本元明杂剧》，并且决定采用整理排印而非原书影印的方式出版[2]。在此论证过程中，作为一名重要的“局外人”，孙楷第多次贡献了自己的学术看法。

1939年7月25日，身在北京的孙楷第致函张元济，建议将《古今杂剧》分为三类，区别处置[3]：第一类为“孤本者百三十余种”，“应以全印为宜”，“亦无须校订，存其本来面目”，“校订之功付之读者可矣，印则即用抄本原文，较便也”；第二类为“非孤本而系古抄者四五十种”，“若能一并付印，固亦秘本，有校定他本之功。如为工力时间所限，亦无妨暂缓”，但《单刀会》《敬德不服老》两剧，因今本皆有残缺，也是园古抄本乃“缮完之本”，故

①《校订元明杂剧事往来信札》第1册，第50页。

② 1940年3月20日，张元济致函王季烈：“计在原订百五十种内撤出《鞭盗跖》《敬德不伏老》《绯衣梦》《题桥记》《苦海回头》《符金锭》六种，共存百四十四种”，“现已发排。”《校订元明杂剧事往来信札》第4册，第522—523页。

③《校订元明杂剧事往来信札》第2册，第145—153页。

应“印出为宜”；第三类为明刊息机子《元人杂剧选》、玉阳仙史《古名家杂剧》本，仅选印其中“惟一孤本”的《吕洞宾桃柳升仙梦》《宴清都洞天玄记》。从总体上来看，孙楷第的出版意见与郑振铎颇有暗合处，若考虑到他当时尚未见原书，仅凭从袁守和处获知的有限讯息，就提出此等真知灼见，显示出其对于存世元明曲本文献的熟稔。

抵达上海之后，孙楷第接触了第一手的原始文献，关于刊印选目的意见自然更为具体。8 月 5 日，他致函张元济，表示“郑君所区三类，天字全印，地字选印，甚善”[①]。实际上，关于列为“天”字类的孤本，郑振铎、张元济、王季烈、孙楷第意见一致，即全部刊印；分歧主要集中在“地”字类，郑振铎建议全印，张元济、王季烈、孙楷第建议选印，商务印书馆最终的决定是选印。但是，究竟选印哪几种呢？6 月 23 日，王季烈推荐《单刀会》《遇上皇》《博望屯》三种[②]，张元济又加上《不服老》《岳阳楼》（因有钱遵王抄补），共五种，于 7 月 1 日命商务印书馆丁英桂摄照全书，7 月 20 日，丁英桂函报：“元明杂剧地字先照五种，已照好，当即晒板打样并粘贴装册。”[③]因此，当孙楷第 8 月 3 日抵沪后，张元济即遣人将“地”

①《校订元明杂剧事往来信札》第 2 册，第 195 页。
②《校订元明杂剧事往来信札》第 1 册，第 103 页。
③《校订元明杂剧事往来信札》第 2 册，第 140 页。

字类五种照相本，送至旅邸，征求意见。8月7日孙楷第复函张元济：“《单刀会》等照相本五种已读竟，借来人覆呈。《单刀会》《遇上皇》《博望烧屯》三种，今虽存元刊本，但元刊本白甚略，或至无白，读之竟不能知其始末原委。又曲文竟有辞理全异，校改为烦者，此等单看校记，甚苦不得要领，今影印别行，则读者便利多矣。”[1] 有了王季烈、孙楷第两人的肯定，张元济最终将此三种“地”字类曲本收入《孤本元明杂剧》。

**3. 审读曲本校勘记并提出改进意见**

因“地”字类曲本较多，若全部摄照送审，靡费资金，张元济乃请胡文楷“将已见于《元曲选》或其他本者，校勘一过，所有异同一切录入校勘记”[2]，复将校勘记装订成册，寄送专家审读，如果专家觉得有价值，再行摄照原书送审，以便最后确定是否刊印。孙楷第抵沪后，张元济将《货郎旦》等曲本校勘记五册，送交审读，8月5日，孙楷第致函张元济，对校勘记体例提出了改进意见：“校记工作甚好，倘经先生订正别行，即是曲学著作，大有用处。但表格中本子有未列者，如以也是园本校，也是园本其本为钞本，为《古名家杂剧》本，或为息机子《元人杂

①《校订元明杂剧事往来信札》第2册，第203页。
②《校订元明杂剧事往来信札》第3册，第277页。

剧选》本，必一一书明，方不至眩瞀。如两本皆是也是园藏钞本，亦须注明甲乙，方见分明。其曲牌似亦应注出，庶使阅者便于检查。又此表为校也是园本而作，故所标页数以也是园本为注，若印行，则须反之，注通行本页数，因《元曲选》等通行本习见易检也。”[①]8月12日，孙楷第再次致函张，反馈审读意见：“校记五册早已阅讫”，“五种中，生选得《货郎旦》一种可重印，盖此曲甚佳，甚有名，而本不多，除《元曲选》本外，仅此也是园藏抄本，而文又多异，自以重印为宜也。生之私意，地字选印标准，以通行本外仅见一本者为最要，通行本外尚有数本者次之。”虽然，由于《孤本元明杂剧》全书确立以“孤本”为特色，孙楷第推荐的《货郎旦》最后并未印出，但他关于校勘记的改进意见，对于商务印书馆地字类曲本的校勘工作，当不无裨益。遗憾的是，孙楷第居沪时间有限，不及审读更多的曲本，但他曾向张元济表示，如有需要，愿在北平协助王季烈审校：“君九先生将来既寓北平，校记及照片经先生裁定后，闻仍须寄君九先生一阅，如有须于楷第者，楷第当不惜微劳也。”[②]可谓尽心尽力。

①《校订元明杂剧事往来信札》第2册，第199—200页。
②《校订元明杂剧事往来信札》第2册，第213—217页。

## 二、《述也是园旧藏古今杂剧》(1940)学术价值评估

1940年12月，孙楷第《述也是园旧藏古今杂剧》，作为《图书季刊专刊》第一种正式出版，书分上下篇，上篇“述收藏经过”，下篇“述今本”，下辖六个部分，即“今本之历史”“今存钞本曲”“今存刊本曲”“赵琦美校曲与何煌校曲”“编次沿革”“今本之价值”，全书约二十万言，资料丰赡，考订深细，余嘉锡序文所云“考一书而详密如此，古未尝有也”，殆非虚誉。而时至今日，又该如何来客观评估孙文的学术价值？笔者认为可从以下两个角度着眼：

### （一）孙文对郑振铎文的学术推进之处

孙文自序曾提及一件耐人寻味的事情：“余起草甫半，郑君西谛适以所作《跋脉望馆钞校本古今杂剧》寄来。邮封甫启，执卷踟蹰，以斯编原本在郑君斋中将及一年，苟郑君言之详且尽者，余可不作。恍读一过，觉所论犹未周至，且间有疏失。益信学无止境，考据实难。乃贾余勇，勉强卒业。其与郑君不同处，于各章中随时说明。凡以求是，亦非好立异也。”[1]很显然，郑振铎此篇发表于《文学

① 孙楷第《述也是园旧藏古今杂剧》1940年版，第5页。1953年修订版，孙楷第删去了自序中的此段文字。

集林》第一辑《山程》(1939 年 11 月出版)的专题论文(以下简称“郑文”),曾经对孙楷第构成了不小的心理压力[1],并且以学术参照物的角色,潜在作用于孙文的实际撰写过程。因此,对于孙文学术价值的客观评估,自应首先建立在与郑文的比照基础之上。

**1. 关于《古今杂剧》之递藏源流**

郑文列出了《古今杂剧》递藏图,即赵琦美—钱谦益—钱曾(遵王)—季振宜(沧苇)—何煌(小山)—黄丕烈—汪士钟(阆源)—赵烈文(旧山楼)—丁祖荫(初我),虽行文简略,未及细考,但首次梳理出清晰的递藏源流关系,功不可没。

孙文则对上述收藏者之生平事迹,尤其是藏校《古今杂剧》曲本的点点滴滴,做出了庶近于穷尽性的考察,可谓后出转精。而更为重要的学术推进,是对于郑文疏漏的“试饮堂顾氏”,孙文考订出其为苏州藏书世家,与黄丕烈同时代且关系密切者为顾珊(号听玉)、顾翔云父子,顾氏家藏元明曲本后多归于黄氏,故黄丕烈《古今杂剧》跋

① 1940 年 3 月 5 日,孙楷第致胡适札云:“楷第去年八月曾赴沪,阅也是园元曲二百四十余种,顷为文述之,计上下两篇,约四五万字,讫,当设法转呈。郑振铎亦有文述之,但甚陋可笑。”此札透露出两个有意思的讯息,其一,孙楷第初稿规模仅有四五万字;其二,他对于郑文实颇有微词。札见《胡适往来书信选》卷中,中华书局 1979 年版,第 727—728 页。

语乃有“今年始从试饮堂购得元刊、明刊、旧抄、名校等种”诸语，孙文的这一考订，为《古今杂剧》递藏源流补上了重要一环，即在“何煌”与“黄丕烈”之间，尚有“顾氏试饮堂”。另外，孙文还注意到也是园抄本《断杀狗劝夫》后有一则“顾河之”的题跋，并考证出其名为顾瑞清，乃黄丕烈重要学术伙伴顾广圻（字千里）的孙子，此细节亦为郑文所忽略。

这里尚有一个小插曲：郑文将“旧山楼”主人赵宗建误作“赵烈文”，文章发表后经友人指出，遂在《文学集林》第二辑（1939 年 12 月出版）刊载《一个改正》，予以更正。孙楷第撰文时，未留意后出之《一个改正》，遂有“郑氏注意旧山楼遗书，自称曾因旧山楼书访约翰大学，曾问之虞山人士，曾辗转问之赵氏后人，曾托人一再问之丁祖荫，然访问虽勤，而举旧山楼主人名仍不能无误。则信乎考古固难，考近事亦良不易也”[①] 云云之感叹，而等他读到更正时，文已付印，不能削去，故孙氏在《后记》中特予说明：“《文学集林》第二辑出板，在民国二十八年十二月，而余见《文学集林》第二辑，却在民国二十九年十月。文已付印上板，不能削去，殊以为歉。然郑君谓宗建是赵琦美或其昆仲之裔，则又失之。余文论宗建事谓

① 孙楷第《述也是园旧藏古今杂剧》1940 年版，第 33 页。1953 年修订版删去此段文字。

宗建于琦美为疏族，宗建是常熟报慈里赵氏之裔，琦美为城内赵氏之裔，所述常熟赵氏枝派颇详。是余文虽但据郑君初说立论，未能据其改正之文立论，殊觉不安；而究亦能发郑文所未发，其文尚不为虚作，且亦不失为郑氏之净友也。”[①] 实事求是，学术为上，虽有竞争，不失仪礼，于此亦颇可窥知旧时学风之醇正。

### 2. 关于《古今杂剧》的版本构成及来源

今存《古今杂剧》凡六十四册二百四十二种，包括抄本和刻本两大类。郑文、孙文对此之考订统计，有同有异。

1）抄本。

据郑文统计：抄本总数 173 种，“其来源也只有两种，一是‘内本’，一是‘于小谷本’，但不注明来源的也有。兹列为一表如下：（1）内本，九十二种。（2）于小谷本，三十二种。（3）未注明者四十九种。‘内本’有一个特征，即每剧之末均附有‘穿关’。‘穿关’殆即‘穿扮’之意，每折指明登场人物所穿戴的衣服、帽鞋，并指明髭髯式样”，“我把附有‘穿关’都当作了‘内本’，大约不会是很错的”[②]。关于“于小谷”的身份，郑文考证为于慎行之子于玮。

据孙文统计：抄本总数 173 种，其中抄自“内本”者

① 孙楷第《述也是园旧藏古今杂剧》1940 年版“后序”，第 3 页。
② 郑振铎《跋脉望馆钞校本古今杂剧》1939 年版，第 55—59 页。

九十五种，较郑文多出三种；抄自于小谷者三十三种，较郑文多出一种；“无题识不知来历抄本”四十五种，较郑文少四种。可惜由于郑文未列出细目，不知究竟在哪几种曲本的归属上两人存在分歧。至于郑文将附有“穿关”（不管有无题识）的抄本一律视为内府本、“于小谷”为于慎行子于玮等观点，孙文均表示赞同。

对读郑、孙两文，关于《古今杂剧》抄本的基本学术判断，大致相同。孙文的学术价值，实际体现在如下几点：

A. 郑文关于抄本及其来源的介绍，多为笼统的数字和人名，孙文则一一落实到具体的曲本，列出名称，并引录了诸多原始题识文字，这对于当时尚无缘目验原书的读者来说，无疑具有重要的参考价值。

B. “穿关”是判定内府本的重要依据，郑、孙两人分歧甚大。孙文对郑文关于“穿关”的释义，颇不以为然：“此穿关二字，宜作何解”，“郑氏跋《古今杂剧》虽亦有说，然其言或不核不尽”，“顾穿关命名何所取义？此事前人未有解释之者。郑氏跋《古今杂剧》亦未之及”，“郑氏跋《古今杂剧》其第六章提及穿关，但以穿扮释之，可谓知其一而不知其二也。”[①] 鉴于此，孙楷第在友人襄助之下，广征博引，就“穿关”内涵、作用、流变，详加考

① 三段文字分别见孙楷第《述也是园旧藏古今杂剧》1940 年版，第 65、70 页。1953 年修订版均已删去。

索，认为明之“穿关”颇类似于近世戏曲中的“串头”和“题纲”，其功能有二，一记人物穿戴（服装扮像切末诸项），一记人物登场节次。孙说甚是。

C. 关于明代内府本的庋藏机构，郑文据臧懋循《元曲选序》所云“从刘延伯借得二百种，云录之御戏监”，认为赵琦美抄录的“内本”，有可能就是御戏监藏本，然未予展开。

孙文受郑文启发，沿着刘承禧这一线索，考证出其所谓“御戏监”乃俗称，实即内廷掌管承应戏之“钟鼓司”，遗址在北平曲巷，孙楷第亲赴实地考察，“数过其地，徘徊流连”，南北左右，皆为民居，境绝幽僻，孰知“今士夫所重金元词曲以为超尘绝俗不可多得者，当时乃尽汇于此也”；更有意思的是，据明刘若愚《酌中志》载，明代掌宫中承应戏的机构，除钟鼓司外，尚有“四斋”及“玉熙宫”两处，故赵琦美所辗转抄录的“内本”，有可能源自此三个机构。而玉熙宫原址竟然就是北平图书馆所在地，考探及此，孙楷第不由感慨道：“故以地论，则今之图书馆即明之玉熙宫，其地为内本杂剧按行之地；以本论，则明之内本杂剧为赵琦美传录者，今亦尽为馆有。其肄习之地，肄习之本，均与图书馆有密切之关系。事虽偶然，亦可谓之异事矣。”“明之内本杂剧与图书馆信有宿缘也。”[1]

① 孙楷第《述也是园旧藏古今杂剧》1940年版，第78—79页。

亦堪称一段学术佳话。

D. 无题识且不附穿关抄本的来源。郑文曾推测："我很怀疑，清常钞本里没有注明来源，而且也不附有'穿关'的，大抵都是于氏的藏本。"[1] 孙文对此提出质疑："郑氏之言亦想当然耳。诸本之为于小谷本，在今日已无证据。纵令信郑氏之说以为是于小谷本，则于小谷本自何本出，此尤不可不问者。余意此诸本既无题识，其来源已不能尽知。"但他终究也于心不甘，略加考证，列出此类全部四十五种曲本名目，将其与《述古堂书目》比较，从搬演题材、文词风格等方面，认为"此无题识钞本四十五种中，当亦有不少自内府本出者"，其不附"穿关"，乃"钞时省略"[2] 云云，虽亦属推测，但较之郑文，此问题的探讨有所细化。

2）刻本。

《古今杂剧》中的刻本，包括两种版本，其一为明息机子刊《元人杂剧选》本，凡 15 种，郑文、孙文相同；其二为明新安徐氏刊《古名家杂剧》本，郑文为 54 种，孙文为 53 种（9 种有赵琦美题识，44 种无），何以会有 1 种出入？实际上，郑、孙两人关于《古今杂剧》总数的统计也相差一种，郑文为 242（抄本 173、刻本 69），孙文

① 郑振铎《跋脉望馆钞校本古今杂剧》1939 年版，第 59 页。
② 孙楷第《述也是园旧藏古今杂剧》1940 年版，第 86—87 页。

为 241（抄本 173，刻本 68），看来误差就在《古名家杂剧》刻本的数量（郑文 54 种，孙文 53 种）。而商务印书馆当年整理编制的《也是园旧藏元明杂剧》目录、王季烈《孤本元明杂剧提要·序》（1941），甚至是余嘉锡为孙楷第《述也是园旧藏古今杂剧》所作序文（1940），均与郑文相同，作 242 种。那么是否孙楷第统计有误呢？

细阅孙文，孙楷第实有明确交代。下篇“今本之历史”云：“核其文，《月明和尚度柳翠》即《玉通和尚骂红莲》之后一折，刊书时误标《月明和尚度柳翠》一目”；“今本之价值”又再次说明：“今本《古今杂剧》六十四册。其第一册有某氏（疑即丁祖荫）所书录存目。核其目与今本悉合，知即据今本为之。其目载诸册之剧，共为二百四十二种。其第二十八册目误衍《月明和尚度柳翠》一种，故所录实为二百四十一种。”今复核《古今杂剧》新安徐氏刊《古名家杂剧》本《玉通和尚骂红莲》《月明和尚度柳翠》，发现两者叶码相连，第一叶至第九叶 A 面为《玉通和尚骂红莲》，第九叶 B 面至第十五叶为《月明和尚度柳翠》，合为十五叶，版式字体相同，版心一作“月明和尚”，一作“玉通和尚”，粗看之下，似为两书，仔细察看，不仅剧情相接，而且全剧末尾题目正名曰：“大临安三分官样，老玉通一丝我相。借红莲露水夫妻，度柳翠月明和尚。”乃合玉通、红莲、柳翠、月明四人于一剧。据此可知：孙楷第视其为一书，并将今存《古今杂剧》总数订为二百四十一种，允称精审。郑振铎未曾细察，误以为其是一个与《元曲选》所收李寿卿本不同的异本，列入九十二种元人曲本中。孙楷第对此批评曰："《玉通和尚骂红莲》乃徐文长《四声猿》之一，其书易得，非僻书，郑氏负藏曲之名，不知何以竟不一检而有此失也。"[①]1958年，《古本戏曲丛刊》第四集影印《脉望馆钞校本古今杂剧》时，仍作242种，且将《玉通和尚骂红莲》《月明和尚度柳翠》分置于第三六、三二册，留下一大遗憾。

孙文在刻本部分的学术推进，还在于他利用当时任职的北平图书馆藏本，指出明刊《古名家杂剧》《续古名家杂剧》，存世有三部残本，分藏于北平图书馆及南京图书馆，合计可得40种，而也是园旧藏《古今杂剧》共得新安徐氏刻本53种，竟超过之前三书之总和，据此认为："也是园藏钞本元明旧曲之发见，为元明曲之绝大发见；也是园藏明新安徐氏刊本曲，今存者有如是之多，则以本论，亦可谓一大发见也。"[②]洵为的论，清晰而又准确地揭出了也是园旧藏《古今杂剧》的学术文献价值。在此基础上，孙楷第综合当时所能检得之史料，复原了新安徐氏编刊杂剧的分集及其目录，还回应了郑文对编次者为陈与郊

① 孙楷第《述也是园旧藏古今杂剧》1940年版，第50页；1953年修订本删去此批评语。
② 孙楷第《述也是园旧藏古今杂剧》1940年版，第93页。

一说的质疑，将《古名家杂剧》的研究推向学术纵深。

需要特别指出的是，在1938年也是园《古今杂剧》发现之前，当时可以看到的明刊本元曲总集，共有七种：李开先《改定元贤传奇》、新安徐氏刊《古名家杂剧》、息机子刊《元人杂剧选》、尊生馆刊《阳春奏》、顾曲斋刊元曲、臧懋循刊《元曲选》、孟称舜刊《古今名剧合选柳枝集酹江集》，除第一种之外，其余六种，孙楷第“皆亲见其书，曾一一雠校”，虽然在本书中他没有具体展开校勘结果，但这一扎实的文献学工作，令他对于元曲在明代的编刊情况及版本源流，了然于心，因此，他对于也是园《古今杂剧》的版本价值，也许要比郑振铎认识得更为具体和真切：“以余所考，除臧懋循《元曲选》不依原文，改订太多，孟称舜《柳枝》《酹江》二集，出入于原文及懋循本之间，此二书应别论外，其余五书，勘其文皆大同小异，知同出一源，其所据底本今虽不能尽知，然余意当直接间接自明内府或教坊本出，明内府本曲与教坊本同，故亦可云自明内府本出。何以明之？今也是园旧藏《古今杂剧》中，有明息机子刊《元人杂剧选》十五种，其中七种，赵琦美曾以内本校过，今读琦美校本，其文几全同，知明息机子刊《元人杂剧选》最近内本。”[1]此类观点，

① 孙楷第《述也是园旧藏古今杂剧》1940年版，第112页。

绝非泛泛而谈者所能揭出。

### 3. 关于《古今杂剧》的册籍及编次

关于册籍，郑文仅略云黄丕烈得到《古今杂剧》时为六十六册，至赵宗建、丁祖荫之时，佚存六十四册。孙文则根据一个版本细节，即黄丕烈手书《也是园藏书古今杂剧目录》中剧目名称下方标示的数字符号，计算出黄丕烈得书时，应有六十六号七十二册（因有标为一号而实分上下册者），而非六十六册；又根据上方标示的数字符号及其规律，推算出《古今杂剧》旧本完整时应为八十五册。试想孙楷第赴沪阅曲不过月余，竟如此心细如发，留意记录下了极为细微的版本信息，并运用到具体学术研考中，实足令人钦佩。

关于编次问题，郑文未及细考，孙文云："郑氏跋《古今杂剧》，谓今本也是园《古今杂剧》，犹是清常钞校手订原来面目，自黄荛圃以下，皆抱残守阙，于原书并不曾有变异（第七章）。其实不尽然也，今述斯书编次经过，自赵琦美以降，述其可知者如下。"[①] 孙楷第综合运用《古今杂剧》留下的版本信息、批语题识以及今存本剧目与钱曾等人藏书目录的仔细比勘，认为"赵琦美校抄杂剧，自清康熙中钱曾编目始，至嘉庆中某氏重订分类止，

① 孙楷第《述也是园旧藏古今杂剧》1940 年版，第 128 页。

凡经三次整理”，其编次顺序，大体按照元名家、元无名氏、明名家、古今无名氏先后排列，但期间亦有反复，主要是“明名家”与“元无名氏”孰前孰后的问题，这种反复，在书籍版本上也留下了痕迹，孙楷第云：“余曾取今本看详，其装订处钉眼甚多。盖也是园曲，自钱曾以来递经诸家收藏，其本重装改订，已非一次。其编订诠次咸依己意，或重订，或还原，其曲折往复，已非吾人今日所能尽知。”[①]

### 4. 关于《古今杂剧》校勘的评估

郑文指出，赵琦美“钞校的工作是：对于有刻本的，则以‘内本’或‘于本’校其异同；对于只有钞本的，则以原本和钞胥所录的复本校对一过，故钞本只是改正了几个错字，而对于刻本的校勘则费力较多”[②]。又云：“对于此书用过很大的校勘功夫的，还有一位何煌，他在清雍正三年至七年间，曾用所得到的李开先钞本元剧及开先旧藏元椠本的杂剧数十种，以校此书。他以朱笔密校此本与元椠本不同处，有的简直是等于补写了全剧。”[③]虽着笔不多，但大致点明了赵琦美、何煌校勘《古今杂剧》的基本情况和特点。

① 孙楷第《述也是园旧藏古今杂剧》1940 年版，第 144 页。
② 郑振铎《跋脉望馆钞校本古今杂剧》1939 年版，第 56 页。
③ 郑振铎《跋脉望馆钞校本古今杂剧》1939 年版，第 64 页。

孙文的看法与郑文近似，但有所细化。譬如孙楷第肯定了赵琦美校曲的“首倡之功”，但认为赵琦美以内本、于本校勘新安徐氏本息机子本等刻本，着力不小，收获不大，因为这些刊本也源自内本，实际上同属一个系统；他又指出，赵琦美对于元曲作者的考订，所据材料不出《太和正音谱》《录鬼簿》两种，其意义只是省去了今人翻检之劳，并无不可替代的重要学术价值；孙楷第还分析了喜好校书的何煌，为何在得到李开先等收藏的元刊旧钞曲本之后，却只校勘了少量也是园《古今杂剧》的原因：“盖校曲之事较校四部经籍为难，以诸本曲白往往不同也。以元刊本元抄本曲校明刊本明抄本曲，此事尤为烦难。以其词相去太远也。”“夫校书之道固希望其有异文，异文愈多，则愈感兴味，凡有校书经验者皆知之。然若两本异其面目，则是改而非校，虽嗜校雠者亦废然而返矣。此煌校元曲所以不能卒业之故也。”① 凡此种种，皆是基于其自身丰富的校曲实践，才能道出的切中肯綮之语。

**5. 对于《古今杂剧》学术价值的认知**

作为发现者和洽购者，郑振铎首要关注《古今杂剧》的珍稀文献价值，誉为“仅次于敦煌石室与西陲的汉简”之惊人发现；在论文第五部分，郑振铎又从一名小说戏曲研究者的角度，按“元人杂剧”“明人杂剧”“历史故事

① 孙楷第《述也是园旧藏古今杂剧》1940 年版，第 127 页。

剧”“社会剧”“恋爱剧”“仙释剧”“水浒”戏、“教坊编演”剧等类别，逐一列举作品，略加评点，揭出《古今杂剧》的文学史和故事源流史价值。

孙文也充分肯定了《古今杂剧》的文献价值：“此为曲学最大发现，其影响于曲学者甚钜。盖元明旧曲，传本至稀，斯编一出，元明曲遂得多百余种，自此为治曲者别开一天地。”“自此编出，而治曲者得见所未见，详所未详，于考校广识二者皆得满足其要求，则斯编之可贵不已彰然明白乎？”但孙楷第认为《古今杂剧》的价值，“非徒以其本之稀有罕见，足以博闻见资校雠而已也”[①]，他进一步开掘了其对于元明戏曲搬演体制研究的重要意义。孙文先是介绍了自己利用元明戏曲旧本，研考“折”“楔子”“开”“砌末”“竹马”“路歧”“书会”“捷讥引戏”等体制脚色的成果，证明旧本中蕴藏着丰富的戏曲史料；复以新发现的也是园抄本《司马相如题桥记》为例，引用曲本文字，详考元明戏曲之“按喝”“打散”仪轨，殊多创获。据此个案，孙楷第不无踌躇地展望：“余所称引虽不限于一书，而其知元明院本杂剧有按喝打散之事，从而为之解，实以也是园本《题桥记》之启发为多。则也是园本《古今杂剧》之大有裨于考据，岂不因此而得一证明乎？然余于也是园《古今杂剧》，固非能仔细读之者。其据以

① 孙楷第《述也是园旧藏古今杂剧》1940年版，第160—161页。

考古剧者，不过此《题桥记》一本。今之也是园《古今杂剧》二百余种，皆赵琦美万历间所录孤本旧本。则也是园本《古今杂剧》，除此《题桥记》外，必尚多奇文秘记足以考证古剧者，可断言也。”“今也是园《古今杂剧》之发现，实为治曲者增加许多史料，此在旧时为未曾被学者利用之书，在今日则为吾人意外之遇。吾意中国曲学将必以斯书之发见而划一新时期也。”[①] 读其文字，《古今杂剧》所开创的元明戏曲研究的巨大学术空间，宛在目前，令人期待。实际上，《古今杂剧》也为孙楷第个人的学术人生划出了一个新时期，此详下文。

**（二）孙文对于《孤本元明杂剧》编次及提要撰写的学术参考价值**

孙楷第《述也是园旧藏古今杂剧》正式刊出的时间，《图书季刊专刊》标注为 1940 年 12 月，孙楷第后来回忆“此书于 1941 年模印于北京”[②]，这其实并不矛盾，刊物实际印刷出版的时间，通常会晚于标注的出刊时间，至今犹然。大概 1941 年 4 月初，上海的张元济收到了孙楷第从北平寄来的赠书，此时，《孤本元明杂剧》已开机印刷，

① 孙楷第《述也是园旧藏古今杂剧》1940 年版，第 200 页。
② 孙楷第《也是园古今杂剧考》1953 年修订版，“改版本序”第 1 页。

即将竣工，王季烈也已排定《孤本元明杂剧》次序，并且完成了诸书提要，交付排版。孙文的到来，可谓适逢其时，再晚一些时间，它就将与《孤本元明杂剧》擦肩而过。4月8日，张元济致函王季烈[1]：

《元明杂剧》业已开印，本月内可望竣工。提要亦已排完，将次拼版，而孙君楷第（字子书，前弟曾介绍晋谒），寄到《述也是园旧藏古今杂剧》一册，考订颇详，其于编序次第，与吾兄所定微有不合，如有可采，则提要次第须略有更动，现已属稍缓拼版，谨候示下。孙书甚繁，兹仅将有异同者六种，列表呈阅。孙书或尚未寓目，当托北平敝分馆觅取一份，托伊见思兄面呈，尊恙甫愈，万不必执笔作覆，应否移动及应移动之次序，即祈谕知见兄，由伊函覆。并附原编全目次序三页，乞阅后即交见兄寄还为叩。

张元济随信附有一纸，列出六种作者年代有不同意见的作品：《老君堂》，王季烈作“元无名氏”，孙楷第作“元郑德辉”；《十样锦》，王作“不著撰人”，孙作“元尚仲贤”；《十探子》，王作“不著撰人”，孙作“元无名氏”；

①《校订元明杂剧事往来信札》第6册，第762页。

《黄花峪》，王作“不著撰人”，孙作“元无名氏”；《僧尼共犯》，王作“不著撰人”，孙作“明冯惟敏”；《衣锦还乡》，王作“不著撰人”，孙作“元无名氏”。

需要指出的是，上述差异并非无关紧要的个别作品作者年代的分歧，而是涉及《孤本元明杂剧》编排次序的大问题。因为《孤本元明杂剧》保留了《古今杂剧》的编排体例，即按照如下次序排列：元名家、元无名氏、明名家、古今无名氏（即不知年代也不知作者），因此，一旦《老君堂》从“元无名氏”变为“元郑德辉”，它就将从第二队列跃升至第一队列；同样，《衣锦还乡》若从“不著撰人”（即“古今无名氏”）变为“元无名氏”，它就将从第四队列移置第二队列，而这一队列的变动，会引发连锁反应，包括目录叶的编排次序、提要文字、分册装订情形（全书一百四十四种，分订三十二册，故作品排列位置的先后，也有可能引起分册的更动），这其实是一件颇为麻烦的事情。不过，张元济、王季烈等人均表现出了学者的严谨和风度：

1941 年 4 月 13 日，王季烈复函张元济：“赐书又杂剧目并孙君原书一册，均拜悉。孙君考订至详，自应酌采入提要，兹将应将提要修改者十七种，另纸录呈，即乞十样锦、衣锦还乡二种，曲文殊无元人气息，未敢列入元剧检定。又弟作之序文亦须修改，乞饬将稿子寄下为叩，弟处无底稿也。”

4月14日，王季烈又补寄送明信片一张："拙撰序文其中亦须稍改，请属馆友将清稿或排印样寄下一份为叩"，"又第二十《老君堂》提要第一、二行中据赵清常跋一语，'赵清常'三字孙氏以为董文敏，乞一查原本笔迹，是赵是董，当可分别，改为'董文敏'三字，至叩，至叩。"

4月16日，王季烈再次致函张元济："前托伊见思寄上航空一函、续寄明信片一纸，请饬将《老君堂》提要第一二行中之赵清常三字改董文敏，想均鉴及"，"又拙序参照孙君著作略有修改，亦乞寄样张一份为叩。"

4月16日，张元济复函："前函陈明元明杂剧中有数种经孙君楷第指出撰人或时代，虑于编次之次第或可采取，故托平馆伊君趋前请示"，"前函缮就，尚未封发，续奉本月十三日手教"，"元明杂剧提要采用孙君之说，具征虚怀若谷，至为钦佩，寄还改稿两页又原目三叶，均已收到，已交馆员遵照改排。"①

今检阅1941年正式出版的王季烈《孤本元明杂剧提要》，计有5部作品的提要文字，皆据孙文作了修改：

第二十《老君堂》，据孙文将作者定为元郑德辉，提要尾云："然其古拙处，非明人所能及，故列入郑作中，孙氏楷第述此剧，亦以为应改入元名家剧中，洵定论也。"

① 以上数札，均见《校订元明杂剧事往来信札》第6册，第766—770页。

本书的题跋者亦由“赵清常”改为“董文敏”。

第三六《十探子》提要末尾：“全剧关目周密，曲文本色可取，不失为元曲之中驷。孙氏述此剧，以为应改入元剧中，兹从之。”

第三七《黄花峪》提要末尾：“当是元人笔墨。孙氏以为应改入元剧中，兹从之。”

第四六《王兰卿》提要：“至此剧作者，当为渼陂同时之人，窃疑是康对山修撰海之笔墨，姑存此说，以俟他时之考证。嗣见孙氏述此剧……案：孙氏所考至确，故将此本列《洞天玄记》之前。”

第五十《僧尼共犯》提要：“嗣见孙氏述此剧，据《述古续编杂剧目》定为冯惟敏撰，兹从之。”①

而信札中提及的《衣锦还乡》《十样锦》两剧，虽然，王季烈认为“曲文殊无元任气息”，未从孙说，不过，仍在提要中加以交代：

第五八《衣锦还乡》提要：“曲文平易，无甚胜处。孙氏以为应改入元剧中，未之敢从。”

第九六《十样锦》提要：“惟此本曲文铺叙平妥，乏

① 分别见王季烈《孤本元明杂剧提要》第5588、5602、5603、5611、5618页，商务印书馆1941年排印本之影印本，收入吴平、回达强主编《历代戏曲目录丛刊》第10册，广陵书社2009年版。

古拙之气，且曲文中圣明君字样屡见，疑为明人颂圣之作，是否仲贤笔墨，不敢遽定。孙氏以为应改入元剧，未必然也。”①

由上可知，孙文的及时问世，庶几赶在刷印之前的最后一刻，为《孤本元明杂剧》编印提供了诸多学术支持，作为主事者的张元济和王季烈，虚怀若谷，从善如流，颇足令人钦敬。为表示对孙楷第的感谢，也是遵循不掩人之美的学术规范，1941 年 4 月 19 日，王季烈致函张元济，表示“惟提要中既采孙君之说，似不可不一为申明，又姜君初校甚费精力，公之推勘入细，有功此书，似皆宜申明”，并提议采用序末“附记”方式，“用小字双行低二格排印”②。王季烈随信附录了他草拟的“附记”文字，今核对《孤本元明杂剧提要》王序，一字不差，排印则由“小字双行低二格”改为大字单行低一格，足见商务印书馆对“附记”的尊重，其文有云：“沧州孙子书君楷第，著有《述也是园旧藏剧》之图书专刊，二十万言，考订甚详，足使此书增价。予于校印毕后，始得读之，因略采其说，入提要中。”③这段文字，充分证明了孙文的学术价值，在发表伊始即已得到曲学界同行的重视，并发挥

① 分别见《孤本元明杂剧提要》第 5623、5652 页。
② 《校订元明杂剧事往来信札》第 6 册，第 772 页。
③ 《校订元明杂剧事往来信札》第 6 册，第 772 页。

积极作用。多年之后，年迈困顿的孙楷第回想起此事，仍不无自得之情："著名戏曲老专家王季烈为商务印书馆选《孤本元明杂剧》，曾有数处引用我的《考略》成果，王先生时年八十，曾亲到北平图书馆造访，与我谈元杂剧的问题，为前辈所知重如此。"[1]

## 三、修订版《也是园古今杂剧考》（1953）及其后续校补

1953年11月，上杂出版社出版了孙楷第《也是园古今杂剧考》，此即《述也是园旧藏古今杂剧》修订版（以下简称"修订版"）。卷首《改版本序》云：

清初钱曾所藏《古今杂剧》，著录于也是园目者三百余种。曾殁后，此书无闻；一九三八年，忽发见于沪上。国立北京图书馆购得之。由是斯书复现于世，其剧今存者二百三十余种，中有一百三十余种为孤本，可谓最大秘笈。余于一九三九年阅斯书于沪上。归为《述也是园古今杂剧》一书（此书于一九四一年模印于北京）。对于关涉

① 参见孙楷第1982年所撰《五十年来我的学术研究》，转引自黄克《建立科学的中国小说史学——孙楷第先生晚年自述及其它》，载《文学遗产》2008年第4期。

《古今杂剧》之种种问题，虽亦有发挥，而彼此急于出书随编随印，其体例文字，甚多不妥之处。书既行，虽悔之而无可如何。一九四七年在北京大学暑假内长日无事，乃取是书修改之，去其重复语，累赘语。材料之有遗漏者，亦补充之。凡二十日竣事。易名为《也是园古今杂剧考》。以视一九四一年印本可谓“文减于前，事增于旧”。但第一、第二两篇文格卑弱，终未改好。诸篇内容或仍有不当之处，望读者正之。

据此序，修订工作包括“去其重复语，累赘语”以及“材料之有遗漏者，亦补充之”，但时间只有二十日，或受此限制，本次修订的重点实际集中在文字删改。比对1940年、1953年两个版本，修订主要体现为：

1. 前后序文的修润

除去普通的文字润色，前后序文最为引人注目的修改，乃删去了与郑振铎有关的两段文字，不仅如此，正文中也有多处孙氏议及郑文（或略有微词）的文字，被删去了，参见本文第二部分。事实上，这一删改是可以理解的，一来关于《古今杂剧》的发现和研究已过去了十多年，当初的兴奋乃至激动，如今皆归于理性和平静；二来时移事异，孙楷第与郑振铎之间的社会地位差距已被越拉越大，这些文字自然也就显得有些不合时宜了。

此外，关于前后序文的时间题署，这本不应成为问题，却屡有误署，耐人玩味。1940 年版前序时间署为“民国二十八年十二月九日”，序文中则称“余以二十八年八月游沪”阅曲，显然不相符合；后序时间署为“民国二十九年十二月一日”，合而观之，自序时间当为“民国二十九年十二月九日”。至 1953 年修订版，自序时间仍沿误作“一九三九年十二月九日”，受此影响，孙楷第居然将序文中原本正确的游沪阅曲时间，错改为“一九三八年八月”；至于后序时间，更不可思议地被错排为“一九三〇年十二月一日”，导致修订版前后序中的三个时间，悉数错误，给读者带来了不小的混乱[①]，实为憾事。

### 2. 正文结构调整及其文字删改

修订版正文分为六个部分，即“一收藏”“二册籍”“三板本”“四校勘”“五编类”“六品题”，与 1940 年版的篇章结构相比，更显言简意赅，眉清目秀。仔细比对，正文内容和次序并无重大更动，其对应关系如下表所示：

① 杜海军《赵琦美校勘杂剧之功及对戏曲文学发展的贡献——兼论孙楷第说赵琦美于脉望馆杂剧校勘无功说》第 1 条注释：“据孙楷第《序》，其《也是园古今杂剧考》第一版之成，从 1938 年 8 月起，至 1939 年 12 月《序》成，仅一年有余，1947 年改稿也才用了二十日。两者相加，一部近二十五万字的考证性著作用了还不及一年零五个月，时间应该说是非常短的，所以他自己也觉得文格弱，有未改好处”云云，其所计算的时间起讫，正沿用了修订版的错误时间。杜文载《中国戏曲学院学报》2007 年第 4 期。

| | 上篇 | 下篇 | | | | |
|---|---|---|---|---|---|---|
| 1940 年版 | 述收藏历史 | 今本之历史 | 今存钞本曲、今存刊本曲 | 赵琦美校书与何煌校书 | 编次沿革 | 今本之价值 |
| 1953 年版 | 一收藏 | 二册籍 | 三板本 | 四校勘 | 五编类 | 六品题 |

至于具体文字的删改润色，则所在甚多，兹略举几处篇幅较大的删削，余不赘列。譬如修订版“二册籍”末尾，删去 1940 年版“今本之历史”最后一段（自“也是园藏《古今杂剧》”至“亦连类及之”），约二百余字[①]；修订版“五编类”之首，删去 1940 年版“编次沿革”第一段（自“今所见钱曾也是园藏《古今杂剧》”至“述其可知者如下”），约四百余字；修订版“六品题”末尾处，竟一下子删去 1940 年版“今本之价值”中长达七页多的文字，即自第 195 页第 7 行“余此文之涉及引戏，实为也是园本《题桥记》而发”，至第 202 页第 2 行“是则编研之盛事为余所希望不置者也”，总字数超过五千，乃整个

① 修订版《也是园古今杂剧考》此处因删去一段文字，导致第 75 页仅有 3 行文字，余下均空白，第 76 页整页空白，给人的感觉似乎有脱漏。因此，孙楷第后续修订时，特意在此空白处补写云：“册籍篇最末一段，因作者于再板时将文删去六七行，摆印时省去一叶，故七四页之后即接七七页，非书有缺页，特书之以告读者。”见孙楷第亲笔校补甲本第 75 页。

修订版中删削文字最多的一次，却并未影响本篇文意阐述的完整性。由此可知，孙楷第所说《述也是旧藏古今杂剧》乃“迫于程限，随编随印，虽参伍考稽，颇曾用心，而仓促成书，究非定本”[①]云云，洵非自谦，前后文字的重复拖沓，资料文意的枝蔓琐碎，确实是此书的一个明显不足，这恐怕也是孙楷第终其余生皆在修订的原因之一。

孙楷第《改版本序》提及“材料之有遗漏者，亦补充之”，此类修订实际较为少见。惟“收藏”篇第47页，论及丁祖荫从旧山楼获得《古今杂剧》，1940年版未交代具体时间，修订版此处增加了一句重要文字：“祖荫得《古今杂剧》在民国四年（据祖荫题清常道人钞校《古今杂剧》诗手稿自注）。”但并没有注明这一丁祖荫手稿的出处。

### 3. 关于附录的增设

修订版在保留1940年版原有三个附录（即《余所见钱谦益重编义勇武安王集》《也是园曲与也是园藏书目底本》《也是园目尚仲贤〈玉清殿诸葛论功〉戴善甫〈赵江梅诗酒玩江楼〉剧未佚说》）的基础上，新增入《重话旧山楼》《元曲新考》两个附录。值得一提的是，《元曲新考》的文字实乃移自1940年版下篇“今本之价值”部分，

① 见孙楷第《重话旧山楼》“序”，收入其《也是园古今杂剧考》附录之四，上杂出版社1953年版，第347页。

自第161页第17行至第182页第5行，内容为借助旧本文献考察“折”“楔子”“开”“砌末”“竹马”“路歧”“书会”“捷讥引戏”等元明戏曲体制脚色，其在1940年版正文中的作用，仅为证明戏曲旧本中蕴含着丰富的戏曲史料，但关于上述八项的考察，却并未涉及新发现的也是园旧藏曲本，因此，这二十余页长篇大论游离于书稿正题之外，显得甚为枝蔓拖沓。修订版将其独立出来作为附录，可谓适得其所。不仅如此，孙楷第将附录命名为《元曲新考》，或许也颇含深意，即提示自己以及曲学界同仁，倘若充分利用《古今杂剧》提供的旧本资料，元曲研究当可开拓出一片值得期待的学术新天地。

修订版《也是园古今杂剧考》1953年出版时，收入上杂出版社之“中国戏曲理论丛书”，丛书另收录傅惜华、李啸仓、阿英、叶德均等学者的著作，学术质量普遍较高，销行甚广。1958年，《古本戏曲丛刊》第四辑出版，悉数影印了二百四十二种也是园《古今杂剧》，使得研究者可以方便地阅读利用这批珍贵文献，这无疑推动了元明戏曲研究，自然也促进了孙氏《也是园古今杂剧考》的流播。不过，孙楷第自己却对这个修订版，仍感到不满意，陆陆续续在不止一部的修订版《也是园古今杂剧考》之上进行校补工作。

笔者有幸经眼过两部孙楷第的校补本[①]（图 3），其中一部（以下简称“校补甲本”）的天头地脚与字里行间，写有数量可观的校补文字，书中另有若干浮签，也抄录着资料及改文；视其文字笔迹墨色，颇不统一，可知校补在相当长时间内完成。扉页贴有一页稿纸（图 4），乃孙楷第为新修订本付印而预先拟定的序文：

图 3. 孙楷第亲笔校补本两部（右为校补甲本，左为校补乙本）

① 笔者撰写此文时，蒙中华书局俞国林先生慨允，查阅了目前存放于中华书局的孙楷第遗稿及学术论著校改本一纸箱，闻乃孙楷第哲嗣孙泰来先生提供，用于中华书局整理出版《孙楷第文集》。其中，孙楷第亲笔校补本《也是园古今杂剧考》即有两部，笔者有幸一一目验，并拍摄若干书影。兹谨向俞国林先生致以谢忱。

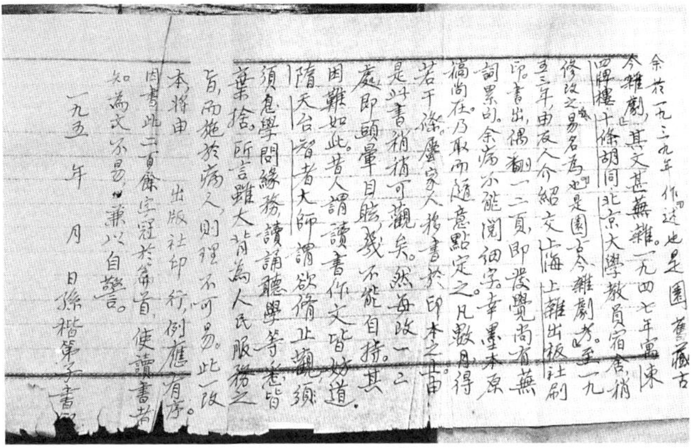
余於一九三九年作述也是園舊藏古今雜劇，其文甚蕪雜。一九四七年寓東四牌樓十條胡同北京大學教員宿舍，稍修改之，易名為也是園古今雜劇考。至一九五三年，由友人介紹，交上海上雜出版社刷印，書出，偶翻一二頁，即發覺尚有蕪詞累句。余病不能閱細字，幸墨本原稿尚在，乃取而隨意點定之，凡數月，得若干條，屬家人移書於印本之上，由是此書稍稍可觀矣。然每改一二處，即頭暈目眩，幾不能自持。其困難如此。昔人謂讀書作文皆妨道，隋天台智者大師謂欲脩止觀，須息學問緣務，讀誦聽學等，悉皆棄捨。所言雖大背為人民服務之旨，而施於病人，則理不可易。此一段本，將由　出版社印行，例應有序，因書此二百餘字冠於篇首，使讀書者知為文不易，兼以自警。

一九五　年　月　日孫楷第書

图 4. 校补甲本所存孙楷第新序文

余于一九三九年作《述也是园旧藏古今杂剧》，其文甚芜杂。一九四七年寓东四牌楼十条胡同北京大学教员宿舍，稍修改之，易名为《也是园古今杂剧考》，至一九五三年，由友人介绍，交上海上杂出版社刷印，书出，偶翻一二页，即发现尚有芜词累句。余病不能阅细字，幸墨本原稿尚在，乃取而随意点定之，凡数月，得若干条，属家人移书于印本之上，由是此书稍稍可观矣。然每改一二处，即头晕目眩，几不能自持，其困难如此。昔人谓读书作文皆妨道，隋天台智者大师谓欲修止观，须息学问缘务，读诵听学等，悉皆弃舍。所言虽大背为人民服务之旨，而施于病人，则理不可易。此一改本，将由　　　　出版社印行，例因有序，因书此二百余字冠于篇首，使读书者知为文不易，兼以自警。一九五　年　月　日孙楷第子书。

此序标出的时间为“一九五　”，当在1954—1959年间。透过序文，可以读到在贫病困顿中的孙楷第，仍坚持校补旧稿，精益求精，一丝不苟，颇足令人动容。由于众所周知的原因，孙楷第藏书以及手稿资料，曾在他1969年被遣下乡改造时，以极低价格售与中国书店，分拆发卖。所幸苍天护佑，这部凝结着孙楷第心血的校补甲本，竟然为另一位喜爱小说戏曲书籍的慕湘[1]将军偶然购得，并慷慨赠还于他。如今，此书末页尚存慕湘亲笔所书《璧还孙楷第先生〈也是园古今杂剧考〉改定稿本》诗：“天上风云可预测，人间祸福无定时。古今典籍聚还散，得书失书寻常事。秦火隋禁明清狱，难比举国毁书日。穷探曲海杂剧考，改订待印弃商肆。偶见此书难释手，皓首通人

① 慕湘（1916—1988），山东蓬莱人，1957年任北京军区装甲兵政治部主任，1964年晋升少将，1975年任总政治部八一电影制片厂政委、党委书记。喜欢买书藏书，尤多古代小说戏曲版本。殁后，藏书捐赠给山东蓬莱政府，设立“慕湘藏书楼”。杜泽逊《蓬莱慕湘藏书楼观书记》，载《藏书家》第8辑，齐鲁书社2003年版，第69—79页；杜云虹《蓬莱慕湘藏书楼所藏明清小说戏曲概述》，载《山东图书馆学刊》2017年第4期。

春蚕丝。我今得书心虽喜，但念失者梦魂思。爱书颇知失书苦，怎如原书归原主。同是劫中失书人，相赠何必曾相识。一九八一年七月一日，慕湘。”钤有“慕湘”白文小印（图5）。此一诗一印，仿佛就是历史烙下的两枚印记，真实地记录着书籍背后那个荒唐年代士人的遭际故事以及两位爱书人之间的温暖情谊。

检阅校补甲本，《也是园古今杂剧考》原有的前后序文、正文六大篇章、卷末五种附录，这些基本的架构和内

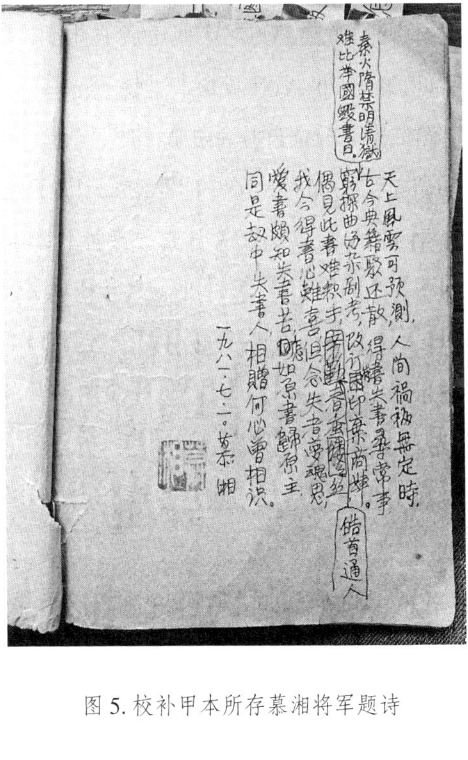


图5. 校补甲本所存慕湘将军题诗

容，未有更动。其校补重心，大致集中在文字删订、史料增补以及学术观点的局部更新。兹分别举例（例证统一标以 1953 年修订版页码）说明如下：

其一，文字删订。

如上引孙楷第自序所云，对于 1953 年修订版，他"偶翻一二页，即发现尚有芜词累句"，故校补甲本对于文字表述（从个别字词到句子段落）仍有相当多删添润改，其删削字数最多的一处，为第 109 页自第 6 行"曾《也是园目录》教坊编演本凡二十二种"至该段末尾，悉数删去，约二百余字。此类修订多为作者追求文章雅洁，与学术关系不大，兹不赘列。比较耐人寻味的，则是对于前后序题署时间的修改：前序中赴沪阅曲的时间，修订版误为"一九三八年八月"，今改正为"一九三九年八月"；后序题署时间，修订版错排为"一九三〇年十二月"，今改正为"一九四〇年十二月"。惟前序末的题署时间，孙楷第似乎犹豫再三，校补甲本留下了四次涂改痕迹，依次为"四〇""三九""四〇""三九"，最终留下的是"三九"，为避免发生矛盾，又将前序末段中"明年成书一册"中的"明年"两字删去。本来，孙楷第于 1939 年 8 月赴沪阅曲，次年完成书稿，前后序撰写均在 1940 年 12 月，《图书季刊专刊》标注的《述也是园旧藏古今杂剧》出版时间亦为 1940 年 12 月，这些都是十分清楚的事实，何以孙楷第在 1953 年修订版、校补本中却对此纠结不已呢？笔者以小人之心推测，此或与孙楷第的一个微妙心理有关，即他似乎有些难以接受自己费尽心血的著作，竟比郑振铎《跋脉望馆钞校本古今杂剧》晚出一年的事实，因此，总有意无意地希望将书稿前后序的某个时间，提前到 1939 年 12 月，以接近郑文刊出的时间 1939 年 11 月。

其二，资料增补。

第 15 页，修订版引及明常熟人张汉儒的揭帖，惜无出处，校补甲本此页有贴签，上书“汉儒此帖，最初载于《文艺杂志》第八期（上海扫叶山房印），所据为传抄本，江阴缪氏藏，后印入《虞阳说苑》（记不清，当覆查），文字小异”。盖孙楷第阅读时随手写下，留作进一步复查校补的提示。

第 41 页，校补本增入关于旧山楼赵宗建生年的考订文字：“其生年亦不详。《小石城山房文集》卷下有《赵退庵家传》，称退庵卒于己丑，己丑道光九年。又有《曼华赵君小传》，称曼华亡距退庵亡不及四稔，幼子仅五龄。幼子即宗建。假定曼华卒于道光十一二年，是时宗建年五岁，由道光十一二年，上数五年，为道光七八年，然则宗建生于道光七八年也。”

第 98 页，校补本插入关于刘承禧的新资料，文云：“《明史》卷九十五《刑法志》云：锦衣卫嘉靖以前文臣子弟多不屑就，万历初，刘守有以名臣子掌卫，其后皆乐居之。士大夫与往还，狱急时颇赖其力。守有子承禧及吴孟明，其著者也。承禧好古玩书画，见康熙《麻城县志》。明沈德符《顾曲杂言》谓《金瓶梅》惟麻城刘延伯承禧家有全本。然则承禧不惟嗜曲，兼嗜小说矣。”

最值得关注的是位于第 47 页的一条校补。关于丁祖荫何时获得《古今杂剧》，1940 年版未提及，1953 年修订版据丁祖荫手稿定为民国四年，但没有交代出处。至校补甲本，孙楷第始将自己收藏的原始文献，和盘托出：

余藏甲子（民国十三年）祖荫手书“题清常道人钞校古今杂剧后”诗笺，乃友人潘承弼所赠，所书绝句四首，其四云：“词山曲海等尘沙，散入黄汪又赵家。莫向春风笺燕子，有人重唱后庭花。”自注：“乙卯得此书，逾国变四年矣。”知祖荫得古今杂剧在民国四年（此四诗曾载《北平图书馆月刊》，附祖荫所撰《黄荛圃题跋续记》后，以诗笺勘之，独无此注，余皆同）。

丁祖荫的诗笺手稿，原为版本目录学家潘承弼所有，其《著砚楼读书记》有《丁芝孙古今杂剧校语》跋文，末署时间“甲申六月”（1944 年 6 月），文中有云：“兹册余盖得诸丁书丛残中。芝孙先生博稽杂剧传本，考其异同存佚，手写成帙，并题四绝于后，其致力之勤，可见一斑。顾撰跋语刊诸《北平图书馆月刊》，有云：‘时促不及详录，匆匆归赵，曾题四绝句以志眼福。云烟一过，今不知流落何所矣。掷笔为之叹息不置。’今检册中并无此跋，知其矜秘，特为布兹迷阵，亦贤者之过也。余既幸此书之获传，又钦子书之阐述多能，即检以为赠，聊供参稽之一助。并志颠末，藉当书林之谈助。”[1]可惜，此份极其珍贵的手稿，已随着孙楷第藏书的散失而下落不明，所幸孙楷第及时将它校补于纸端，为考察《古今杂剧》递藏的最后一环，保留了历史见证。

其三，学术观点的局部更新。

也是园《古今杂剧》自1941年商务印书馆出版《孤本元明杂剧》一百四十四种、1958年《古本戏曲丛刊》影印全部二百四十二种之后，流播渐广，孙楷第乃得有机会较为从容地阅曲，并利用它们展开元明戏曲研究，对于相关问题的思考和看法，自然也有更新补充的必要。

譬如，第150—151页，孙楷第在通校诸本文字的基础上，提出除臧懋循《元曲选》及孟称舜《柳枝》《酹江》二集之外，其余五家明刊本元曲的来源，皆出于明内府本；他还指出明郭勋所编《雍熙乐府》亦源自内府本，“其书摘选元明旧曲，本供清唱之用，故所录有词无白。其词亦

① 潘景郑《著砚楼书跋》，古典文学出版社1957年版，第339—340页。关于丁祖荫获得《古今杂剧》的详细情况，可参拙文《也是园古今杂剧发现及购藏始末新考》，载《文学遗产》2019年第1期。

多节省，不尽存原文”，“然即其所录者考之，其文与新安徐氏本息机子本实大同小异。此可证新安徐氏本息机子本与《雍熙乐府》本相近。《雍熙乐府》所据既为内本，则新安徐氏本息机子本以及其他本与此二本文同者，皆当出于内本可知也”，此推论颇可令人信服，不过若仔细推敲，期间仍存有一个小小的缝隙，即《雍熙乐府》所录皆为曲词（且有节略），而新安徐氏本息机子本则词白完整，两者引文性质有别，是否可以进行类比推理？校补甲本此处涂改删补，丹黄满纸（图 6），不仅对原有文字作出整饬润色，更重要的是在第 151 页第 10 行“然即其所录者考

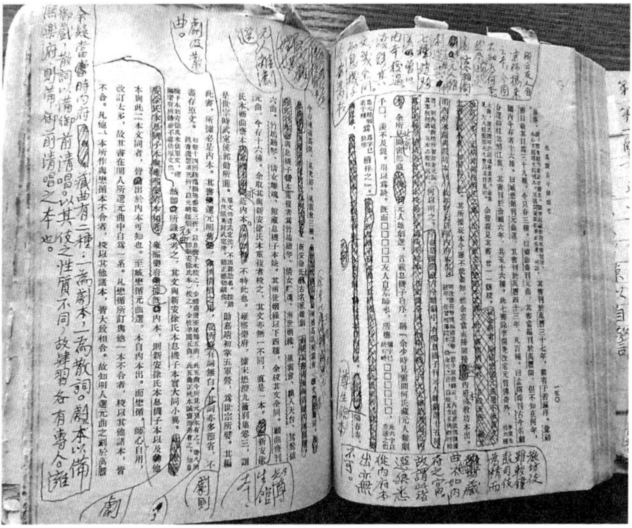

图 6. 校补甲本第 150—151 页孙楷第补写文字

之”之前，补入一段文字：“余疑当时内府藏曲有二种，一为剧本，一为散词。剧本以备御戏，散词以备御前清唱。以其伎之性质不同，故肄习各有专人。《雍熙乐府》则备御前清唱之本也。”这就从学术逻辑的层面，弥接了上文所说的论证缝隙。

再譬如第234—237页，孙楷第受新发现也是园抄本《题桥记》的启发，运用曲本资料，考察元明戏曲之“按喝”“打散”体制，颇多创获。其中，引及明刊旧本王实甫《西厢记》，每本末折尾曲后，均有【络丝娘】曲，“明凌濛初谓此络丝娘曲为众伶人打散语，其言甚是”。但何为“络丝娘”曲？原未有交代。校补甲本第234页第9行，在引文结束后补入一段介绍文字：“络丝娘乃越调曲，《太和正音谱》载越调络丝娘有二。其一名络丝娘，四句四韵，文较繁，乃王实甫丽春堂剧内曲。其一名小络丝娘，二句二韵，文特简，即《西厢记》每本末折之络丝娘也。”为下文展开论述略作铺垫。至第237页，论及明人王骥德、闵遇五等人因不知小络丝娘为打散语，所刊《西厢记》皆妄删此曲。校补甲本于此复贴有一纸（图7），录孙楷第补写的大段文字：

正曲后着小络丝娘，乃北曲之一格。今更引明康对山《王兰卿》剧为证。《王兰卿》今有也是园《古今杂剧》本，其第四折演太白山成道女冠化作儒士，至盩厔吊王兰

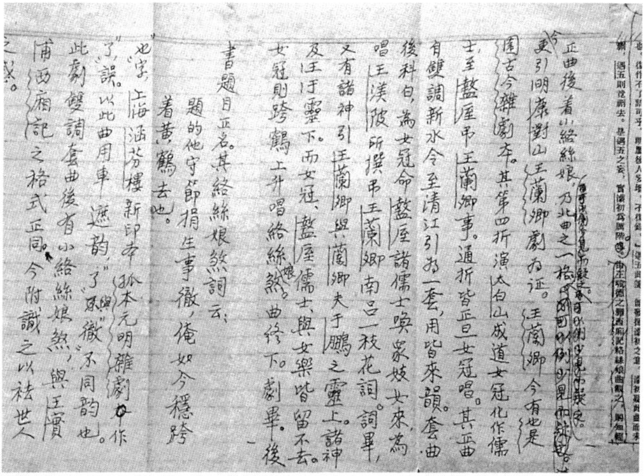

正曲後着小絡絲娘，乃北曲之一格。
今更引明康對山王蘭卿劇為证。王蘭卿今有也是
園古今雜劇本。其第四折演太白山成道女冠化作儒
士至盩厔弔王蘭卿事。通折皆正旦女冠唱。其正曲
自雙調新水令至清江引為一套，用皆來韻。套曲
後科白，為女冠命盩厔諸儒士喚衆妓女來，為
唱王渼陂所撰弔王蘭卿南呂一枝花詞。詞畢，
又有諸神引王蘭卿與蘭卿夫于鵬之靈上。諸神
及王、于靈下。而女冠、盩厔儒士、與女樂皆留不去。
女冠則跨鶴上升唱絡絲娘煞。曲終下。劇畢。後
書題目正名。其絡絲娘煞詞云：
題的他守節捐生事徹，俺如今穩跨
着黃鶴去也。
"也"字，上海涵芬樓新印本孫本元明雜劇作
"了"，誤。以此曲用車遮韻，"了"與"徹"不同韻也。
此劇雙調套曲後有小絡絲娘煞，與王實
甫西廂記之格式正同。今附識之以祛世人
之惑。

图 7. 校补甲本第 237 页孙楷第补写文字

卿事。通折皆正旦女冠唱，其正曲自商调新水令至清江引为一套，用皆来韵，套曲后科白，为女冠命盩厔诸儒士唤众妓女来，为唱王渼陂所撰吊王兰卿南吕一枝花词。词毕，又有诸神引王兰卿与兰卿夫于鹏之灵上。诸神及王、于灵下。而女冠、盩厔儒士与女乐，皆留不去。女冠则跨鹤上升，唱络丝娘煞，曲终下，剧毕。后书题目正名，其络丝娘煞词云：

题的他守节捐生事徹，俺如今稳跨着黄鹤去也。

"也"字，上海涵芬楼新印本《孤本元明杂剧》作"了"，误。以此曲用车遮韵，"了"与"徹"不同韵也。此剧双调套曲后有小络丝娘煞，与王实甫之格式正同。今附释之，以怯世人之惑。

这段补文，乃孙楷第利用也是园《古今杂剧》本《王兰卿》剧末套曲后亦有“小络丝娘”煞，证明“正曲后着小络丝娘，乃北曲之一格”，伶人“打散”语的功能是收拾正剧，并无作引下词之意。它不仅深化细化了书稿原有的学术论述，也进一步凸显了也是园《古今杂剧》对于元明戏曲研究的重要价值。

至于笔者经眼的另一部孙楷第校补本（以下简称“校补乙本”），内存数十处校改文字，数量远少于校补甲本。其中有两处校补文字，颇可留意。其一，第110页，在《尉迟恭单鞭夺槊》《大妇小妻还牢末》等曲名上，孙楷第标以“○”号，指出原书剧题下有批，但“不知是赵玄度笔否”“不知何人笔”，而令人注目的是，在该页右侧空白处，孙楷第颇为突兀地写着“陆敕先?”三个大字，却没有任何其他说明文字。陆敕先，即明末清初常熟藏书家陆贻典，其与《古今杂剧》的关联，最早由蒋星煜指出[①]，他根据清初张远《无闷堂文集》卷七所录《元明杂剧书后》，考知陆敕先不仅藏有一部抄本《古今杂剧》，而且还曾以另一个秦氏抄本，校勘过赵琦美所藏《古今杂剧》中的少量曲本。因此，目前存世《古今杂剧》曲本上的佚名批校文字，有可能出自陆氏手笔。蒋星煜论文刊载于

① 参见蒋星煜《常熟赵氏〈脉望馆钞校本古今杂剧〉的流传与校注》，载《文学遗产》1980年第2期。

《文学遗产》1980 年第 2 期，孙楷第盖读到此文，才补写下“陆敕先”三字（图 8），但如此重要的新资料，他却并未充分利用到校补本中，或许晚年多病的他，实在已无力再追踪学术校补旧稿了。其二，第 235 页天头有一段校补文字，指出《古今杂剧》本《王兰卿》“末折结束，亦有小络丝娘煞尾。俟查”。在校补甲本中，关于《王兰卿》“络丝娘煞”的论述已敷衍成篇，据此推知，校补乙本的生成时间当在校补甲本之前，但出于某个原因而被中途“废止”。

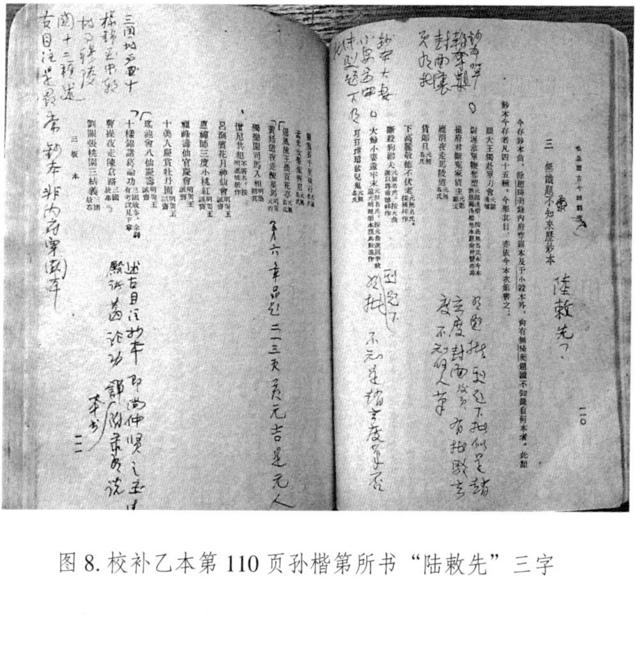


图 8. 校补乙本第 110 页孙楷第所书“陆敕先”三字

## 四、余话：一个人半辈子与一部书之因缘遇合

孙楷第进入戏曲研究的方式，与其进入通俗小说研究类似，均始于书籍版本的调查、阅读及校勘。据其自述，自 1932 至 1935 年间，他曾校过《元曲选》四五遍，参校本有元刊杂剧三十种、明息机子本《元人杂剧选》、新安徐氏本《古名家杂剧》、顾曲斋刊元杂剧、尊生馆刊《阳春奏》、孟称舜刊《柳枝集》《酹江集》等；还曾奔赴北平、南京、上海等地的图书馆，查阅曲本，抄录资料，对于元曲在明代的编刊流播，可谓了然于心。就在此时，他听闻也是园旧藏《古今杂剧》在上海被发现及购藏的消息，不难想象其心情该是何等兴奋。1939 年 8 月 3 日至 9 月 7 日，孙楷第亲赴上海查阅了《古今杂剧》全部六十四册原书，阅曲笔记就有多册，在此基础上，厚积薄发，一气呵成，撰写出二十万言《述也是园旧藏古今杂剧》，这既是关于也是园《古今杂剧》的学术考察，也是对他自己多年孜孜于阅曲校曲的一个总结和交代。更何况，这部书稿乃完成于一个非常时代的非常之地："七七"事变之后，北平的国立大学纷纷关闭南撤，为生计所迫的孙楷第，选择留在了被日军占领的北平，并且回到北平图书馆工作，这需要承受一定的来自于社会以及自我内心的压力。孙楷第在《述也是园旧藏古今杂剧》1940 年版《后序》不无所指地写道："军兴以来，胜流云散。其相知留平者不过

数人而已，且此数人者，余亦不常见。盖饥驱俑书，苦无多暇”，“虽其不幸生于斯时，而不学且幽忧多病如余，居然能于斯时成书，亦不可不谓之幸事也”，“民国二十九年，十二月，一日，校讫记。时雪后，凝霜封树，缇骑满街，巷无行人，里门不启。余在北平。”也许，为了学术，为了元曲，为了《述也是园旧藏古今杂剧》，“余在北平”，便也有了某种令他稍感宽慰的合法性[①]。

而在书稿撰写未及过半时，孙楷第又遭遇了一个意想不到的挑战，这就是 1939 年 11 月刊出的郑振铎《跋脉望馆钞校本古今杂剧》，郑文虽仅有数万字，但对《古今杂剧》的递藏者、校勘情形、篇目存佚、学术价值，作出了相当全面且大体准确的扼要论述，它构成了孙文一个非但不能回避且需处处回应的学术“假想敌”。由于两文撰写时间相近，考察对象同为《古今杂剧》，书籍版本信息又具有较强的客观特性，故在材料使用和观点提出上，必定有所重叠，作为后出者的孙楷第于是平添了一份难言的敏感和遗憾。譬如在论及“赵琦美校勘”时，孙楷第据郑振

① 孙楷第甚至将自己留任北平视作一种“遗民”，堪可玩味。他在 1939 年 8 月 12 日致张元济的信札中写道：“到沪人地生疏，诸多不便，旅邸嗓杂，每夕非过十二时不能成寐，饮食起居，动乖寻常，此十日之间，小病已二次，只缘区区书癖，致此凄凉，甚望速读速了，便北上作遗民也。”

释文转引了《尉迟恭单鞭夺槊》封面里页的某氏批语二十字，添加双行小字注云："此某氏批注驳琦美者，余未见。今转引郑氏文。又，余上文所引琦美诸跋与批虽为余手录，郑氏皆先已引之。为行文方便计，不及一一称郑氏语，今记于此。"[①] 审其语气，他似乎有些担心读者产生误解，才特意声明，除了那条自己未见的二十字批语外，其他"上文所引琦美诸跋与批"，都是他亲手抄录自原书，而非转引自郑文，其微妙心理稍稍流露于纸端。然而，在我看来，也许正是这种不甘人云亦云、誓必超越郑文的念想，带给孙楷第一种特殊的进取动力，他充分调动自己对于元明戏曲的学术积累，广征博引，阐幽发微，于郑文讹误处，辩证纠正之；简略处，深化细化之；未及处，开掘拓展之，终于在有限时间内，撰写出一部学术力作，成为后世研究《古今杂剧》无法绕过的必读著作。而这场郑、孙两人围绕《古今杂剧》展开的智慧竞赛，再次很好地诠释了学术同行竞争的积极意义。

让孙楷第始料不及的是，《古今杂剧》对于他人生的影响和意义，远未止步于《述也是园旧藏古今杂剧》。一方面，对于书稿的学术修订增补，从出版之日便已开始，持续数十年，于是有了本文所讨论的 1953 年修订版以及

① 《述也是园旧藏古今杂剧》1940 年版，第 117 页，1953 年修订版相同，见第 158 页。

尚未出版的“校补甲本”“校补乙本”；另一方面，《古今杂剧》也似乎促成了孙楷第的学术重心，从通俗小说逐渐转入戏曲曲艺研究的新阶段，诸如《傀儡戏考原》(1952)、《元曲家考略》(1953年初版、1981年再版)、《元曲新考》(1953)、《〈录鬼簿〉校注》(未刊)、《元佚曲故事考》(未刊)、《读曲札记》(未刊)等著述文字，构建出孙氏一个蔚为壮观的曲学世界。而在“文革”动乱时期，因为当年那段留任北平图书馆读曲校曲研考《古今杂剧》的经历，孙楷第被人诬为“文化汉奸”“汉奸文人”[①]，年届七十的他仍被勒令下乡改造，直接导致其全部藏书及手稿资料遭贱卖散失，这给晚年的孙楷第造成了无可挽回的身心伤害。令人惊奇的是，那部凝聚着孙氏手泽和心血的《也是园古今杂剧考》“校补甲本”，却如有神佑，逃过劫难，竟然在1981年又奇迹般地回到他的手中，如今，它即将被整理成为一个新修订版，收入《孙楷第文集》可得永传。孙楷第晚年曾有诗云：“世运何人值半千，数奇亦不怨苍天。少年往事贫犹忆，老子于今困可怜。旧稿丛残如敝帚，寒家古物是青毡。他年与我俱灰烬，偶一思之尚惘然。”[②]窃

① 参见孙楷第1982年所撰《五十年来我的学术研究》，转引自黄克《建立科学的中国小说史学——孙楷第先生晚年自述及其它》，载《文学遗产》2008年第4期。

② 此诗原题作《有感》，收入孙楷第《钝翁诗稿》，转引自张中行《孙楷第先生》，文载《读书》1989年第4期。

念一个人半辈子与一部书之因缘遇合，若即若离，乃至如斯，诚令人唏嘘感念不已[①]。

## 附录：《孙楷第张元济往还书札六通》

### 孙楷第致张元济札（1939年）

### 一

菊老赐鉴：敬启者，前累接守和先生书，悉也是园旧藏曲本由公选定付印，以校雠需时，杀青有待，总可成功云云。先生主持风雅，宏编数就，虽所挟不过私人之力，而所成已与前代官修诸书抗衡，且其精其善尤过之，可谓有功文教，百世以待圣人而不惑者也。楷第于元曲粗曾留意，窃欲贡一言于先生。此次也是园书，据楷第所知，其为孤本者百三十余种，即郑西谛录寄守和者；是其非孤本

① 自明万历以降，《古今杂剧》之庋藏校勘流播，多不出吴地；至赵琦美、钱谦益、钱曾、陆贻典、赵宗建、丁祖荫诸家，俱为吾虞先贤；研考《古今杂剧》之郑振铎、孙楷第，亦是古代小说研究之先行者与奠基者，为余素所敬仰。犹有说者，2018年恰为《古今杂剧》被发现购藏八十周年，孙子书先生诞辰一百二十周年，余后生小子，曷其有幸，乃在此特别之时，为特别之人及特别之书，撰文纪念，深感其间因缘匪浅。复念所谓学术薪火相传，又岂专在文字著述一项？举凡心意交通，思虑会接，趣味相投者，或亦可超越冥渺时空，电光火石，于刹那传之，刹那得之，遥相掩卷而三致意焉。

而系古抄者四五十种，此次所购不知在内否？此外，则明刊本息机子《元人杂剧选》、玉阳仙史《古名家杂剧》，均稀见之书，所录元曲又几百种，其中所收，间有孤本为它书所未收者，亦荛翁旧藏，想不在购入书之内。今假设此三项书皆在选印之列，则二三项为一类，第一项为一类，属于第一类者，应以全印为宜。盖其目不过百三二十种，较商务所印《元曲选》所多无几。《元曲选》系照原书行款，费纸较多，今若使行款稍密，板式如《四部丛刊》大小，则所费纸并不比《元曲选》多，而此天壤仅存之孤本曲得全部流通与世，其沾溉士林，实与印《廿四史》、印《四部丛刊》同为丰功伟烈，岂不懿欤？元曲今存本之少，非明人所见少也，实因明人印书，志在选曲而不在保留曲，故诸家刻书此选一集，彼选一集，重复者十之八九，今所见明人选集不下七八种之多，而元曲存者究不过百一二十种，职是故也，设当时以保存元曲为宗旨，各家所录能避重复，采前人所未采或失采，则元曲之存于今者多矣。故楷第以为属于第一项之曲，最好不再选择，亦无须校订，存其本来面目（第一项皆孤本，偶有见于《雍熙乐府》征引者，然《乐府》引文多删节，此自可视为另一本，校订之功付之读者可矣，印则即用抄本原文，较便也）。元曲虽体格有别，然自是一代之文，非后人所及，若以少数人之力，判其高（笔者注：此处疑脱一“低”字），订其文字，殆匪易也。第二项书皆与今本重复，若能一并付印，固亦秘本，有校定他本之功。如为工力时间所限，亦无妨暂缓。惟今本有残缺而此中有缮完之本者，则仍以印出为宜。例如《单刀会》，今元刊本缺文甚多（楷第曾用各选本补校，仍不能补全），《敬德不伏老》今所见富春堂本无不缺字者，此等抄本皆有之可读全文，似仍当印出也。第三项书系刊本，其功用与第二项书同，其书可见与否，固成问题，即见到，亦未必能印（能印固甚佳，如南京国学图书馆所印《元明杂剧》，大是善本，胜《元曲选》改本多多，固不妨其重复也），其中《古名家杂剧》之《吕洞宾桃柳升仙梦》（贾仲明作）、《宴清都洞天玄记》是惟一孤本，无论如何总以设法觅得原书印行为宜。凡此数端，略陈管见，愚昧无知，曷何云是？不过芹子之献，冀先生一考量其当否而已。近作文一首，系关于吴昌龄《西游记杂剧》之文，另寄呈正。本月梢、下月初或南行一游，届时便诣崇阶修谒。敦请大安！后学孙楷第拜上。七月廿五日。

## 二

菊老赐鉴：谕悉。李先生处承绍介，并顾虑周到，所以为后生谋者甚至。一室晏然，如可忘喧威，何必以广轩为适也。校勘记四册，又曲本五种，并拜登。我公厚意，特允先读，尤感荷之至。三两日后容即捧还。李先生处，当以指示日期，往谒不误也。郑君所区三类，天字全印，地字选印，甚善。既有校记可据，地字类即不能印全，亦足用矣。人字习见本，郑君当指刊本《古名家杂剧》与南京国学图书馆所印《元明杂剧》重复者而言。以楷第所知，凡言国学图书馆石印本与《古今杂剧》本文同，与涵芬楼顾曲斋本文亦同（顾曲斋本所存元曲与《元明杂剧》本所存元曲种数不尽同），顾曲斋本非习见，其顾曲斋本有、《元明杂剧》本无，而与此钞本文果全同者，虽不印亦未始不可也（徐文长、周宪王等曲，多有其本，不印是矣）。窃谓文字工拙是词章问题，若以历史眼光而言，则不必论其文之短长，虽地字类，文苟与今本不同，即可付印。但为财力时间所限，则又当别论，不必拘矣。恐来使久候，不便详书。客中无毛笔，字复潦草不恭，不胜仄然。诸希面陈，祇请大安！后学孙楷第拜上。八月五日午前九时半。

## 三

菊老赐鉴：四日曾上一书，五日晨奉到来书及致李君书，感戴之至。楷第虽为看书而来，然不遇先生之勤勤恳恳，又乌得遂所愿乎。此次商务印书馆校对也是园旧藏元曲，不知原文全照否？如重洗一分，需款若干？楷第虽无此力，甚愿一知之也。斐云住脚，渠始终讳言，即楷第亦不之知。不知系慎密，抑避喧，免宾客酬应之烦也。校记工作甚好，倘经先生订正别行，即是曲学著作，大有用处。但表格中本子有未列者，如以也是园本校，也是园本其本为钞本，为《古名家杂剧》本，或为息机子《元人杂剧选》本，必一一书明，方不至眩瞀。如两本皆是也是园藏钞本，亦须注明甲乙，方见分明。其曲牌似亦应注出，庶使阅者便于检查。又此表为校也是园本而作，故所标页数以也是园本为注，若印行，则须反之，注通行本页数，因《元曲选》等通行本习见易检也。在平时，每侍沅师，生（笔者注：据上下文意，此字疑衍）辄称先生谆厚纯笃，一毫不苟，作人如此，治学亦如此。楷第两次南游，亲承教诲，益信沅师之言不谬。天以耆年待大德，先生福寿，由于修养之深，近世殆未见斯人也。专此敬请著安！后学孙楷第拜呈。八月五日。

## 四

菊老赐鉴：近日奉到来谕，并《货郎旦》等四曲校记一册，甚荷厚情。地字类择尤影印更佳。《单刀会》等照相本五种已读竟，借来人覆呈。《单刀会》《遇上皇》《博望烧屯》三种，今虽存元刊本，但元刊本白甚略，或至无白，读之竟不能知其始末原委。又曲文竟有辞理全异，校改为烦者，此等单看校记，甚苦不得要领，今影印别行，则读者便利多矣。斐云昨见面，重询其寓所，云通信可寄法租界亚尔培路五三三号李照亭转交。校记连今日赐下者共五册，俟楷第再通阅一过，再以鄙见上闻，请斟酌。校记一二日内即读竟送呈，当不至过迟也。专此敬请钧安！后学孙楷第拜上。八月七日。

## 五

菊老赐鉴：校记五册早已阅讫，以每日出入商务馆中贪玩书籍，久未送呈，明日礼拜，本拟赍呈面交，但今日遇赵斐云兄云，明日系八月十三日，最好不必出门，所以专函达意，请先生派使于十四、十五日来寓意次为便（生早九时前、午十二时至二时许，晚五时后在寓也），情知不恭之至，其如何也。到沪人地生疏，诸多不便，旅邸噪杂，每夕非过十二时不能成寐，饮食起居，动乖寻常，此十日之间，小病已二次，只缘区区书癖，致此凄凉，甚望速读速了，便北上作遗民也。五种中，生选得《货郎旦》一种可重印，盖此曲甚佳，甚有名，而本不多，除《元曲选》本外，仅此也是园藏抄本，而文又多异，自以重印为宜也。生之私意，地字选印标准，以通行本外仅见一本者为最要，通行本外尚有数本者，次之。生于元曲诸本，曾作一表（载《图书季刊》），今向北平索，则往返已违生北上之期，缓不济急矣，按照眼前易见之理，异文无或异文甚少者，可不印；异文甚多者，可印。如此说来，则看此校记已足定去取，惟其间稍感不易解决者，即也是园曲有一剧而存数本者（也是园目本子可分三种，一、抄本，二、息机子《元人杂剧选》本，三、《古名家杂剧》本），如此，地字类中曲有数本者，将以何本为底本而印之乎？似当以通行本校也是园本甲本外，更须取也是园乙丙本校也是园甲本，如甲乙丙皆同，则视同一本任择一本重印可矣。如此甲乙丙三本各有异同，则事便烦，或以意选定一本，或他本亦同时付印，要不得不费一番斟酌也。生曾以数年之力，校元人曲子，所据本为顾曲斋本、息机子《杂剧选》本（北平图书馆有二十八种，此际沪存也是园藏者系十五种，其中二种恰为北平图书馆所缺，但不能指出其名矣）、《古名家杂剧》本（在平只见十余种）、《柳枝集》本、《酹江集》本（在平只见数种，未能全校）。因商务印书馆所印《元曲选》行太密，而据本较多，不能录于一书之上，故生商务印《选》有三部，皆以校勘之故。君九先生将来既寓北平，校记及照片经先生裁定后，闻仍须寄君九先生一阅，如有须于楷第者，楷第当不惜微劳也。又息机子《元人杂剧选》，北平图书馆藏本前已列入善本丛书中，由商务承印，其本缺二种，以沪藏补之恰全。如此时有意印全书，则可并北平图书馆本印之（今恐非其时），如此时不能印全书，则地字类中属息机子本者，姑缓印，俟他日承平一并印成全书亦佳。如印书姑以也是园藏为范围，不计其全否，则但就沪存息机子本认为须印者印之，固亦无不可。区区敬布所见，惟先生裁之。容一二日后当抽暇来进谒，书匆匆，殊愧草草也。钧安！后生孙楷第拜上。八月十二日晚七时。

## 张元济致孙楷第札（*1939* 年）

子书仁兄阁下：前蒙寄还也是园杂剧目录及《十段锦》影片，均经收到。捧诵大作，穆然意远，齿及不才，尤深惭愧。前数日寄去郑君振铎所撰杂剧后跋一册，并于纸面上附注数行，计蒙察及尔。十一月六日手书属抄录董香光跋语两通，别纸抄奉。又遵王补抄《三醉岳阳楼》剧缺文三行，今亦照原文影上。此三行的述遵王手笔，敝处藏有遵王手写书籍及其跋语，笔致极相合，可无疑也。手覆，祷颂台安。王君九先生已到北平，寓西四北后毛家湾二七号，今附去名片一纸，如欲见之，可持以往访。弟张元济顿首。十一月十八日。

原载《古代文学前沿研究》2018 年总第 2 辑

# 郑振铎、傅惜华与中国古版画

## 一、筚路蓝缕：郑振铎选编的古版画系列

中国古版画源远流长，光辉灿烂，可惜二十世纪三四十年代之前，国内乏人关注和推重。因此，当郑振铎（1898—1958）开始着手搜集、整理和研究古版画时，颇多珠华蒙尘的遗憾以及空谷见幽兰的惊艳，他在1940年撰写的《中国版画史图录》自序中说道：

我国版画之兴起，远在世界诸国之先。欧洲之版画，为德荷二国所创，始施于博戏之纸牌上，并用以刷印圣经图像，时约在西历1400年左右（当我国永乐初）。日本之浮世绘版画则盛于江户时代（当我国万历至同治间）。独我国则于晚唐已见流行，迨万历、崇祯之际而光芒万丈……惟世人毕竟罕知我国版画在美术史上之重要地位，

亦无留意及其发展之过程者。于我国明清之际，版画之黄金时代作品，尤少述及。盖以斯类作品，至不易得。欧美人所得者大都为坊间至劣极丑之翻刻本……美国 George. T.Candlin 所著《中国小说》(*Chinese Fiction*, 美国 The Open Publishing Company,Chicago,1898 年出版）中附之插图，均取诸清代翻刻之三国、西游俗本。Laurence Binyon 所纂辑之 *Catalogue of Japanese and Chinese Woodcutsin the British Museum* (London, 1916) 亦以日本版画为主，而以我国作品为附庸，其所收者亦均非第一流作品。夫以世界版画之鼻祖，且具有一千余年灿烂光华之历史者，乃竟为世界学人忽视、误解至此，居恒未尝不愤愤也。二十余年来，倾全力于搜集我国版画之书，誓欲一雪此耻。[①]

序文写的豪情万丈，书生虽力弱，却可以笔充戈，借助学术研究保存民族文化，达成救国之志愿，这一信念，日日盘旋于心，赋予了郑振铎无穷力量，支撑着他在极其艰困险恶的孤岛，竭尽一己之力，抢救各种珍贵的文献资料。

郑振铎在自序中提及，“惟日人独能广搜我国诸画谱，传刻于世。大村西崖校辑《图本丛刊》，所收若《罗轩变

① 郑振铎《中国版画史图录》自序，载《文学集林》1940 年第 3 辑。

古笺谱》及顾氏《古今名公画谱》等书，俱为我国版画名作。黄凤池《唐诗画谱》《草木花诗谱》《木本花鸟画谱》与十竹斋、芥子园诸谱，日本亦均有传刻本”。实际上，早在 1931 年 11 月 1 日至 3 日，日本东京的帝国美术院附属美术研究所，就举办了一场“中国古版画展览会”[①]，藏品主要来自于收藏家冈田伊三次郎，并编印了《中国古版画图录》，由大塚巧艺社出版于 1932 年 3 月。图录所收古版画，涵盖了佛经版画（如元大德九年刊本《长春大宗师玄风庆会图》卷头、明洪武二十四年刊《七佛所说神咒经》扉绘、永乐二十一年刊《妙法莲华经观世音菩萨普门品》插绘等）、画谱（如《十竹斋画谱》《太平山水图谱》《芥子园画传》等）、戏曲小说插图（如成化刊本《校注古本西厢记》、康熙刻本《西湖佳话》等）以及姑苏版年画（分为墨版有彩、墨版无彩、彩色版三类），林林总总，颇具规模。卷首另载有日本学者黑田源次（1886—1957）的《中国版画史概观》，包括《至清初为止之中国版画》与《姑苏版》两篇[②]，这大概是目前已知最早的中国古版画专

① 参李文墨《“姑苏版”与黑田源次〈中国古版画图录〉研究》，载《民艺》2020 年第 5 期。

② 傅芸子（傅惜华之弟）曾将两文译为中文，刊载于《东方文化月刊》1938 年第 3、4 期，后收入其《白川集》，东京文求堂 1943 年初版，辽宁教育出版社 2000 年重版。

题研究论文。《图录》和《概观》皆出日人之手，郑振铎当时似尚未寓目，否则，他内心“一雪此耻”的愿望恐怕就更强烈了。

大概自二十世纪二十年代，郑振铎开始搜集中国古版画，起初只是购买一些铅石印本和清代后期坊刻本小说戏曲，觉得人物图像拙呆，未惬心意。1921 年某日，他在上海四马路一家扬州人开设的旧书店，购得《笠翁十种曲》、李卓吾批评《浣纱记》、玉茗堂批评《红梅记》《焚香记》等书，“这成了我所藏的插图本明版戏曲最初的宝库，也是最可珍异的一部分”[①]，这些精美的明代版画，对他产生了巨大的吸引力，从此沉迷其中，一发不可收拾。至 1940 年左右，郑振铎宣称：“我二十几年来，专意搜集我国版画，所得附插版画之图籍，在三千种以上，所见所得单幅之年画等亦不下二千幅，有见必收，有闻必录，在各公私图书馆及各收藏家所摄得之版画影片亦盈数箧。”[②]其收藏之宏富，实足惊人。而这些版画资料的购获，殊非易事，郑振铎“每于诸肆残书堆中，搜掘终日，室暗如夜，鼠粪虫渍，遍于书上，检竟而出，两手竟尘宛如墨染。辛勤一日，或竟一无所得，或亦得一贴半尺之残本，偶一获见一二奇书，便大喜如狂，大类于荒山野谷中寻掘帝王之

① 郑振铎《关于版画》，载《中学生》1936 年总第 61 期。
② 郑振铎《谭中国的版画》，载《良友画报》1940 年总第 162 期。

陵墓”[①]。有时遇见佳本，因囊中羞涩，稍一犹豫，便失之交臂，追悔莫及，诸如明版《禅真逸史》《唐书志传》、李卓吾评本《幽闺记》、胡正言《十竹斋笺谱》、崇祯刊本《金瓶梅》、剑啸阁刊本《隋史遗文》等数十种书，“皆尝一见之，而因循坐误，不可复收得，抱憾而已”[②]。即便是有缘购下者，往往“斥半月粮，具大决心，始获得一二种”，“殆如猩猩血，缕缕滴滴而出，何一非呕心镂肺之所得耶?”[③]

当时正值抗战，时局动荡，目睹书籍文物动辄受损被毁，郑振铎忧心如焚，自己苦心搜罗的版画资料，如不及时整理付印，“或将荡为轻烟，虽百身何赎”[④]。因此，他决定撰写一部《中国版画史》(四册)，并选辑影印一套《中国版画史图录》(二十册)，他将此书的经售业务，交给友人赵家璧主持的上海良友复兴图书公司。良友公司不负所托，倾力推广，拟印行二百套，采用预约订购方式，还专门印制了一册中英文的《中国版画史样本》(图1)，提供给预约订购者参考。样本内印有郑振铎所撰自序、各册内容提要、版画样张以及“中国版画史总目”等，其二十册细目及印刷方式如下：

①②③④ 郑振铎《中国版画史图录》自序。

1. 唐宋元版画集，珂罗版；

2. 明初版画集，珂罗版；

3. 嘉隆版画集，珂罗版；

4. 金陵所刊版画集，珂罗版；

5. 黄氏所刊版画集上，珂罗版；

6. 黄氏所刊版画集下，珂罗版；

7. 明刊画谱墨谱选集，珂罗版；

8. 刘项诸家所刊版画集，珂罗版；

9. 十竹斋笺谱卷一，彩色木板套印；

10. 十竹斋笺谱卷二，彩色木板套印；

11. 十竹斋笺谱卷三，彩色木板套印；

12. 十竹斋笺谱卷四，彩色木板套印；

13. 明清之际版画集上，彩色木板套印；

14. 明清之际版画集下，珂罗版；

15. 水浒叶子博古牌子，珂罗版；

16. 太平山水图，珂罗版；

17. 康乾版画集，珂罗版；

18. 嘉道以来版画集，珂罗版；

19. 风俗画选集，彩色木板套印；

20. 北平笺谱选，彩色木板套印。

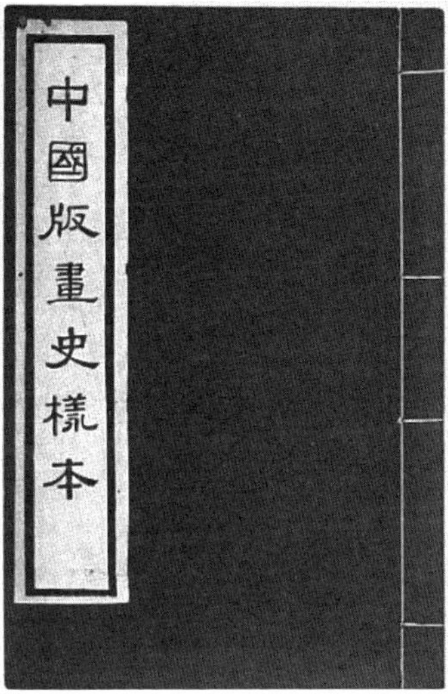


图 1.《中国版画史样本》（1940）

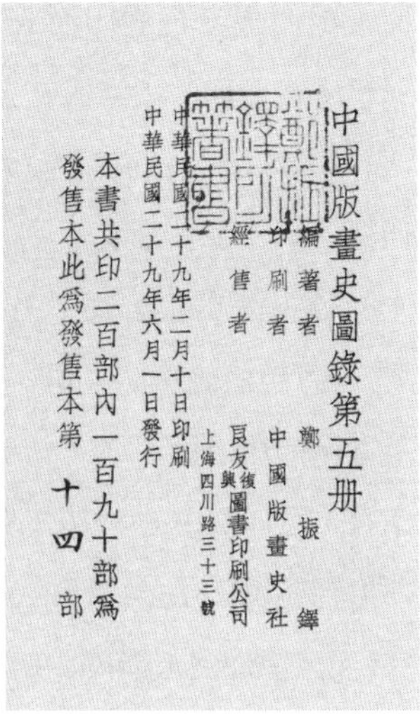
中國版畫史圖錄第五册

編著者 鄭振鐸

印刷者 中國版畫史社

經售者 良友復興圖書印刷公司 上海四川路三十三號

中華民國二十九年二月十日印刷

中華民國二十九年六月一日發行

本書共印二百部內一百九十部爲發售本此爲發售本第 十四 部

图 2.《中国版画史图录》第五册版权页

据赵家璧回忆[①]，从 1940 年 5 月出版第一辑，至 1941 年 12 月 26 日良友公司遭日寇查封，大约一年半时间内，《中国版画史图录》实际出版了四辑十六册，每印成四册，就合为一函发售，其中第 9—12 册《十竹斋笺谱》，系利用 1934 至 1935 年间郑振铎与鲁迅在北平合作

① 赵家璧《郑振铎的〈中国版画史〉和〈中国古代木刻画选集〉》，收入《郑振铎纪念集》，上海社会科学院出版社 2008 年版，第 313—337 页。

完成的木板套色刷印而成；第 13、19、20 三册，拟采用彩色木板套印，因当时在上海无法找到优秀刻工，未及印出，第 18 册《嘉道以来版画集》虽已印出，因无法合成四册一函，留存未发行。抗战胜利后，郑振铎又请刘哲民主持的上海出版公司，另外影印了《诗余画谱》上下二册、《万历版画集》上册，加上原来留存的第 18 册，凑成第五函四册出版，终于兑现了当初对预订者许下的二十册诺言，原计划中的《中国版画史》四册，则未完成。此后，郑振铎还编印了第六函的一册，为元刻本《新编连相搜神广记》，但最终未能凑成四册一函。

良友图书公司推出的二百部《中国版画史图录》，十部由郑振铎自存，余下一百九十部，采用编号预约销售（图 2），赵家璧文云："国内各大图书馆或收藏家都来向良友订购，国外订购者我记得有美国哈佛大学、康乃尔大学、普林斯顿大学、夏威夷艺术学院和苏联的版画协会等。足见此书在国内国际学术界都受到了重视。" 由于此书的出版过程持续数年，印数有限定，又是分次印出，再加上战争年代的遗失损毁，故《中国版画史图录》很快就绝版了，就连当时印了一千册的《中国版画史样本》，也成为稀罕之物。如今想要找到一套完整的《中国版画史图录》五函二十册颇不容易。笔者查阅北京大学图书馆藏有三套（一套为原燕京大学藏本，两套为原北京大学藏本），均只有四函十六册，每套包含的种类、次序亦不相同。原燕京大学藏本中的《明初版画集》(系《中国版画史图录》第二册),扉页有墨笔题赠,乃北平图书馆送给燕京大学校长司徒雷登七十岁诞辰的生日礼物。中国书店 2015 年拍卖了一套完整本《中国版画史图录》,五函二十册,成交价高达 46 万元,可见其珍稀程度。

《中国版画史图录》出版之后,郑振铎的古版画搜求事业,仍持续推进,所得所见的新资料相当丰富,很显然,编印出版新的古版画资料丛刊,便提上了日程。先是在 1952 年,郑振铎花费五个月时间,从《中国版画史图录》里,选出了有代表性的作品三百多幅,又加上补充的木刻画二百多幅,编成《中国古代木刻画选集》[1],但关于版画史的论稿,仍迟迟未能写成,此书一直搁置到 1957 年 9 月左右,才正式交给人民美术出版社。遗憾的是,1958 年 10 月 17 日,郑振铎率团外出访问,因飞机失事遽然辞世,兼以当时中国社会文化的种种原因,《中国古代木刻画选集》未能顺利出版,被“莫名”搁置起来。据曾接手此书编辑任务的李平凡回忆[2]:

① 参阅郑振铎《中国古代木刻画选集》自序,题署的撰写时间为 1956 年 1 月 8 日,人民美术出版社 1985 年版,第 1 册卷首。
② 李平凡《郑振铎和中国版画史研究》,原载 1989 年 1 月 10 日《人民日报》,收入《郑振铎纪念集》,上海社会科学出版社 2008 年版,第 447 页。

1961年春，人民美术出版社老社长萨空了同志交我一大包稿件，是郑振铎早已交到编辑部的遗稿，要我接手整理……我接收的遗稿由两个部分组成。一部是十卷本的《中国古代木刻画选集》，由唐代至晚清编成八卷，彩色木刻画一卷（尚未选画），还有一卷木版年画，这十卷本共已选图646幅。另一部分是数册《中国古代木刻画史略》手稿，由12章组成，此外还有附录的文稿5篇……但是《选集》与《史略》正在一一付印、制版、排字和校对期间，"文革"风暴突起，全部稿件下落不明。

直至1980年、1983年，萨空了（他是郑振铎的女婿）在家中先后两次意外地找到了劫后犹存的书稿，合起来居然完整无缺，若有神佑[1]。1985年，人民美术出版社终于出版了《中国古代木刻画选集》（图3），一函十册，初版印了320套，重版又印了310套，甚受欢迎。值得注意的是第九册《中国古代木刻画史略》，这是郑振铎酝酿甚久、终得完稿的版画史论，全书分"绪言""最早的木刻画""宋金的木刻画""元代的木刻画""明初的木刻画""光芒万丈的万历时代""徽派的木刻画家们""明末

① 参阅陈福康《郑振铎先生的最后一部奇书》，载郑振铎《中国古代木刻画史略》卷首，上海书店出版社2006年版，第10—13页。

的木刻画”“彩色木刻画的创作”“清代早期的木刻画”“清代后期的木刻画”“年画”十二章，首次系统细致地梳理了中国古代木刻版画的发展史、各分期特点、经典版画作品及版画家等，其扎实的史料与精辟的见解，交相辉映，可谓奠定了中国古版画研究的学术基础。

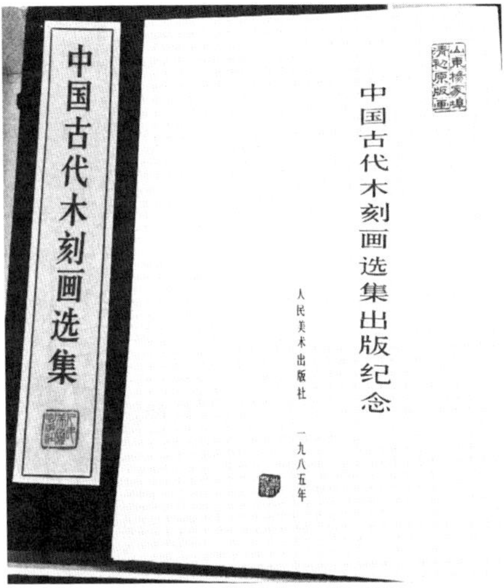


图 3. 郑振铎《中国古代木刻画选集》（1985）

大概在《中国古代木刻画选集》完成之后不久，郑振铎又应古典文学出版社的要求，着手编印《中国古代版画丛刊初编》，他在 1957 年 9 月 22 日写于保加利亚的《中国古代版画丛刊总序》中交代了这套丛刊的编印缘起：

我曾经绝绝断断编印过《中国版画史图录》五辑（第六辑已印刷及半，未出版），共二十册，《版画史》却始终未着一字，虽然曾搜集了不少材料。前几年，又曾为人民美术出版社，编辑一部《中国古代木刻画选集》，到了今年才完成，其前面才有一篇《中国木刻史略》。它们只可作为初步的介绍而已。上海古典文学出版，和我商量，要出版些这一类的图籍。我感觉到，《版画史图录》和《木刻版画选》都只是零缣片页，只可作为"窥豹一斑"，欲求其全，却非重印若干部全书不可。因便着手编辑这部《中国古代版画丛刊初编》。《初编》所收，凡三十六种，时代是自宋代到清代嘉庆。也还只是选择一部分重要之作而已。继此有作，将还会有二编、三编乃至七八编而未已。（重要的有益、有用的插图书，值得复印流传的，总有五百种以上）如有可能，每年将出版一编到两编。

1958 年 1 月 15 日，古典文学出版社印制了丛刊的广告样本（图 4），内容包括郑振铎"中国古代版画丛刊总序""中国古代版画丛刊初编目录"以及版画样张书影 7 幅。目录列出了三十六种版画书籍名单以及预定出书时间，其中预定 1958 年出版的有《三礼图》《天竺灵签》《饮膳正要》《太音大全集》《圣迹图》《历代名人象赞》《武经总要全集》《救荒本草》《日记故事》《牛郎织女传》《帝鉴图说》《古今列女传评林》《百咏图谱》《列仙全传》《天工开物》《水浒叶子博古叶子》《太平山水图画》《凌烟阁功臣图》《芥子园画谱初集》《无双谱》20种，预定1959年出版的有《程氏墨苑》《忠义水浒传插图》《顾氏名公画谱》《元曲选图》《酣酣斋酒牌》《隋唐志传插图》《天下名山胜概记插图》《鲁班经》《宣和遗事插图》《金瓶梅插图》《封神演义插图》《临川四梦插图选集》《耕织图》《万寿圣典图》《白岳凝烟》《授衣广训》16种。在目录之后，古典文学出版社声明："现先行征订一九五八年出版的二十种，一九五九年出版的暂不征订。"

图4. 中国古代版画丛刊初编

孰料1958年10月17日郑振铎突然离世，这一出版计划因此发生变动，出版机构也从古典文学出版社换为中华书局。1959年11月，中华书局为此特意印刷了一小张单页的“出版者说明”：

《中国古代版画丛刊》在一九五八七月以前所印各种，由前古典文学出版社出版，版权页上仍记载“古典文学出版社出版”字样。又其中《圣迹图》跋文上列有“五”字,《忠义水浒传插图》跋文上列有“十五”字，原系该社编列版画品种号数，现由我局重选品种，连同旧印，成套交由新华书店发行。特此说明。

目前可以看到馆藏成套的《中国古代版画丛刊》，凡五函四十四册，共18种，每种均影印全书（或全部插图）。据各书版权页题署，其中《天竺灵签》（1958年3月）、《历代名人象赞》（1958年4月）、《忠义水浒传插图》（1958年5月）、《圣迹图》（1958年6月）4种，由古典文学出版社出版。其他14种均由中华书局出版，其中出版于1959年的有《天工开物》（6月）、《救荒本草》（7月）、《武经总要全集》（8月）、《便民图纂》（9月）、《日记故事》（11月）5种；出版于1960年的有《凌烟阁功臣图》（1月）、《白岳凝烟》（1月）、《授衣广训》（1月）、《元明戏曲叶子》（6月）4种；出版于1961年的有《列仙

图 5.《中国古代版画丛刊》（1961）第五函

全传》（5 月）、《太音大全集》（7 月）、《酣酣斋酒牌》（7 月）、《离骚图》（7 月）、《无双谱》（7 月）5 种。1961 年 7 月之后，未再有新书刊印。中华书局将这些历时三年有余、两家出版社先后印成的四十四册古版画书，合而分装为五函（图 5），交由新华书店发行。每一函的函套内侧，贴有版权页，印有该函的目录、版本、册数及售价，可知当时可单函出售。而中华书局既没有在版权页书名《中国古代版画丛刊》之后署上“郑振铎”的名字，也未将其《中国古代版画丛刊总序》印入丛刊，虽属特殊年代的无奈之举，终究令人遗憾。

值得注意的是，中华书局“出版者说明”中所谓“我局重选品种”云云，实际仅《元明戏曲叶子》和《离骚图》2 种为新增，其他 16 种均在郑振铎生前选定的“中

图 6. 中华书局影印傅惜华藏明刊本《元明戏曲叶子》（1960）

国古代版画丛刊初编目录”之内。这部《元明戏曲叶子》（图 6），刻印于明代万历末期，白棉纸蓝印，共二十六叶，下栏为版画，上栏为选自元明戏曲的曲文，除《琵琶记》《拜月亭记》两剧各有两叶之外，其余都是一剧一叶，其中保留着《青琐记》《觅莲记》《遇仙记》《玉环记》等传奇的佚文，弥足珍贵[①]。书末附《〈元明戏曲叶子〉跋》，署“一九六〇年三月，病后，傅惜华识于碧蕖馆”。《中国古代版画丛刊》原为郑振铎选编，所印诸书也都是西谛自

① 参阅麻国钧《元明戏曲叶子考略》，载《中华戏曲》1996 年第 1 期。

藏本，何以会突兀地插入一种傅惜华跋藏的《元明戏曲叶子》呢？

## 二、同行压力：傅惜华与郑振铎的微妙关系

傅惜华（1907—1970）是以古代戏曲、小说、子弟书等俗文学文献收藏和研究而著称于世的学者，或因戏曲小说类书籍多有插图，他对古版画也产生了浓厚的兴趣。1938年第1卷第7期《东方文化月刊》，刊出傅惜华《明代画谱解题》，这是目前所知他较早的古版画论文，惜仅介绍了《历代名公画谱》（又名《顾氏画谱》），文中标为（一），则原当有系列，但未见后续刊出。至1944年，傅惜华在《中国学报》第1卷第4、5期，分上下连载刊出《明代画谱解题》，卷首云："爰取十余年来所搜藏或目睹之明代画谱，草成解题，以供治中国美术史者之一助也。"凡介绍了15种明代画谱，包括《历代名公画谱》《古今画谱》（又名《唐六如画谱》）、《名公扇谱》《唐诗五言画谱》《唐诗七言画谱》《唐诗六言画谱》《天形道貌》（《夷门广牍》卷三二）、《淇园肖影》（《夷门广牍》卷三三）、《罗浮幻质》（《夷门广牍》卷三四）、《九畹遗容》（《夷门广牍》卷三五）、《春谷嘤翔》（《夷门广牍》卷三六）、《图绘宗彝》《雪斋竹谱》《梅竹兰菊四谱》《木本花鸟谱》《草木花诗谱》。1947年8月至1948年3月，傅惜华在北京

《生生画刊》连载《明代版画集锦》，前后共30期，每期刊印一幅从家藏明代戏曲小说等书籍中遴选出来的精美版画书影。

而最值得瞩目的事情，莫过于傅惜华在1944年筹办的明代版画书籍展览会。1943年，傅惜华任职北京中法汉学研究所，这是一家法国利用庚子赔款在北京设立的学术文化机构，设于中法大学校内，由汉学家铎尔孟(Andre Roquette Dit d'Hormon，1881—1965)任所长，法国驻京使馆秘书杜柏秋（Jean Pierre Dubosc）任总务长，主管行政。杜柏秋对中国画兴趣浓厚，颇富收藏，1942年7月，中法汉学研究所举办“民间新年神像图画展览会”，并编制了展览图录。傅惜华与杜柏秋相熟有年，曾助其编印自藏书画册《宝绘集》(1937)，并协助筹办“民间新年神像图画展览会”(1942)及编制展览会书目的中文部分。大概因了杜氏举荐，傅惜华进入中法汉学研究所工作，担任美术组主任，两人趣味相投，遂共同策划了“明代版画书籍展览会”，展出时间为1944年7月2日至15日，并编印了中法双语版《明代版画书籍展览会图录》(图7)，杜柏秋撰“序”，傅惜华撰“例言”十则。展品分甲乙两组，甲组101种，乙组44种，总计145种。其中由傅惜华（署“北京傅氏碧蕖馆”）提供101种（甲85种、乙16种)、杜柏秋（署“巴黎杜让氏柯青馆”）30种（甲2种、乙28种)，其余由北堂图书馆及中法汉学研究所图书馆提

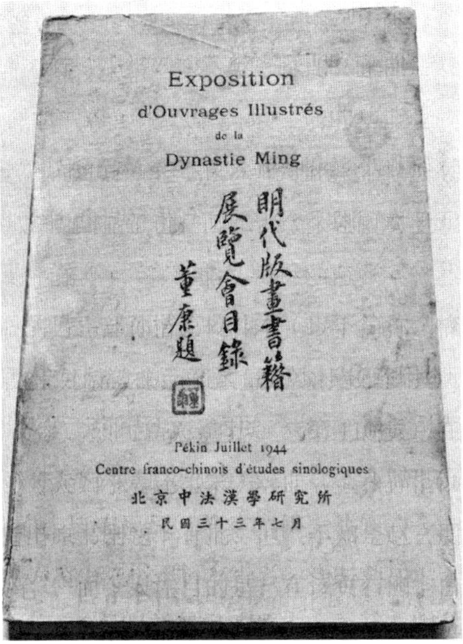


图 7.《明代版画书籍展览会目录》（1944）

供。这 101 种藏品，充分展现了傅惜华在古版画收藏方面的傲人实绩，部分书籍后来流落沉浮，已不见于如今中国艺术研究院图书馆的傅惜华藏书，因此，这份展览目录不啻是傅氏一份早期藏书目录，弥足珍贵。今不惮繁琐，按照展览会目录顺序，罗列书名、卷数、版本、册数等信息于下：

1.《诸佛如来菩萨名称歌曲》一卷，永乐十五年刻本，一册；

2.《太古遗音》三卷，正德八年刻本，三册；

3.《大成释奠仪礼雅乐图谱全集》二卷，正德十五年刻本，四册；

4.《新刊诸家选极五宝训解启蒙故事》七卷，嘉靖西清堂詹氏刻本，六册，马廉旧藏本；

5.《新镌增补全像评林古今列女传》八卷，万历十五年金陵富春堂刻本，八册，马廉旧藏本；

6.《闺范》四卷，万历十八年原刻本，二册；

7.《新刻修真秘要》一卷，万历二十二年武林文会堂刻本，一册；

8.《圣迹图》，万历二十年刻本，一册；

9.《新刊出像补订参采史鉴唐书志传通俗演义题评》八卷八十九节，万历二十一年金陵大业堂刻本，八册；

10.《新镌翰林考正历朝故事统宗》十卷，万历二十三年金陵大业堂刻本，十册；

11.《淇园肖影》二卷，万历二十六年金陵荆山书林刻《夷门广牍》本，一册；

12.《大备对宗》二十卷，万历二十八年萃庆堂余氏刻本，五册；

13.《重校旗亭记》二卷，万历三十一年金陵继志斋刻本，二册，郑振铎旧藏本；

14.《重刻申阁老校正朱文公家礼》八卷，万历三十二年亦政堂黄启胜刻本，八册；

15.《新镌全像海刚峰先生居官公案》四卷七十一回，万历三十四年金陵万卷楼刻本，四册；

16.《状元图考》四卷，万历三十五年刻本，四册；

17.《鼎锲崇文阁汇纂士民捷用分类学府全编》三十五卷，万历三十五年建安余文台刻本，十二册；

18.《雪斋竹谱》一卷，万历三十六年刻本，二册；

19.《坐隐先生订棋谱》二卷，万历三十七年新安汪氏环翠堂刻本，一册；

20.《圣贤图像》，万历三十八年刻本，折装一册；

21.《元本出相北西厢记》二卷，万历三十八年起凤馆刻本，二册；

22.《太古正音琴谱》四卷，万历三十九年刊本，八册；

23.《重校义侠记》二卷，万历四十年金陵继志斋刻本，二册；

24.《六经图》，万历四十三年刻本，六册；

25.《性命双修万神圭旨》四集，万历四十三年刻本，四册；

26.《元曲选》十集，万历四十三年博古堂刻本，棉纸初印，为臧懋循旧藏本，八十册；

27.《吴骚二集》四卷，万历四十三年刻本，二册；

28.《墨海一辑》六卷首一卷，万历四十六年新安方氏刻本，七册，高凤翰旧藏本；

29.《武夷志略》四集，万历四十七年崇安孙世昌刻本，四册；

30.《新刻皇明诸司公案传》六卷，万历三台馆刻本，六册；

31.《新刻刘云峤太史摘纂然然故事□集》，万历李少泉刻本，残存一册；

32.《李卓吾先生批评香囊记》二卷，万历刻本，二册；

33.《登云四书集注》十九卷，万历种德书堂刻本，六册，马廉旧藏本；

34.《徐文长四声猿》一卷，万历刻本，二册；

35.《古本荆钗记》二卷，万历刻本，一册；

36.《闺范》四卷，万历重刻本，八册；

37.《新刻赵状元三错认红梨记》二卷，万历刻本，二册，郑振铎旧藏；

38.《唐诗七言画谱》，万历集雅斋刻本，二册；

39.《新镌六言唐诗画谱》，万历集雅斋原刻本，二册；

40.《环翠堂园景图》一卷，万历新安汪氏环翠堂刻本，一卷；

41.《三遂平妖传》四卷二十回，万历钱塘王慎修刻本，四册，初印；

42.《新刻出像音注花栏南调西厢记》二卷，万历金陵富春堂刻本，二册；

43.《重校千金记》二卷，万历刻本，二册；

44.《新镌武侯七胜记》二卷，万历金陵唐振吾刻本，二册；

45.《重校十无端巧合红蕖记》二卷，万历金陵继志斋刻本，二册；

46.《新刻全像易鞋记》二卷，万历金陵文林阁刻本，二册；

47.《西厢记考》，万历刻本，三册；

48.《新刻出像音注岳飞破虏东窗记》二卷，万历富春堂刻本，二册；

49.《新镌女贞观重合玉簪记》二卷，万历长春堂刻本，二册；

50.《鼎锲玉簪记》二卷，万历师俭堂刻本，二册；

51.《图绘宗彝》四卷，万历金陵文林阁刻本，四册；

52.《竹窗随笔》一卷，万历刻本，二册；

53.《紫钗记》二卷，万历刻本，四册；

54.《还魂记》二卷，万历刻本，四册；

55.《邯郸记》二卷，万历刻本，四册；

56.《南柯记》二卷，万历刻本，四册；

57.《新刻博笑记》二卷，天启三年刻本，二册，郑振铎旧藏；

58.《茶酒争奇》二卷，天启四年清白堂刻本，四册；

59.《山水争奇》三卷，天启清白堂刻本，三册；

60.《新锲校正训释题类书言故事大全》十卷，天启六年建安黄氏刻本，四册；

61.《远西奇器图说录最》三卷，天启七年新安汪氏校刻本，三册；

62.《新镌五福万寿丹书》六卷，天启间金陵周如泉刻本，六册；

63.《新刻一札三奇》八卷，天启刻本，八册；

64.《玉茗堂批点皇明开运辑略武功名世英烈传》六卷，崇祯元年刻本，初印，六册；

65.《刻精选百家珠玑联》六卷，崇祯元年刻本，一册；

66.《新镌全像通俗演义隋炀帝艳史》八卷四十回，崇祯四年人瑞堂刻本，十二册；

67.《新刻按鉴编纂开辟衍绎通俗志传》六卷八十回，崇祯八年刻本，六册；

68.《导引秘图》，崇祯九年刻三色套印本，折装一册；

69.《白雪斋选订乐府吴骚合编》四卷，崇祯十年刻本，八册；

70.《圣迹图》，崇祯刻本，折装一册；

71.《圣迹图》，崇祯刻本，一册；

72.《孔圣家语》十一卷，崇祯刻本，四册；

73.《八刻张侗初先生汇编四民便用注释札柬五朵云》

四卷，崇祯存诚堂刻本，四册；

74.《怀远堂批点燕子笺》二卷，崇祯刻本，四册；

75.《四声猿》一卷，崇祯刻本，二册；

76.《新刊徐文长先生批评隋唐演义》十卷一百十四则，崇祯武林刻本，十二册；

77.《新刻剑啸阁批评西汉演义传》八卷，崇祯吴门白玉堂刻本，九册；

78.《山水邻新镌花筵赚》二卷，崇祯刻本，二册；

79.《山水邻新镌出像四大痴传奇》一卷，崇祯刻本，二册，王孝慈旧藏本；

80.《今古奇观》四十卷，崇祯间原刻本，十册；

81.《三先生合评元本北西厢》五卷，崇祯汇锦堂刻本，六册；

82.《一笠庵新编一捧雪传奇》二卷，崇祯刻本，四册；

83.《一笠庵新编永团圆传奇》二卷，崇祯刻本，四册；

84.《西湖二集》三十四卷，崇祯刻本，十二册；

85.《豆香说鬼》十三卷，崇祯刻《八公游戏丛谈》本，一册；

86.《佛说摩利支天菩萨经》一卷，永乐元年刻本，折装一册；

87.《圣妙吉祥真宝名经》一卷，永乐六年刻本，折装一册；

88.《弥陀往生净土忏仪》一卷，永乐十八年刻本，折装一册；

89.《太上灵宝天尊说禳灾度厄真经》一卷，宣德元年刻本，折装一册；

90.《佛说观药王上二菩萨经》一卷，正统五年刻本，折装一册；

91.《出相观世音菩萨普门品经》一卷，成化二十一年内府刻本，折装一册；

92.《出相佛顶心大陀罗尼经》三卷，弘治四年刻本，折装一册；

93.《佛说摩利支天陀罗尼咒经》一卷，嘉靖十四年刻本，折装一册；

94.《妙法莲华经观世音菩萨普门品》一卷，嘉靖十七年刻本，折装一册；

95.《摩诃般若波罗蜜多心经》一卷、《佛说镇宅消灾龙虎经》一卷、《佛说天地神咒镇宅八阳经》二卷，嘉靖二十六年刻本，折装一册；

96.《地藏经赞》一卷，万历二年刻本，折装一册；

97.《出相佛说高王观世音经》一卷，明刊本，折装一册；

98.《慈悲道场忏法》十卷，明刻本，折装一册；

99.《药师琉璃光如来本愿功德经》一卷，明刻本，折装一册；

100.《药师琉璃光如来本愿功德经》一卷，明刻本，折装一册；

101.《妙法莲华观世音菩萨普门品》一卷，明刻本，折装一册。

这百余种明代版画书籍，涵盖了小说、戏曲、画谱、山水图及宗教画等类别，蔚为壮观，其中颇多孤善之本，尤其是小说戏曲部分，可谓傅惜华的独家收藏。拥有这样一批珍贵的版画资料，傅惜华自然会展开学术研究，他为本次展览会图录撰写的"例言"，实际上就是一篇古版画研究的提纲，涉及了诸多重要学术论题，譬如将明代版画艺术分为三派，即"福建建安派""江苏金陵派""安徽新安派"；将版画书籍分为"全图"与"插图"，插图有"封面插图""卷首冠图""每卷冠图""书内插图""卷末附图"五种情况；将版画书籍的图像构成方式，细分为"单面方式""单面圆式""两面连式""合页连式""多面连式""上图下文式""文中附图式"，等等，其研究乃从微观切入，且已相当深细，此与郑振铎《中国版画史图录》自序（1940）侧重宏观史论，恰可互为补充。

有意思的是，同为小说戏曲版画收藏家及研究家的郑振铎与傅惜华，彼此都曾为对方表示过赞赏：郑振铎《关于版画》（1936）一文，列举了古代版画研究"同道的垦荒者”，有吴梅、周越然、王孝慈、马廉、陶湘、赵万里、鲁迅等人，专门提及傅惜华：“北平傅惜华先生对于此道，亦称行家，他所藏有插图的明版书也不少。”[1]而傅惜华《也是园所藏珍本元明杂剧之发见》(1938)，亦致敬于郑振铎的文献保存之功：“此种海内珍本之元明杂剧，遂竟落于沪上骨董商手中矣。骨董商亦知为奇货，索值巨万。后经友人西谛君之介绍，闻全归于袁守和先生，且有将由商务印书馆影印行世之议，如成事实，则此举嘉惠于曲苑，真无量矣。”[2]一南一北，遥相呼应。但自二十世纪四十年代以降，两人似乎逐渐淡出了各自的视线：郑振铎《中国版画史图录》自序（1940）云：“于时，与余有同好者，在沪有鲁迅、周越然、周子竞诸氏，在平有王孝慈、马隅卿、徐森玉、赵斐云诸氏。搜访探讨，兴皆甚豪。有得必以相视，或见一奇书，获一秘籍，则皆大喜。”在该书《编例》第十四则又致谢道：“本书得以告成，赖友朋之力为多，王孝慈、马隅卿、鲁迅、吴瞿安诸先生皆已相继下世，不及见此书之成。每一念及，腹痛何已！赵斐云、潘博山、潘景郑、瞿凤起、徐森玉、周越然、徐蔚南诸先生，或相助访求，或慨假所藏，铭感至深。”而傅惜华皆

① 郑振铎《关于版画》，载《中学生》1936年第1期。
② 傅惜华《也是园所藏珍本元明杂剧之发见》（下），载《朔风》1939年总第3期。

不在两份名单之内，考虑到傅惜华当时对于古版画搜集和研究的成绩来看，这无疑是一个颇为“反常”的细节。之后，郑振铎《中国木刻画选集》自序（撰写于1956年1月8日）再次向吴瞿安、马隅卿、王孝慈、鲁迅诸友致谢，依然未提傅惜华；仅在《中国古代木刻画选集》（1957年编定、1985年正式出版）第八章“明末的木刻画”第75条注释：“此项供叶子戏使用的叶子是用厚纸板做的，其上施以木刻的图画。这些图画往往都是成套的，像《百子图》《西游记》《水浒传》等等。我藏有五种，但都已不成套了。大兴傅氏亦有若干套。”[①] 这过于客套礼仪的“大兴傅氏”四字背后，隐隐透露出一丝隔阂的气息。

1949年后，郑振铎历任中央文化部文物事业管理局局长、中国社科院考古所所长、文学所所长、中国文化部副部长等职，其政治社会地位，与中国戏曲研究院普通一员的傅惜华，已不可同日而语，两人间的距离进一步被拉大。在他们共同喜爱的古版画编印上，也产生了微妙的“冲突”。郑振铎先后完成的古版画史料系列《中国版画史图录》（1940）、《中国古代木刻画选集》（1957年定稿）、《中国古代版画丛刊》（1958年起印），对于同样收藏丰富却始终未获充分展现的傅惜华，无疑构成了不小的

① 郑振铎《中国古代木刻画史略》，上海书店出版社2006年版，第150页。

学术压力和刺激。从其《明代版画书籍展览会图录》“例言”（1944）来看，傅惜华对于古版画早已形成了自己的学术研究思路，绝不甘心只做一位默默无声的藏家。1957年12月，商务印书馆出版丁福保、周云清编《四部总录艺术编》，卷末附有傅惜华编制的《中国版画研究重要书目》。可以说，无论从书目、资料、思路，傅惜华都已做好了开展古版画选编及研究的充分准备，但造化弄人，他似乎总是迟缓一步，被笼罩在郑振铎的万丈光芒之中，若以通常情理揣度，傅惜华内心也难免会有瑜亮之叹。

与郑振铎、傅惜华都有交往的黄裳（1919—2012），曾在《阿英与书》（1985）一文中，谈及阿英筹划出版傅惜华所藏古版画而未果事：

后来是断续的通信，最早是商量印行古版画的事情。从《第一次文代会日记》中知道，他曾几次到傅惜华家里去看过碧蕖馆收藏的大量明代版画，这中间有郑振铎的《中国版画史》没有收入的许多重要作品。他想到的第一件事是设法尽快地印行、流布，于是就起劲地筹划编纂，并答应写一篇有分量的长序。这件事经过长久的努力终于没有成功。开始时我们都曾意识到这中间可能有人事的牵制，但终于过于天真地作了乐观的估计，认为在今天这一切都不应成为问题。但事实证明并不如此。从这件事可以看出阿英对人对事的基本态度和他的纯朴的心。他是从人民的事业出发进行考虑的。这样一批珍贵的古版画，是应该尽快介绍给读者，还是加以抑制使之不见天日，还是像康生那样，索性掠归己有呢？这是三种截然不同的立场、态度、方式。……1955年上海出版公司出版了阿英编的《红楼梦版画集》，则是这一次努力留下的仅有的小小纪念。[①]

这里所说“第一次文代会”，指中华全国文学艺术工作者代表大会，1949年7月2日至19日在北京召开，阿英（1900—1977）参与筹备工作，并任华东代表团团长，故于5月10日先行抵京，至8月12日会议相关工作全部结束后离京。期间阿英撰写了日记，后以《第一次文代会日记》为题，刊载于《新文学史料》1978年第1期，收入《阿英文集》（1981）时又有增补。日记多次记载了去傅惜华碧蕖馆观看版画藏书事[②]：

6月21日：二时，到东四访傅惜华先生于其处所，看其所藏精本戏曲、小说至五时。最为注目者，为乾隆彩绘套版小木刻，据云有百余张，下次去时，可连同版画一部分看。藏汉砖亦颇有佳者。传奇精本甚多。

① 收入黄裳《银鱼集》，生活·读书·新知三联书店1985年版，第268—269页。
② 此据《阿英文集》，生活·读书·新知三联书店1981年版，第525—555页。

6月28日：午饭后，与一氓兄至傅惜华同志家看木刻，颇多佳品。风景版画最佳而难得者，为乾隆《黄山志》、《古歙山川图》、康熙《白岳凝烟》、《新刻名山胜景一览图》(明刊)。

7月29日：午后四时许，与一氓、平羽到傅惜华先生处看明清木刻酒牌，约百余张，颇多佳品，最早者似在万历以前。

7月31日：晚饭后，与一氓、平羽，去傅惜华家，看小说及木刻，明版册页尤佳，每幅题词一阕尤妙。

阿英也是一位对小说戏曲版画兴趣浓厚的学者，他热心推动傅惜华所藏古版画编印出版，可惜此事最终未谐，虽然黄裳说得比较隐晦，不过透过字里行间，仍可感觉到大概遇到了某种人为的“阻力”。在另一篇文章《西行书简》中，黄裳将这一“阻力”明确指向了郑振铎：

买书成癖，同好之间的矛盾即不可免，50年代初，我曾与傅惜华合作编一部《古版画图录》，商请上海出版公司印行，刘哲民也满口欢迎，惜华还将珍贵的藏书寄来上海拍照。一切说得好好的，但总是不见实行。每次催问哲民，总是好言应付，后来我也悟出，西谛是不赞成惜华印这部书的，尤其是版画。傅惜华也是收藏大家，特别是小说、戏曲、版画，成就与马隅卿相埒。[1]

黄裳说“西谛是不赞成惜华印这部书的，尤其是版画”，只是他自己“悟出”的，并未提供确切的证据，读者自然不必尽信其有。不过，刘哲民主持的上海出版公司，与郑振铎渊源颇深，“西谛之于上海出版公司，单从表面看，只是作家与出版发行单位的关系，而实际上，他始终如一地关系爱护公司胜于我们自己”[2]。早在1947年，上海出版公司就为郑振铎代理发行了《中国版画史图录》第五函；五十年代初，郑振铎编著的《中国历史参考图谱》二十四辑（1948—1951年出齐）、《伟大的艺术传统图录》（1952年8月）十二辑，均由上海出版公司出版发行；与此同时，郑振铎《中国古代木刻画选集》《中国古代版画丛刊》也正在启动编印之中。因此，基于上海出版公司的业务考虑，或许也有为老友郑振铎学术事业的考虑，刘哲民拖延婉拒傅惜华、黄裳合编《古版画图录》的出版事宜，黄裳的说法应该也不是空穴来风。

① 此文《拟书话——〈西行书简〉》，收入《海上乱弹》，文汇出版社2005年版，第166页；《珠还记幸》，生活·读书·新知三联书店2006年版，第346页；《记巴金》，四川文艺出版社2019年版，第140—141页。
② 刘哲民《回忆西谛先生》，收入《郑振铎纪念集》，上海社会科学院出版社2008年版，第351页。

事实上，可能还有一个较为隐晦但更为关键的原因，乃与傅惜华服务的中法汉学研究所有关，1949年之后，这一机构的法方背景，成为敏感的政治问题。阿英《第一次文代会日记》1949年6月2日载及傅惜华，就有“惜系为法人工作”的惋叹；1953年9月21日，郑振铎在写给刘哲民的信札中云：“闻汉学研究所仍拟印《汉代画像全集》第三集，请转告戴、胡，不能承印此种书籍。因帝国主义者的印件，我们现在绝不可代印！同时，戴、胡二人的印刷力量，我们可以完全包下来。不可能有力量再去承印那些书也。此事至要！”[①]语气已相当严厉。此《汉代画像全集》编者即为傅惜华，原计划分四编，初编、二编专收山东地区画像，三编专收河南、陕西、山西、江苏各省画像，四编专收四川省及新发现画像，总量超过千种拓片。1950—1951年，初编、二编由商务印书馆刊印200部，但未公开发行。至1953年9月，三编的图文稿件均已完成编校，由于中国社会形势的变化，出版受阻。1953年11月9日，中法汉学研究所接获北京市政府通知，令其停止一切活动，随后遵照法国外交部训令，撤出中国。这部未刊书稿遂

① 刘哲民编注《郑振铎书简》，学林出版社1984年版，第176页。

不了了之，目前存藏于中国国家图书馆[1]。郑振铎函嘱刘哲民“不能承印”，“此事至要”，想来他已提前得知了某些风声。至于信中所说“戴、胡”，即戴圣保、胡颂高，这是两位精通珂罗版印刷术的技师，从郑振铎编印《中国版画史图录》（1940）开始，他们就是其亲密合作者。

鉴于上述种种因素，再来看傅惜华拟编《古版画图录》无法顺利出版，大概也就不足为怪了。

## 三、世事沉浮：傅惜华与《中国古典文学版画选集》

重新回到《元明戏曲叶子》一书，虽然难以探知中华书局如何以及为何将一种傅惜华的藏本，增入郑振铎的《中国古代版画丛刊》，但这一举动，似乎具有某种学术上的象征意味，即自郑振铎 1958 年 10 月遽然谢世之后，古版画的收藏与研究，开始转入傅惜华的时代。

大概在 1963—1964 年间，傅惜华与上海人民美术出版社商定了一个颇为庞大的古版画编印计划，包括《古典文学版画图录》《明清版画图录》《明清酒牌丛刊》及《古

① 参阅韩旭《新发现傅惜华未刊书稿研究》，载《中国典籍与文化论丛》第十七辑，凤凰出版社 2015 年版，第 216—227 页。

代宗教版画集》四种。其中《古典文学版画图录》首先完稿，并提交给了出版社，但随着当时社会政治形势的莫测变化，傅惜华自己感觉书稿中存在一定“错误观点”，“有些毒草”，致函出版社的责任编辑范志民，要求撤回修订，信札写于1964年12月31日，原文为：

范志民同志：

很久时间，我们没有通讯了。

我这一年来，通过了政治、业务方面的种种学习，不断提高了我的思想觉悟，更由于今天的革命的新形势的发展，接受了社会主义教育，终于使我认识了在《古典文学版画图录》一书里的不少的错误观点。古典文学遗产中，作品本身的评价，在今天应当进一步重新的严格的再加以批判，我们都要遵循着毛主席的文艺思想的教导，对待这些古典文学作品，做到剔除封建性的糟粕，发扬人民性的精华。我仔细的检查了这部稿件里，发现了所选的文学书籍和版画的内容，以及说明文字，都存在着不少的严重的错误观点，有些毒草，这是绝对不能和广大读者见面的。我衷心的希望你社领导不予出版，贻害广大的读者同志。再给我以重新修订改订的机会。请你将此意见转达你社领导同志，我静候你社的指示。

此致

敬礼！

傅惜华口述。六四、十二、卅一。

上海人民美术出版社收信之后，于 1965 年 1 月 4 日填写了“收文处理单”，1 月 5 日，范志民在收文单“处理意见”一栏写道：“寄回原稿，请作者重新编撰。”1 月 11 日，范志民在编号为“美发文（65）字第 40063 号”的“上海人民美术出版社发文稿纸”上，复函傅惜华：

傅惜华同志：

64 年 12 月 31 日来函敬悉。关于《古典文学版画图录》一稿的处理，去年文化革命学习以后，我们即从印刷厂抽回来了，因为发现这部东西，大部是帝王将相才子佳人的东西，鬼戏也有一些。文字介绍中缺乏批判的精神。我们对这部稿子，目前还未来得及仔细研究，今后如何出版还不敢断言。我们暂且遵照您的意见，把原稿退还您作重新修订。具体修订意见，以后再作商量，好吗?

近来身体状况如何?

此致

敬礼!

范志民。65.1.11

上海人民美术出版社的“具体修订意见”，大概在 1965 年 8 月或 9 月初发送给傅惜华，文件编号为“40593”，遗憾的是目前尚未查获此件，难知详情。傅惜华收到此函后，于1965年9月8日复信如下：

负责同志：

目前接到你社四〇五九三号来信，敬悉一切。关于《古典文学版画图录》一稿，你社所提出的意见，我是毫无异议的。我经过较长时间的考虑，现在有三个问题，亟待解决，甚盼你社给我明确的指示，方好开始再一次的重新编排的工作。

第一，我们从前商定所制的锌版，是包括《古典文学版画图录》、《明清版画图录》两书的材料，所以对于某种古籍的插图版画，有的选了多幅——十幅左右，原来是为了《古典文学版画图录》《明清版画图录》两稿分用的。现在首先需要明确决定《明清版画图录》一种的出版计划，是否取消？这种已经制成的锌版，若是移置在《古典文学版画图录》里，出版以后，势必使些读者同志感觉书内所选某书的插图版画过多或过少的一种不平衡的缺点。这个问题，完全是编者的责任。此事应当如何解决呢？

第二，《古典文学版画图录》一稿，原订分为上下两卷。上卷所用的锌版，初稿已竟完全用了，所剩余的一小部分，是准备在下卷用的（另外有一部没用的，那是《明清版画图录》一稿的材料）。当初我们商订是等《古典文学版画图录》上卷付印之后，再开始补充这下卷的制版工作。但是后来终于停顿了。现在若是重新编排这部《古典文学图录》的稿子，要是不再补充原来下卷所准备的版画材料，仅用这已经做好的锌版材料来重编，内容如此，便太不完备了，这完全违反了我最初编写这部稿子的意旨。请你社考虑，这样做去，怎能发挥参考资料的作用呢？

第三，当初我们拟定将来陆续出版《明清酒牌丛刊》、《古代宗教版画集》的计划，因为当前形势的发展，和我个人日常业务的繁忙，身体日渐衰老的关系。万般无法，只好废弃了！但是《明清版画图录》一书，以后如能出版为内部参考资料时，还可精选些明清酒牌版画、古代宗教版画，更能充实这部《明清版画图录》的内容，以便完成一部丰富的古典版画的参考资料。不知你社意见以为如何？

此外，还有一些制版、编排上的琐碎问题，可以等待前面三项问题确定以后，至盼你社一位同志——最好范志民同志，得便来京一次，面订一切，并望先期示知。

还有《古典文学版画图录》释文的初稿，因当时未能留存副本，现拟过录一份，留存参考。一俟钞后，即行寄还你社不误。

此致

敬礼！

傅惜华口述。九．八

范志民同志同此不另。

上海人民美术出版社范志民于1965年9月20日复函如下：

傅惜华先生：

9月8日来函敬悉。对您提出三个问题，经请示领导，我们意见如下：

从目前文化革命形势看，要实现原来计划有一定困难，时间拖得太长，变化会更多，进行工作也会始终被动。所以为争取主动，采取速战速决的办法，先把已制好的版子重新编排，很快付印出来提供美术工作者作参考资料。现在大力提倡连环画画种，连环画工作者很需要这类资料，如能早日出版，它会发挥作用的。

明清酒牌、宗教版画部分，您若无暇及此，我们也没异议。剩下二种，您觉得不便合编，我们同意仍分二种出书，先将《古典文学版画参考资料》印行，下一部再搞《明清版画参考资料》。不过，我们意见尽可能避免重复。第二种内如能包括酒牌、宗教版画，我们也完全同意。

虽作参考资料出版，也不降低它的学术价值，我们还在争取公开发行。以上意见未知是否妥当，请您研究后答信我们。

此致

敬礼！

透过上述傅惜华与范志民的往还信札，可知双方迫于情势，就古版画编印计划，大致达成了如下调整事宜：

1. 原计划编印的《明清酒牌丛刊》《古代宗教版画集》两书，鉴于当时的革命形势和傅惜华的个人原因，无奈取消。

2. 原计划编印的《明清版画图录》，虽仍列入出版计划，但需等《古典文学版画图录》印行之后，再视情况启动。

3. 尽管傅惜华再三强调：现已制成的版画锌版，本来大部分是供《古典文学版画图录》上卷使用，小部分则留给《明清版画图录》，如果全部用入《古典文学版画图录》而不进行新增补的话，将会造成两个学术上的缺陷，一是版画资料不完备，二是某些书籍选取的版画偏多。但出版社显然已经感受到了风云涌动前夕的紧迫性，没有采纳傅惜华增选版画、续制锌版的意见，担心“时间拖得太长，变化会更多”，故必须“采取速战速决的办法”，提议利用“现已制好的版子”重新编排，尽快将书付印出来。

那么，傅惜华当时是否愿意接受上海人民美术出版社的提议呢？囿于资料，我们不得而知。《古典文学版画图录》最终未能在 1965 年顺利印出，1966 年之后，此书的出版自然更加无从谈起了。1970 年，傅惜华在病困中离世，没有能够看到自己苦心经营的古版画著作出版，或许

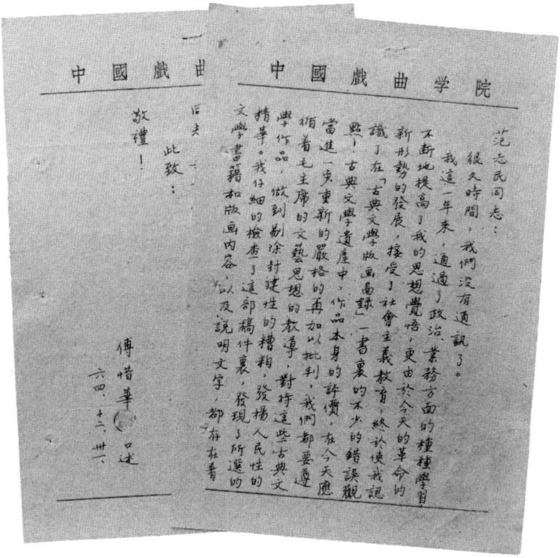

中國戲曲学院

范志民同志：
很久時間，我們沒有通訊了。
我這一年來，通過了政治、業務方面的種種學習
不斷地提高了我的思想覺悟，更由於今天的革命的
新形勢的發展，接受了社會主義教育，終於使我認
識了在「古典文學版画图錄」一書裏的不少的错誤觀
點！古典文學遺產中，作品本身的評價，在今天應
當進一步重新的嚴格的再加以批判，我們都要遵
循着毛主席的文藝思想的教導，對待這些古典文
學作品，做到剔除封建性的糟粕，發揚人民性的
精華。我仔細的檢查了這部稿件裏，發現了所選的
文學書籍和版画內容，以及說明文字，都存在着

中國戲曲

此致：
敬禮！
傅惜華（印）口述
六四、十二、卅一

图 8. 傅惜华致范志民信札（1964）

是他内心极大的遗恨之一。这里有个细节，傅惜华写给范志民的两通信札，落款均为“傅惜华口述”，加盖印章（图 8），表明系旁人代笔，据傅惜华女儿回忆[①]：1959 年，傅惜华因患中风，右半身瘫痪，右手不能握笔，乃以超常毅力练习左手写字，继续撰写研究论著。就是在如此艰难的情况下，傅惜华仍竭尽全力，完成了《古典文学版画图录》书稿的编著，可知其对此书的重视程度，如果从 1938 年

① 傅玲、傅珣《追忆父亲傅惜华》，载《纵横》2006 年第 11 期。

发表《明代画谱解题》算起，这可是傅惜华做了二十多年的古版画梦想啊，行将成真，却又被无情地压入了幽暗的时代底层，此情此景此心，何其令人扼叹！

1981 年 12 月，上海人民美术出版社终于出版了姗姗来迟的《中国古典文学版画选集》，上下两大册，署“傅惜华编”，责任编辑正是范志民，卷首有出版社写于 1978 年 12 月的《出版说明》，其中云：“这本《中国古典文学版画选集》是我社在 1964 年特约傅先生编辑的，书中不少版本是罕见的，有的已流出国外。本书所选，虽非完璧，但是将这些分散的深藏秘库的书籍插图，汇集成册，已非易事。”“傅先生未能亲睹本书的出版，我们深表惋惜，兹特趁本书付印之际，附此致念。”作为一家出版机构，也可谓有情有义了。据上下册目录，《中国古典文学版画选集》凡收录版画 811 幅，选自 211 种元明清版画书籍，其中以杂剧、传奇、戏曲选本、说唱、小说、传记、诗词为主，称得上是名副其实的“古典文学版画”，这一独特的编选角度，大概也是傅惜华当年精心选定的，因为郑振铎所编《中国版画史图录》《中国古代木刻画选集》《中国古代版画丛刊》，虽然也有收录小说戏曲类版画，但所占比例不大，也未曾拈出“古典文学版画”的概念。因此，傅惜华精准设定了这个可以从学术上有效规避郑振铎已有研究的新角度，而“文学版画”还能充分发挥碧蕖馆藏书以戏曲小说为最大特色的资料优势。

《中国古典文学版画选集》出版之后，也受到一些读者的批评，主要针对两个问题：其一为印制问题，即黄裳所说的线条变粗失真，损及古版画原貌[①]。从上文傅惜华信札可知，此书图版采用锌版印刷技术，纸张是普通印书纸，与采用珂罗版宣纸印制的郑振铎《中国版画史图录》（1940）、《中国古代版画丛刊》（1958—1961）相比，古版画的印刷质量确实逊色不少，但没有比较就没有伤害，在一般读者眼中，此书或仍称得上印制颇为精美。其二是学术问题。譬如版画史学者周芜曾指出《中国古典文学版画选集》释文太过简单，编排略嫌混乱等[②]。这里，牵扯出隐藏在背后的一个疑问，即《中国古典文学版画选集》出版时是否忠实于傅惜华原稿？周芜的文章载及："1963年我到北京访书，专门去汪家胡同拜访了他，承蒙热情接待，几次搬出了他所收藏的部分珍品，使我顿开眼界，饱受古版画熏染。那时他正在编写这部版画专集的释文和《环翠

① 黄裳《谈影印本》云："1978年上海古籍书店复印的《善本书影》，恐怕是自有书影以来少数印刷最差的一种，它可以提供一种样本，说明古刻的面貌、风格可以被歪曲到怎样的程度。《中国古典文学版画选集》则是另一个例子，证明线条的失真（主要是变粗）可能给版画效果带来怎样的损害。这两书都不是石印，但效果比石印还不如。"收入《黄裳书话》，北京出版社1997年版，第66页。

② 周芜《珍贵的史料，欣慰的纪念——评读〈中国古典文学版画选集〉》，载《阜阳师院学报》1982年第3期。

堂园景图》的后记，承他情面给我抄录了选集上册的释文”，“集中所录的二百多种书目，原来都有较详细的释文，现在的印本却大大地简化了”，据此可知，傅惜华原稿的释文相当详尽。而上文提及的 1965 年 1 月 11 日“上海人民美术出版社发文稿纸”之“附件”栏内，标有“原稿 4 本（图文各二）”，则傅惜华《古典文学版画图录》原稿当有 4 册，图版和说明文字各占 2 册。可惜，这些详尽的释文出版时大多被删去了，以致影响到了对版画以及来源书籍的学术介绍。不仅如此，黄裳在《阿英与书》（1985）一文中透露：“上海人民美术出版社后来出版了《中国古典文学版画选集》，是一九六四年傅惜华编订的。基本轮廓还是当日拟议的面貌，但解题，选材，时代地域区划，历史、艺术分析的设想，木刻画发展的研究……这些方面，都不是原来设计的样子了。”[①] 黄裳曾是傅惜华《古版画图录》的合作者，想来所言非虚。《中国古典文学版画选集》未能客观完整地呈现傅惜华原稿的学术面貌，这当然是令人遗憾的，但此书 1981 年第 1 版第 1 次印刷，印数就高达 10000 册，远远超过郑振铎三种著作的印量，流播甚广，影响深远，亦足以令九泉之下的傅惜华感到欣慰。

最后值得一提的是，郑振铎与傅惜华费尽一生心血搜

① 收入黄裳《银鱼集》，生活·读书·新知三联书店 1985 年版，第 268—269 页。

罗的古版画宏富藏品，谢世之后，皆不约而同地慷慨捐献给了国家，郑振铎藏书捐入国家图书馆，傅惜华藏书捐入中国艺术研究院图书馆，分别成为两馆古版画收藏的重要来源之一，化私为公，泽溉来者。因此，无论从哪个角度来看，郑先生、傅先生都允称中国古版画收藏研究的学术先行者和奠基者。

# 戴不凡致赵景深论稗书札八通

赵景深（1902—1985）与戴不凡（1922—1980），都是古代小说戏曲研究界的著名学者。作为晚辈及私淑弟子，戴不凡在学术成长的过程中，颇得赵景深先生的指点和帮助，两人志同道合，切磋往来，谊兼师友间。1980年，戴不凡出版学术论文集《小说见闻录》，自跋写道：

书之所以取名《小说见闻录》，那是由于一九四七年初起，我向赵景深先生主编的《俗文学》、《通俗文学》投稿发表时，屡承见用，并在文末给署上“小说见闻录”的总名。当年我寄给赵先生的古代戏曲小说稿件，他总是迅即给予亲笔回信，对我多所匡正和开导。我后来能够从事这方面的一些工作，也是离不开他对我的热心帮助的。因此，在考虑这部集子的书名时，最后仍决定用“小说见闻录”为总名，以示纪念。

此处提及的《俗文学》和《通俗文学》，乃民国时期两份颇有学术分量的俗文学副刊。《通俗文学》为《大晚报》副刊，赵景深主编，创刊于1946年9月3日，终刊于1948年8月30日，周刊，共出版95期；《俗文学》为《中央日报》副刊，赵景深主编，创刊于1946年10月11日，停刊于1949年1月20日，周刊，实际共出版88期（第89—92期虽已编定，但因时局动荡，未出版）。

据关家铮《二十世纪〈俗文学〉周刊总目》著录（齐鲁书社2007年版），戴不凡在1947—1948年间，在上述两份副刊，共计发表了19篇文章（其中发表于《通俗文学》14篇，发表于《俗文学》5篇），兹按时间顺序，列举如下：

1947年

6月9日，《儒酸福》，载《通俗文学》第32期；

6月27日，《跋〈天籁集〉》，载《俗文学》第34期；

9月15日，《关于目莲戏文》，载《通俗文学》第45期；

9月22日，《黄石牧及其〈四才子〉》，载《通俗文学》第46期；

11月24日，《〈欢喜奇观〉中的戏剧史料》，载《通俗文学》第55期；

12月15日，《〈岭南逸史〉中的歌谣》，载《通俗文学》第58期；

12月22日，《〈梼杌闲评〉中的戏曲史料》，载《通俗文学》第59期；

1948年

4月5日，《〈桃花圣解庵乐府〉外集二种》，载《通俗文学》第74期；

4月19日，《黄河远》，载《通俗文学》第76期；

4月26日，《小说见闻录——〈禅真逸史〉》，载《通俗文学》第77期；

5月10日，《小说见闻录——〈玉瓶梅〉》，载《通俗文学》第79期；

5月28日，《杏花天》，载《俗文学》第67期；

5月31日，《小说见闻录——〈清廉访案〉》，载《通俗文学》第82期；

6月7日，《小说见闻录——〈混元盒〉》，载《通俗文学》第83期；

6月8日，《梦中缘》，载《俗文学》第69期；

6月25日，《周文泉事略》，载《俗文学》第71期；

7月5日，《小说见闻录——〈翼驷稗编〉》，载《通俗文学》第87期；

7月12日，《小说见闻录——〈韩湘子〉》，载《通俗文学》第88期；

10月26日，《剪灯》，载《俗文学》第86期。

可以想见，在此期间，戴不凡与赵景深之间，为了商讨学术、互通信息、修改文章等事，必多书札往还。庆幸的是，数年前在天津，我有幸见到了八通戴不凡写给赵景深的信札，皆用《东南日报》信笺书写，戴不凡自 1946 年起，任《东南日报》编辑，居住在杭州大塔尔巷 24 号。信札内容，多与发表在《通俗文学》《俗文学》副刊的小说戏曲有关，也涉及到一些戴不凡在杭州旧书肆购书的见闻。书札绝大部分未署年月，仅署某日，但据其内容，并

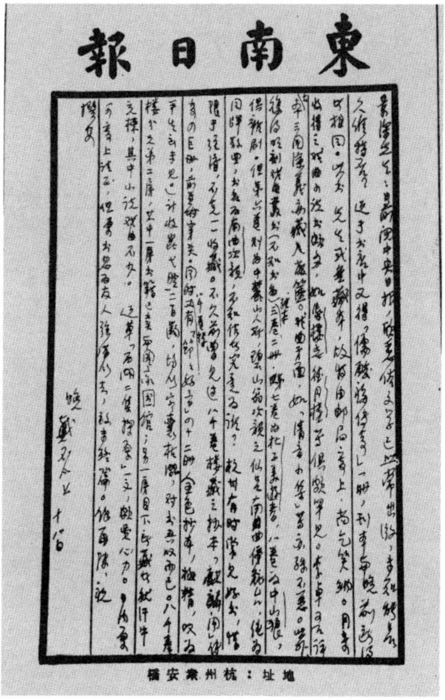
東南日報

地址：杭州衆安橋

图 1. 戴不凡致赵景深书札（第七札）

参考相关文章在《通俗文学》《俗文学》的刊发时间，大致可做出推定，均写于1947—1948年间。这些信札，不但保留了戴不凡、赵景深之间弥足珍贵的学术交往片段，也展现出老一辈学者惺惺相惜，互帮互助，以及对于学术的纯真和温情，读来令人感怀。

今将八通信札，全文释读如下，每札之后，系以按语，或考订书写时间，或就札中涉及内容，略作旁注。

## 一

景深先生：

拙稿二篇，前蒙细予指正，足见先生提携后学热忱。既承刊用，又劳赐寄剪报及稿费，铭感之余，谨此致谢。兹再附上短稿二篇，是否可在报端刊出，在所不计。惟望长者能赐予教言耳。

杭州旧书业凋零，几无可购之书；惟宝卷尚有一二，但均无可观者。近获得《国色天香》一部，此书市上不多见，丁日昌禁书目录中曾列入。题“抚金养纯子吴敬所编辑”，“大梁周文炜如山甫重梓”，遇明诸帝庙号，大部分均抬头，内容极为庞杂（且多涉淫秽）。惟大部分均系（文言）话本，形式与《取经诗话》颇相类，于叙事之际每插入诗词散曲。日来正抽暇阅读中。倘能有所得，当草一短文呈正。未知先生对此能赐教一二，以开茅塞否？专此陈达。

顺颂

编祺！

晚戴不凡上。十七日。

【按】根据札二、札三的时间，推定此札当写于1947年9月17日。札中所云《国色天香》为明代通俗类书之一，戴不凡所得为清代坊间翻刻本，曾撰有《国色天香》一文，后收入《小说见闻录》(1980)。

札一至札三，皆谈及《国色天香》，所写时间当相近。

## 二

景深长者：

手示拜读。所论《国色天香》卷八以下各篇，晚所购者均完整无缺。全书十册，均系两层，并非卷八以下为然。惟版本奇劣，似系明末清初时坊刊。《寻芳雅集》亦无插图。先生查询及此，未知是否有意一阅？又《四才子》杂剧流行似不甚广，如需要，晚可将两书一并寄上。阅览时间悉听尊便。盖晚在报社中俗务颇烦，每日甚少时间阅书。与其藏于行囊，实不如假与专家之为妥善也。专此陈覆。

顺颂

著安！

晚戴不凡拜上。廿八日晨二时

【按】1947年9月22日戴不凡在《通俗文学》副刊第46期，发表了《黄石牧及其〈四才子〉》一文，另参考札三的时间，推断此札写于1947年9月28日。值得注意的是，此札写于凌晨两点，可知戴不凡在繁忙的报务之余，仍坚持读书研究写作，殊为不易。

## 三

景深长者：

拙作剪报及《国色天香》均收到，请勿念。近日读书略有一二心得，兹漫记于后，请予指正：

1.《拍案惊奇》初刻卷36“黑衣盗因奸生杀”，系出于朱熹《宋名臣言行录》卷三首篇向敏中一节内，此恐系宋人说公案也。（与大作《小说闲话》中所引之来源不同）又同书卷33之入话，亦出于《言行录》卷三张咏一节中。（《言行录》系崇祯张采刊本，破碎之极，近正一面粘补一面看，尚未看完，或许继续会有发现。）

2. 小说《贪欢报》有铅印本，改名《三续今古》或《艳镜》，内中颇有戏剧资料。又《梼杌闲评》中亦有戏剧资料，明代名伶的戏，只要四五两银子一本，如以同样的银子在今日折成法币，只够在上海买一张戏票耳。

3. 小说《岭南逸史》中有猺谣甚多，且有凤阳花鼓，但句法与如今通行者略有不同。

4. 近购得小说《快心编》一种，计三集，三十二回，每回至少有万余字，卷帙甚繁。内系叙述凌驾山求亲、李绩平流贼、柳湘烟、石珮衍立功诸故事。开头只是“话说前朝”，不知是何朝？作者名“天花才子”，评者“四桥居士”，系“课花书屋”藏版，但以其版形而观，恐系课花书屋窃取原版而加补刊者（原版颇像明版）。先生对此书能将所知赐告否？

5. 杭州戏曲书甚难买到，近仅得到《芝龛记》五册（道光补修本）、《怀沙记》残本上册、徐回溪之《乐府传声》及《梅花梦》（钱塘张道作）等，较为罕见。另有《灵娲石》一册，系初印校对底本，天头上尚贴有校正之浮签。

晚对俗文学虽极感兴趣，但因才学俱疏，如蒙长者不吝赐教，则将如黑夜中见明灯矣。

即颂

撰祺！

晚戴不凡拜上。十．十七日

【按】此是八通之中惟一署有月份的信札。札中第2、3条，提及戴不凡已在《贪欢报》（即《欢喜奇观》）、《梼杌闲评》中发现了戏剧史料，又在《岭南逸史》中发现了歌谣史料，而与此相关的三篇文章，发表时间分别为：《〈欢喜奇观〉中的戏剧史料》，载于1947年11月24日

《通俗文学》第55期;《〈岭南逸史〉中的歌谣》,载于12月15日《通俗文学》第58期;《〈梼杌闲评〉中的戏曲史料》,载于12月22日《通俗文学》第59期。则此札当作于1947年10月17日。

札中第1条提及的发现,戴不凡撰有《〈拍案惊奇〉和史实》,后收入《小说见闻录》(1980)。

## 四

景深长者:

手教拜悉。辱承赐教,至为感激。关于《灵娲石》、《岭南逸史》、三续《今古》(《贪欢报》)中各节,另纸录出,请指正。《梼杌闲评》因看得甚快,未及摘笔记,内有史料,待下回再寄上。

《石点头》第二卷《卢梦仙江上寻妻》,恐即系《双渐与苏卿》故事之化身。卢妻金山寺所题之诗,与大作《小说戏曲新考》P103所录者,仅数字之差(下面托孤中为《石点头》中字样):"忆昔(一自)当年折凤凰,至今消息两茫茫。盖棺不作横金妇,入地当寻(还从)折桂郎。彭泽晓烟迷(归)宿梦,潇湘夜雨断愁肠。新诗写记(向)金山寺,高挂云帆上(过)豫章。"

又《今古奇闻》卷十五"士无行贪财甘居下贱"所写的盖有之,就是《石点头》中"贪婪汉六院卖风流"里的吾爱陶，情节略有删改而已。

《石点头》系今年上海贝叶山房重印本。

余容再陈。即颂

著安！

晚戴不凡拜上。四日。

【按】据札三的书写时间（1947年10月17日）以及《〈欢喜奇观〉中的戏剧史料》的发表时间（1947年11月24日），推断此札写于1947年11月4日。

关于《石点头》的本事，戴不凡撰有《读〈石点头〉一则》，后收入《小说见闻录》（1980）。

## 五

景深先生：

前奉尊札，蒙介绍钱南扬、王季思两先生，至为感谢，有暇当前往请益。

兹寄上《小说见闻》三篇，未知可用否？又前寄上二稿，如已承刊出，请剪赐一份为祷。

近有一颇新奇之发现，寒舍有《南北宋志传》（似系明版，原有十册，兵燹后仅余前五册，五十回，似为首尾完整之《南宋志传》），经与郑骞先生《关于〈南北宋传〉》一文所述相对照，卷首及回目几完全相同，仅有一二字之异。郑文所余“华山访陈抟”一节，与拙藏比较，内容文句亦几乎相同。（郑文原载去年8月15日北平《华北日报》“俗文学”七期，最近杭州《民报》有转载。）

但更值得注意者，《南宋志传》实即系《新编五代史评话》中“晋汉周”三史之改编本。有数处几乎只字不易；（但亦有数处“传”中独有而“志”中无者）兹抄最前一节（见另页）奉上，以见一斑。又《五代周史》（商务本）最末一行“……当相之质……”，按《传》此载：当为“质等受命，出了朝门，私相谓曰：‘王著日在醉乡，是个酒徒，岂可为相？朝中勿泄此言。’是夜世宗崩于寝殿。”《汉史》所缺之卷下，亦可于《传》中得其梗概。晚近拟将此二书作一较详细之比较，惟仍拟先将《南宋志传》作一短文，以入《小说见闻》。余再谈。

祝

撰祺！

晚戴不凡上。十二日。

【按】札中提及的郑骞论文，题目当为《明刻本〈南北宋传〉》，连载于1947年8月15、22日《华北日报》副刊《俗文学》第7、8期。此札云“郑文原载去年”，则信当作于1948年，再参考此年戴不凡在《通俗文学》《俗文学》的发文情况，最有可能是5月12日或6月12日。

戴不凡撰有《〈五代史评话〉的部分阙文》，后收入

《小说见闻录》(1980),文中详细比勘了《五代史平话》与《南宋志传》的相关文字。据戴文,这部明版《南宋志传》是他父亲的旧藏,戴父喜欢收藏小说,有二十多箱,后多散失,《南宋志传》五册系劫后余存,封面书名为戴父所题,故戴不凡数十年间随身携带。

## 六

景深先生:

蒙对《韩湘子》详加开导,甚感。关于周文泉稿容稍待时日后,遵命奉上。盖目前手头资料尚不够也。检阅谢堃之《春草堂诗话》及张维屏(《国朝诗人征略》作者)之《花甲闲谈》,可发现当时曲家之关系,有如下图:

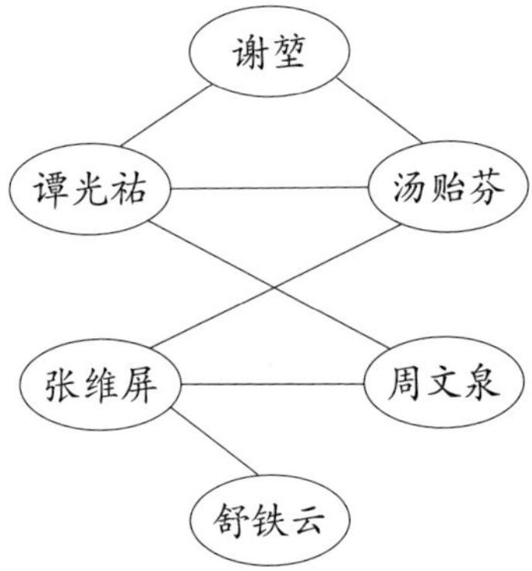

直线系表示二人间有朋友关系，但其间似尚可能有好几条线可画。

此为晚目前注意之中心。又谭光祐之手札，晚处有四封半，有一封竟是正好曲谱（《补天石》）时寄周的。据另札所述，谭应作有《情天宝鉴》。周文泉另有传奇《续无双谱》，但不能断定已刻否。周之诗文集曰“静文斋”，其子海琅之《梯云斋诗集》原稿，犹存杭州书肆，惜索价甚昂。集前所写籍贯，晚昨往翻阅时，署“海昌”。惟周家曾住杭州塔儿巷（晚现亦住此巷），实为无可疑者。

承赐稿费，拜收。谢谢！

祝

撰安！

晚戴不凡上。十五日。

【按】1948 年 6 月 25 日《中央日报》副刊《俗文学》登载戴不凡《周文泉事略》，故此札当写于 1948 年 6 月 15 日。

戴不凡收藏的这几通清代道光时期戏曲家谭光祐致周文泉的书札，今下落不明。《戏剧报》1961 年 3 月 17 日，发表署名“山越”的文章《谭光祐“正谱”》提及谭氏信札，并引录了这通述及为《补天石传奇》“正谱”的信札文字：“于宋少梅处赉到手书一通，传奇八种，并承惠京都珍品及海南佳制，旨而且多……《补天石传奇》一一细校，虽为移宫换羽之处，而于原文未尽改窜。适有先公老仆，本吴下善才，熟于九宫，因与之谱成工尺，另录成卷……付之梨园，即可歌演矣。”这位“山越”，或为戴不凡笔名，此文所属栏目名为“曲海拾零”，戴不凡曾在《艺谭》（合肥）1980年第3期，以“曲海拾零”为题发表了两则文字，一为《金代有杂剧》，一则为《马锦和颜容》。

又，信札中提及的《韩湘子》小说，戴不凡撰《小说见闻录——韩湘子》，刊载于1948年7月12日《通俗文学》第88期。

## 七

景深先生：

日前阅《中央日报》，欣悉“俗文学”已照常出版，未知能长久维持否？近于书店中又得《儒酸福传奇》一册，刊本与晚前所得者相同。此书先生或无藏本，故特由邮局寄上，尚乞笑纳。

月来收得之小说戏曲书颇多，如《蜃楼志》、《听月楼》等，俱颇罕见。李卓吾评古本三国演义，亦藏入敝箧。戏曲方面，如《清音小集》等亦殊不恶。此外，复得明刻戏曲丛书（不知书名）残本三卷二册，第七卷为《杜子美游春》，八卷为《中山狼》，俱杂剧。但第六卷则为中麓山人著、碧山翁次韵之仙侣南曲《傍妆台》，纯为同牌散曲，书名为《南曲次韵》，不知作者究竟为谁？杭州有时常见好书，惜限于经济，不克一一收藏。不久前曾见过八千卷楼藏之抄本《麒麟阁》传奇四巨册，前并附穿关。同时，八千卷楼又有《节节好音》四十二册（五色抄本，极精，叹为平生所未见），计收昆、弋腔一二百出，均以客囊枯涩，对书兴叹而已。八千卷楼分兄弟二房，其中一房书籍已卖与国家图书馆，另一房目下所藏犹汗牛充栋，其中小说戏曲不少。近草《西湖二集探原》一文，颇费心力。日内原可寄上请正，但原书忽为友人强借而去，致未终篇。余再陈。

祝

撰安！

晚戴不凡上。十八日。

【按】札称“日前阅《中央日报》，欣悉‘俗文学’已照常出版”，则此“十八日”之前，应有一段《俗文学》副刊出版不正常的情况，根据关家铮《二十世纪〈俗文学〉周刊总目》列出的《中央日报》副刊《俗文学》的出刊情况判断，这个“十八日”，最有可能为1948年10月18日，因为之前的10月1日、8日、15日，《俗文学》连续三周停刊。

札中提及“又得《儒酸福》传奇一册”，此前，戴不凡已获此书，1947年6月9日《通俗文学》第32期刊载其“《儒酸福》”一文，予以介绍。此时又得复本，故转赠赵景深。

札中言《南曲次韵》“不知作者究竟为谁”，盖戴不凡匆忙间未及细检。“中麓山人”为明代戏曲家李开先，“碧山翁”为王九思，先是李开先作《傍妆台》小令一百首相赠，王九思次韵和作一百首，合而成此《南曲次韵》。

札中述及八千卷楼藏书事，所谓“八千卷楼分兄弟二房，其中一房书籍已卖与国家图书馆，另一房目下所藏犹汗牛充栋，其中小说戏曲不少”云云，或系传闻。据石祥《杭州丁氏八千卷楼书事新考》（上海古籍出版社 2011 年版）研考，光绪三十三年（1907）丁氏八千卷楼藏书，以七万三千元，整体售与江南图书馆（今南京图书馆前身），虽有部分丁氏藏书散出，最终未入江南图书馆，但并无两房分藏、一房售出一房犹存之说。江南图书馆曾编《八千卷楼藏书未归本馆书目》，收书总计 1029 种 1054 部，以明清刻本为主，也有一定数量的稿抄本。因此，戴不凡所见为八千卷楼旧藏抄本戏曲《麒麟阁》、五色抄本《节节好音》等书，或非虚言。其中《节节好音》为乾隆时期宫廷节戏总集，共包含八十六部，今藏国家图书馆，凡 43 册，较戴氏所录多出一册。

## 八

景深先生：

昨见《中央日报》，知拙作《剪灯》已蒙斧正刊出，感甚。

近将此七篇传奇与华通本校读一过，发现华通本长篇累牍之诗，大半均为此本所无。惟华通本之错字实不少。（钱谦益辑《列朝》集中亦收《余话》诗数首，亦可证明华通本之错字颇多。闻世界文库中曾作校勘，他日当仔细对校。）又《绿衣人传》作者吾衍，其小传在明抄本《元人才调集》中有记载。

《拍案惊奇》36卷之唐赛儿，实有其人，见明刻本《皇明从信录》，惟何道士恐实系小说人物耳。

近有一极可顿足可惜之事：杭州拜经楼书店曾收得《六十种曲》初印全部（仅缺《琵琶》），月前讨价六十金元，当时穷甚，爰嘱留下，价钱几已做好四十元，不料抢购风起，竟为一上海人以五十元购去。海内珍籍垂得而交臂失之，为之不寐者数夜。（晚备款待取书时，与那上海人仅半日之差。）忆该书每种一册，字迹极工整，卷前均有白棉纸“××记定本”等字样，其中《四喜记》卷前有行书之序数页，并有一函中之目录。此书现谅已被人藏入金匮，不可得矣。而与此事之同日，另一书店之贯华堂原本《水浒》（刻于崇祯，为中华书局翻印之底本），亦为人抢购去。此书向该店小主问价，索廿元，当时还价十五元不卖，讵晚再持足钱往买时，于数小时之前被人买去，且在老店主手中，闻价仅四元，天下竟有此滑稽大事，可笑亦复可恨。

“俗文学”似已成双周刊，殊令人可惜。不悉何时得恢复原状也?

下月间，或可将《五代史评话》与《南宋志传》之关系一文草上呈正。

祝福!

晚戴不凡上。廿七日。

【按】戴不凡于1948年10月26日《俗文学》第86期发表《剪灯》，则此札写于1948年10月27日。

札中云“近将此七篇传奇与华通本校读一过”，据《剪灯》文，乃指戴不凡曾购得明版残本一册，收录传奇文三十六篇，第一至第七篇，五篇见于《剪灯新话》，两篇见于《余话》，见于《新话》的五篇，作者所署不一，戴不凡据此赞同赵景深提出的《剪灯新话》为卢景晖编的观点。所谓“华通本”，指上海华通书局1931年初版铅排本《剪灯新话》《剪灯余话》。事实上，戴不凡所得盖为明末刊《剪灯丛话》残本，此书原有十二卷，系明末书坊选辑文言小说百余种，妄题撰者，印行牟利。但这个明末刊本《剪灯丛话》流传不广，戴不凡偶然得之，未及仔细考辨，遂据此质疑《剪灯新话》作者问题，亦属无心之失。

# 胡邦彦与戏曲奇作《四犯》

对于所有中国人来说，1976 年注定是极不平静的一年：1 月 8 日，总理周恩来逝世；7 月 6 日，委员长朱德逝世；9 月 9 日，主席毛泽东逝世；10 月 18 日，中共中央发出《关于王洪文、张春桥、江青、姚文元反党集团事件的通知》。在经历了多次大落大起之后，民众内心长期积压的复杂情感，顺着粉碎“四人帮”这个缺口喷涌而出，如江河下泻，滔滔不绝。当时的报刊杂志发表了难以计数的文章，揭批“四人帮”的滔天罪恶，肃清其给社会各行业所带来的流毒。

作为一把刺向敌人心脏的特殊“匕首”，文艺作品自然不会缺席于这样的历史时刻。不过，由于受到时间的限制，篇制较为长大的小说，尚来不及紧跟形势完成与“四人帮”有关的作品创作。《人民文学》1978 年第 1 期发表“运生”撰写的《长篇小说的新收获——粉碎“四人帮”

一年来长篇小说巡礼》，报告了“四人帮”粉碎一年来全国长篇小说的创作和出版情况，譬如人民文学出版社出版了《昨天的战争》(一)、《阿力玛斯之歌》《万山红遍》(下)、《雁塞游击队》《义和拳》《古玛河春晓》《燕岭风云》《广大的战线》《疾风落叶》《翼上》《草原的早晨》等，中国青年出版社出版了《创业史》(第二部上卷)、《李自成》(第二卷)、《创业》《将军河》《山呼海啸》等，广东人民出版社出版了《闹海记》(上)等，山西人民出版社出版了《夺刀》《碧泉之战》(上)等，福建人民出版社出版了《红潮》(上、下)等，上海人民出版社出版了《巍巍的青峦山》等，吉林人民出版社出版了《大业千秋》等，河北人民出版社即将出版《军垦战歌》《桥》等，江西人民出版社将出版《狂飙》《南国风烟》等，数量颇为可观，但其中并没有一部作品是直接以“四人帮”为题材或者与“四人帮”相关。

与长篇小说创作的滞后不同，篇制短小、可以急就的诗词歌曲，及时担当起文艺界揭批“四人帮”的先锋。1976年10月21日，郭沫若创作了《水调歌头·粉碎四人帮》，词云：

大快人心事，揪出“四人帮”。政治流氓，文痞，狗头军师张，还有精生白骨，自比则天武后，铁帚扫而光，篡党夺权者，一枕梦黄粱。　野心大，阴谋毒，诡计狂。

真是罪该万死，迫害红太阳。接班人是俊杰，遗志继承果断，功绩何辉煌。拥护华主席，拥护党中央。

这首现在看来近似于喊口号的空洞词作，在当时却引起了巨大反响，不仅多家报刊竞相转载[①]，发表了题为《欢庆伟大的历史性胜利——郭沫若〈水调歌头·粉碎“四人帮”〉分析》的专题论文[②]，甚至还曾被谱为歌曲、改编为豫剧等地方曲艺广为传唱。受此鼓舞，1976年11月9日北京航空学院举行申讨“四人帮”的诗歌朗诵会，自11月25日始，首都文艺界又连续举办了八场大型的诗歌朗诵会，著名诗歌刊物《诗刊》分别以《诗歌如匕首，怒劈“四人帮”》《纵情歌颂华主席，愤怒申讨“四人帮”》[③]为题，进行了及时的报道，并在该刊1976第11期（11月26日出版）登载马国征《欢呼粉碎“四人帮”篡党阴谋·调寄沁园春》、第12期（12月26日出版）登载谢逢松《粉碎四人帮·调寄满江红》等词作。此外，《广西师范大学学报》1976年第12期（12月15日出版）刊载冯

① 此词曾登载于1976年11月7日《人民日报》，又刊载于《辽宁化工》1976年10月27日第5期；《四川文艺》1976年第11期；《新医药学杂志》1976年12月15日第12期；《地球物理学报》1977年3月2日第1期；《生物化学与生物物理进展》1977年3月2日第1期等刊物。

② 该文作者为徐余、谷白，刊载于《教学与研究》1977年第2期。

③ 两篇报道分别刊载于《诗刊》1976年第11、12期。

振《七绝六首——歌颂华主席，揭批四人帮》;《山东师院学报》1976年第12期（12月26日）刊载崔西璐《西江月·欢呼砸烂“四人帮”》；甚至连《水产与教育》也于1976年第12期（12月30日出版），刊载了赵杰《水调歌头·砸烂“四人帮”》、曾保兴《满江红·砸碎“四人帮”》、刘思俭《浪淘沙·彻底粉碎“四人帮”》，举国掀起了一股创作诗词揭批“四人帮”的文艺热潮。

就在如此群情激愤之时，一位擅长古典诗词的退休文人，却无心吟咏，每天赶往上海康平路市委门前的特设大字报栏前，手不辍笔，默默抄录着关于“四人帮”的点滴资料。1976年11月22日，他迅速完成了以王、张、江、姚为主角的戏曲奇作——《四犯》传奇，距离“四人帮”粉碎只有短短35天，这是目前所知创作时间最早，也是极为罕见的一部揭批“四人帮”罪恶人生的戏曲文本。这位退休文人就是已故沪上名士胡邦彦。

胡邦彦（1915—2004），字文伯，一字彦和，号蹇翁，镇江人。曾在江苏省立镇江实验小学、省立镇江中学学习，后在无锡国学专修学校肄业一年。自1939年起，历任复旦大学文书主任兼中文系助教、重庆内迁妇女辅导院国文教授、上海第八女子中学高中语文教员，《辞海》语词编辑、上海教育出版社文科编辑。1975年退休后，1977至1983年在华东师范大学古籍整理研究所、上海师范学院古籍整理研究所为硕士研究生讲授文字学，并任研究生导师及参与古籍校勘工作。1985 年参加《辞海》修订工作，1987 年应邀为美国普林斯顿大学、纽约大学访问学者，讲授古代官名、人称及阅读与写作等问题。著有《字学鼎脔》《胡邦彦文存》等。

《四犯》传奇创作完成后，胡邦彦曾两次投寄国内文学刊物，均遭退稿。直至两年后，经友人推荐，始得连载于 1978 年 10 月 6—7 日香港《文汇报》[①]，而国内则始终未曾公开发表，知者寥寥。数年前，笔者偶于扬州冷摊购得该书油印本一册，封面印有著名戏曲文学研究家任半塘先生题签“丁巳春分”“四犯”“中敏署耑”，另有胡邦彦亲笔题识“夫子大人钧诲”“受业邦彦呈稿”（图 1），则此本乃胡邦彦奉赠业师任半塘先生者[②]；封二有牌记“丙

① 有意思的是，《四犯》在香港《文汇报》连载两天，均署为“胡彦邦”，而非“胡邦彦”，不知是编辑一时疏忽，还是故意避隐。

② 关于胡邦彦与任半塘先生的关系，据其《记先师任中敏先生》记载：1931 年，胡邦彦就读于江苏省立镇江中学初二，任中敏为新任校长，自此结下师生缘，后多所请益，每逢先生诞辰，胡邦彦均作诗为寿，任老九十华诞时，胡邦彦更作长庆体长歌，对先生之道德文章称颂不已，中有“耦语之缄记四凶，阴霾散尽见云峰。石渠秘笈资搜讨，日下优游七尺筇”句。文中又云：“先生著述甚富，真可谓等身书矣。邦彦愚陋，未能得先生之万一。退休后偶习曲词，先生谬予奖借。盖以斯道垂绝，下里之词，犹胜于靡靡之乐也。”文收入《胡邦彦文存》，岳麓书社 2007 年版，第 139—141 页。

辰小雪识小斋杂著”；书后附有跋语一则，详细交代了《四犯》创作印行之始末：

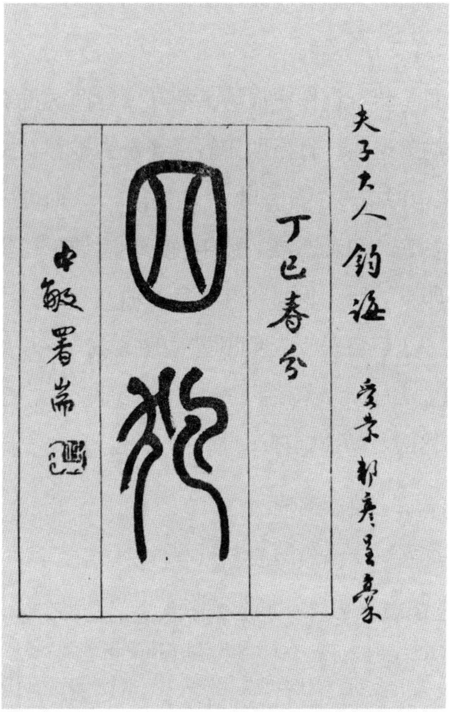


图 1.《四犯》油印本胡邦彦题识

丙辰之秋，四凶就逮，上海康平路中共市委门前特设大字报栏，亦文亦史，亡虑数万张。予以退休，时复常□其间，随宜采摘，纂为是篇。间有得诸传闻者，皆尽人皆知之事，不及备注原委。越一月写成，寄呈业师任二北先生斧政。先生于此道最精，吴瞿安先生而后，举世盖鲜其俦。猥蒙谬许，并为题耑，命即发表。曾两次投寄文学刊物，先后退回，因亦置之。后承友人为送香港《文汇报》，得于戊午十月六日刊布，时为四凶就逮之二周年也。报社为请小丁先生制图，一如唐吴道子之地狱变相，清罗两峰之鬼趣图，传神阿睹，弥足感佩。顷值江、张贷死二年期满，改处终身监禁，因取旧稿，略加润色，手写付之复印，以贻同好。非敢自矜，徒以斯道垂绝，下里之歌，少补休明之鼓吹而已。壬戌立春南徐蹇道人书于识小斋之北窗下。

据上述跋文及题耑、牌记可知：1976年11月22日小雪，胡邦彦完成《四犯》创作；1977年3月21日春分，任半塘先生审读、题耑；1978年10月6日起，正式刊载于香港《文汇报》；1982年2月14日立春，胡邦彦将《四犯》传奇略加修订后油印分赠同好。跋文中还提及，香港《文汇报》请著名漫画家丁聪（即“小丁”）为《四犯》绘制了插图，油印本也配印了这四幅“传神阿睹”的“四人帮”肖像（图2），它们之后又被命名为《四犯造型》，收入丁聪的多部漫画集[1]，只是大多数读者并不知道其最

① 譬如《丁聪漫画选》收录此四幅漫画，题作《四犯造型》，绘制时间标为“1978”。见天津人民美术出版社1982年版，第30—31页。

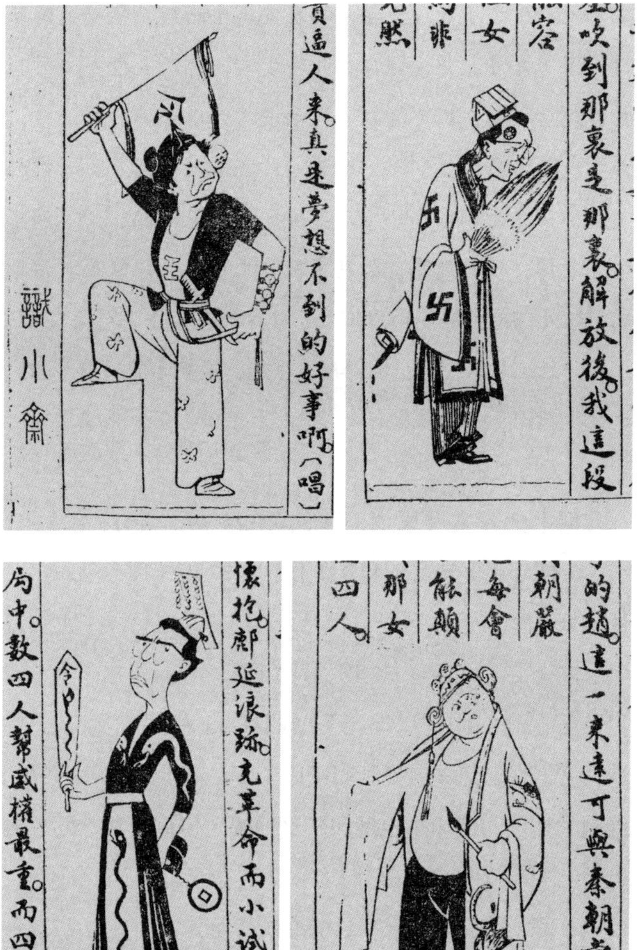


图 2. 王洪文（左上）、张春桥（右上）、江青（左下）、姚文元（右下）

初乃专为《四犯》传奇而绘制。

事实上，胡邦彦将作品命名为《四犯》，语含双关，颇蕴匠心。一方面，“四犯”在字面上就是四个罪犯、“四人帮”之意；另一方面，“四犯”又是一个曲家术语。古典戏曲每一出的唱词，乃由若干支单曲连缀成一个套曲，每支单曲均有曲牌，不同的曲牌则规定着每支单曲的句数、每句的字数以及平仄。现存曲牌数量众多，本来已足够运用，但文人们为了标新立异，又喜自创新曲，其中运用最多的一种新创方式为“集曲”，具体包括两种情形：一是截取若干曲牌的部分句式，组合后另取新名，创造一个新曲牌；二是以某曲牌句式为主，插入若干截自其他曲牌的句式，组合成一个新曲调，称为“某犯”。以《四犯》为例，胡邦彦使用了《刷子序犯》《朱奴儿犯》《山桃犯》《尾序犯》等曲牌，就是分别以《刷子序》《朱奴儿》《山桃红》《尾序》曲牌句式为主，各插入一种其他曲牌句式，组合而成的新曲；而王洪文所唱第三支曲名为《下二犯江儿水》，则该支单曲前半部分以《江儿水》曲牌句式为主，后半部分则截取了另外两种曲牌句式，故称“下二犯”。依此类推，如果插入的曲牌句式数量有 N 个，就称“N 犯”，曲家有“二犯渔家傲”“四犯黄莺儿”“六犯碧桃花”“七犯玲珑”等名目。简而言之，所谓“四犯”即指截取四种不同曲牌的句式，它恰好暗合“四人帮”之数，胡邦彦将其定为作品题目，堪称贴切新巧。

关于《四犯》的文体，胡邦彦自称其为“传奇”，但它篇制短小，全篇不分出，共包含五个段落：王、张、江、姚四人各占一段，末附“四丑”联唱一段；各段由宾白和曲文构成，曲文为四支（第五段只有两支）单曲组成的小套曲，宾白所占篇幅则明显超过曲文。凡此种种，均与我们熟知的《牡丹亭》（55出）、《长生殿》（50出）、《桃花扇》（40出）等明清传奇的长篇巨制，迥然不同。这里就涉及到明清“传奇”的近代嬗变问题[①]。传奇一体，肇始于明初，繁盛于晚明清初，曾独霸曲坛三百余年，乾隆以降，花部（即地方戏曲）兴起，传奇逐渐式微。迨清末民初，国门洞开，社会多变，文人复以传奇杂剧，写时事，抒心怀，虽存旧体，却非专为搬演而撰，又因多刊载于报刊杂志，其篇制渐趋短小，遽减至数出乃至一二出，就连传奇杂剧之间的文体差异也荡然无存，已嬗变成为一种抒情言志的书面文学。胡邦彦的《四犯》承继了近代传奇的余绪，与梁启超《劫灰梦》（《新民丛报》1902年第1号）、“东学界之一军国民”《爱国女儿》（《新民丛报》1902年第14号）诸作，如出一辙。胡邦彦曾经在给友人周瑞深《夷畦集》所撰序文中写道：“拙作《四犯》传奇，

① 参阅梁淑安《近代传奇杂剧的嬗变》，载《中国社会科学》1983年第3期；左鹏军《近代传奇杂剧的文体变革及其文学史意义》，载《华南师范大学学报》2004年第2期。

演浩劫中四凶之事，下笔前即戏云，若使瞿安先生见之，必谓文辞未富而声韵全乖。良以于此道全然无知，顾亦无从着力，致可哂也。”又云：“自维于诗词幼而诵习，垂老无成。六十后亦曾试习为曲，第与先生之曲异趣，盖先生之曲有谱可歌，而拙作视同填词，仅堪默诵，盖无声之曲也。”“偶思戏剧家之言，谓剧本有二种，一为演出剧本，一为文学剧本，文学剧本仅供阅读，不能上演者也。以此解嘲，可乎否乎，请质之先生，有以教我。”[1] 这里所说的“无声之曲”“文学剧本”之语，正道出了包括《四犯》在内的近代传奇的案头文学新特征。

《四犯》的情节内容并不复杂，通篇以白描手法，令王、张、江、姚自说自唱，供述其罪恶人生。作品涉及的相关史料，多来自于胡邦彦在上海市委门口摘抄的大字报，也有得自“传闻者”，皆“路人尽知之事”，作者还亲自进行了注释。合此两端，“四人帮”斑斑劣迹，历历在目，颇得以曲存史之意。

需要指出的是，由于《四犯》的创作距离“四人帮”粉碎只有短短 35 天，作者与绝大多数民众一样沉浸在巨大的情感漩涡之中，根本来不及也不可能对于“四人帮”及其背后隐藏的体制文化原因，做出冷静而又深刻的思

① 参阅胡邦彦《周瑞深先生〈夷畦集〉序》，收入《胡邦彦文存》，岳麓书社 2007 年版，第 94 页。

考[1]，因此，《四犯》的主题大概只能停留在口诛笔伐的揭批层面，这多少令人有些遗憾。不过，作为一部最早揭批“四人帮”的戏曲作品，胡邦彦的《四犯》在当时以其独特的古典传奇形式，给疾风暴雨、如火如荼的全民揭批运动，带来了一抹典雅的传统文化色彩，而时至今日回顾梳理，则更觉弥足珍贵。可以期待，《四犯》传奇终将在中国新时期文学史上留下它应有的痕迹。

本文原载《中国现代文学研究丛刊》2015年第1期，刊载时略有删节，本次收录为足本初稿

① 刘心武创作于1977年11月的短篇小说《班主任》，曾经以一句“救救被‘四人帮’坑害的孩子”，震撼了无数读者的心灵，该小说也被视为新时期“伤痕文学”的代表作。但即便经过了一年时间的沉淀和反思，小说作者仍不能摆脱“文革”时代的阴影，其“小说之所以能够公开发表，在很大程度上是乘着批判‘四人帮’运动的东风，为此他将‘坑害’一代青少年的责任仅仅归咎于‘四人帮’，而没有将悲剧的根源深入地追溯到‘文革’。这就是由于观察距离太近，没有与历史拉开一定的距离，从而使他不仅不能看到事物的全貌，而且影响到思考的深刻和透彻”。参阅孙德喜《拿什么“救救被‘四人帮’坑害的孩子”——重读刘心武的〈班主任〉》，文载《宁夏师范学院学报》2009年第4期。

# 四犯

镇江 胡邦彦撰

（副净扮王洪文上）古来豪杰好风光，马上封侯[①]姓字香。造反但图能享福，人民死活管他娘。俺王洪文，自幼顽皮，不喜读书识字。长成刁泼，却思逞霸称雄。记当年抗美援朝，从军传令。（笑介）多亏俺姓王姓得好。幸此后升官走运，造反称王。这叫作富贵逼人来，真是梦想不到的好事啊。（唱）

【刷子序犯】蓬门小子，囚头垢面，辘辘饥肠。屈指年华，何时得餍糟糠[②]？且学臂鹰牵犬，打几个野兔黄狼，莫嗤生小便荒唐。自古道，将相本无种，俺王洪文啊！有一朝发迹比人强。

【山坡羊】轰隆隆北朝（音招）鲜（音仙）炮响，白茫茫鸭绿江波浪，齐整整一字儿营帐，换军装，自看难登样。传令兵，也算精神旺。俺混了两年，侥幸居然能入党。退伍后，先忙，寻善地，入洋场；再忙，求美缺，讨婆娘。

俺自从来到上海，在工厂当一名管人的干部。芝麻官小，荆棘刺多。虽然淡饭粗茶，倒也成家立业。只是看人家嘉肴旨

① 马上封侯：古人以马上杀敌立功得封爵。

② 何时得餍糟糠：（没有本领）到哪一天才能混到一口饭吃。餍，吃饱。

酒，美妾娇妻，不免向肚里咽口水，鹘鸟气，兀的不闷杀人也么哥[①]！天可怜见，俺时来运到。（笑介 唱）

【下二犯江儿水】喜从天降，恰斗争紧张。中央出了个资产阶级司令部，文化大革命开始。这真是大好机缘，不可错过的。且待俺厉兵秣马，纳叛招降。俺树起了造反总司令的大旗。刹那间、把名扬。一呼真百诺，一岁醉千场。俺那些小弟兄每[②]，知机识趣，暗捧明帮。管他每纷纷打砸抢，端的是，半世饥荒，斗然变样。待筹谋，再装腔，好称王。

且喜俺一帆风顺，直上扶摇。只等到那天，登宝座，掌大权，摆不尽的威风，享不完的福禄。一人得道，鸡犬升天。百美当前，笙歌匝地，帮扶赖有火伴，膏血取诸人民。俺混到这般地步，也算是千载一时的风云际会了。叵耐那些老干部，说俺少不更事[③]，骂俺行止不端。眼见得厚禄高官，都成泡影，黄金美女，尽付东流。好不气恼人也！常言道："有权为好汉，无毒不丈夫。"待俺同老张巧设机关，大造舆论，将他每一股脑儿除去，让俺四人帮主宰中华，方能称心如意。（兵卒上 副净惊

① 兀的不闷杀人也么哥：这样不闷死人吗！兀的不……也么哥，元曲中说白常用语。兀的，指代词，这，这样。也么哥，语尾，无义。
② 小弟兄每：小弟兄们。今人用"们"，元人用"每"。
③ 少不更事：年轻无经验。更，念阴平，经历。

介）啊呀，不好了！（带手梏介 唱）

【哭相思】蓦地里[1]祸从天降，一枕觉黄粱。从今后，铁窗风味忒凄凉！（苦笑介）白折腾，才照的标准相[2]。（下）

（净扮张春桥持鹅毛扇上）昌宗当日擅风流[3]，嫡胤真传[4]语解愁。学得曼声娇宛转[5]，头衔合署大长秋[6]。咱家[7]张春桥的便是。聪明生就，专工诡计阴谋。顾盼自豪，莫笑油头滑脑。想当日蝇营狗苟，原思发迹为官。奈一时运蹇时乖，只好改弦易辙。原先是，一心里，叶秀峰、戴雨农[8]，要我如何便如何；到后来，满口上，马克思、高尔基，吹到那里是那里。解放后，我这段经历，虽也有人发觉，尚能容我弥缝。更可喜遇上这位女皇，待我置腹推心，容我为非作歹。我虽则火中取栗，

① 蓦地里：忽然。
② 才照的标准相：王洪文以为要继任中央主席，拍了标准相，打算发到全国各地张挂。
③ 昌宗当日擅风流：张昌宗当日多么神气威武。张是武则天的男宠。
④ 嫡胤真传：嫡系子孙后代相传下来的本领。
⑤ 学得曼声娇宛转：张春桥说话时，常拖长声音，娇声怪气的。曼，长。
⑥ 头衔合署大长秋：应当加称大长秋的官号。大长秋，古代皇后宫中办事的官，多由宦官充任。
⑦ 咱家：戏曲中宦官的自称。如京剧《法门寺》中宦官刘瑾自称咱家。咱，音杂（阳平）。
⑧ 叶秀峰、戴雨农：叶是中统局长；戴笠字雨农，是军统局长。

竟然锦上添花。上海的小弟兄每，已经贴标语，造声势，闹得沸沸扬扬。眼看总理这一席，是非我莫属的了[①]。思想起来，我好得意也！（唱）

【朱奴儿犯】学成了满腹文章，生就的一身熊样。巧计千般亏我想，只恨杀印堂不亮[②]。当年事，种种心伤；折磨多，几番绝望。细思量，（叹介 唱）

【粉蝶儿】外国的狄克台多[③]，历史教人神往。所以我取个别名叫狄克，他人那知就里。我张家的老祖宗，宋朝时曾有邦昌[④]。上溯武周朝[⑤]，还有两位更易之兄弟伙[⑥]。荣华虽短也无妨，我张家这些老祖宗，上吊的上吊，杀头的杀头，都不相干。我只要有朝一日，趁愿把大权掌。

【鲍老催】忆当日栖皇[⑦]状，叹郎当[⑧]，尽游荡，没事

① 是非我莫属的了：周恩来总理逝世后，张春桥的党羽在上海贴大标语，要张继任总理。
② 印堂不亮：官运不好。印堂，额头眉心之处。旧时迷信相面的说法，印堂发亮就要升官。
③ 狄克台多：英语 Dictator（独裁官）的音译。古罗马具有无限权力的官名。
④ 邦昌：姓张，北宋末的大汉奸，后被宋高宗赐死，勒令上吊。
⑤ 武周朝：武则天称帝，改唐国号为周。
⑥ 易之兄弟伙：张易之、张宗昌兄弟都是武则天的男宠，后来都被唐玄宗杀了。
⑦ 栖皇：不安。
⑧ 郎当：颓唐的样子。

时，一地里写文章，歌颂他、国民党。我向来下笔千言，那蓝衣社[①]啊，惺惺爱惜偏相赏。我加入蓝衣社后，正好有人给我一个特别任务，一不做，二不休，不如混到延安，冒充革命。凭我这一身本领，或者倒别是一条青云之路。我思前想后，暗喜欢，这一来，成了一船两桨。我要向左便向左，我要向右便向右，岂不自在！要说我那娇妻啊，由人骂女特务，臭婆娘，我偏夸美姻缘，好搭档。

【玉芙蓉】时来放屁香，运到随风长；仗浑身解数，先试投枪。我每四人帮，多亏我这把鹅毛扇子。（摇扇介）十年来，阴谋诡计多花样，饮水思源感女皇。（兵卒上 净惊介）啊呀，（带手梏介）唉，我白作了一场总理梦，一天也不曾上任，这下子却成了跌磕推堕[②]，完了完了。空惆怅，把精神耗光。（向兵卒假哭介）我坦白，我坦白[③]。（转脸冷笑自语介）我老张是个翻云覆雨的行家，如今看看不济事，走上我家老祖宗的老路，将来少不得有人把我搬上舞台，作个二花脸，供万人唾骂。没奈何，还要有劳给我编戏的作家，再加一出假投降[④]。（下）

① 蓝衣社：即复兴社，军统下的组织。
② 跌磕推堕：垮台，上文“狄克台多”的谐音。
③ 我坦白我坦白：电影《青松岭》中敌人被捕时求饶的鬼话。
④ 假投降：指上文“我坦白”是假话。

（丑扮江青着连衫裙上）武曌[1]当年二圣尊，何时我亦号金轮[2]？伶官巧佞娥眉妒，天与聪明集一身。老娘江青是也，碧玉小家[3]，黄毛旧侣[4]，自命是移情尤物，人嗤为没兴[5]妖婆。淞沪漫游，上影坛而未伸怀抱；鄜延[6]浪迹，充革命而小试机谋。及至附翼攀鳞，遂乃兴风作浪。这十年来，老娘引进王、张、姚三人，结成一帮，蟠踞中央。啊呀，可了不得！政治局中，数四人帮威权最重；而四人帮里，却要让老娘惟我独尊。只可恨还有几个老帅，胸娴将略，手握兵符，若不将他每除去，有朝一日，老娘登基，改号金轮圣神皇帝，那班老帅不肯上表称臣，这却如何是好？且住，待老娘安排喽啰每，把住电台报纸，将老娘鼓吹一番，也好造造声势，岂不大妙！（唱）

【山桃犯】想当日银坛上，颇思当个明星，争奈无人看中，才略闪小萤光。这萤火之光，怎能与明星相比！雄心莫遂多凄怆，我艺高貌美，寻常导演难欣赏，恨得我眼红牙痒，奈愁肠百结，剩珠泪千行。

（叹介）我在上海，混得颇不称心，于是想挂上左派招牌，

①武曌：武则天自制“曌”字为名，音照。

②金轮：武则天自称金轮圣神皇帝。

③碧玉小家：小户人家的女子。

④黄毛旧侣：黄毛丫头的老朋友，也是黄毛丫头。

⑤没兴：宋人口语，倒霉、晦气。

⑥鄜延：鄜县（今改富县）、延安一带，指陕北老根据地。鄜，音夫。

或者另有生发。谁料命途多舛，牢狱生灾。没奈何，惟有牺牲色相，自首求饶。这一来，真的混不下去，只好隐瞒丑史，自称处子[①]，别选高枝。我于是（唱）

【红衲袄】到延安，卸艳妆，换军衣，乔改样。蔓荆偏要攀高墙[②]，紫葳[③]茂密枝更长。这还不够，更要把虚假情，满脸装，马列书，挂嘴上。立足存身不用担惊怕，也亏老娘多年苦心，乘文化大革命机会，在中央安了王、张、姚三个大铆钉，在上海安了马、徐、王三个小铆钉，又在各部、各军、各地、各层、各条条、各块块安了无数螺丝钉、鞋钉、芝麻钉、橡皮钉、蜈蚣钉、骑马钉、棺材钉，总要把这个党、这个国家，钉得严严实实，在老娘掌握之中，方称平生之愿。待老娘，再徐徐施伎俩。

【北点绛唇】莫笑癫狂，生来胆妄，谁对我半句微词，且让他，看帽儿工厂。

【玉抱肚】待还要声名更广，在欧洲已有人挂起了、老娘的花容妙相。（笑介）老娘已经名满欧洲，还要向外国记者畅谈身世，也好在美洲、非洲、瓜洲、鹦鹉洲[④]（转脸作恼介）

① 处子：即处女。处，念上声。
② 蔓荆偏要攀高墙：蔓荆，植物名，茎有蔓性，接地生根，不能向上长，所以说“偏要攀”。
③ 紫葳：植物名，攀援他物而上升。
④ 瓜洲、鹦鹉洲：一在江苏扬州，一在湖北武汉，都是长江中的沙洲，与欧、美、非大陆洲不同。这里并列起来，形容无知胡说。

只除那橘子洲[①]，再宣扬老娘雌名。（兵卒上 丑笑介）敢是羽林军来拥戴老娘登基。（兵卒出手梏 丑叹介）这回休也！（带手梏介 唱）慕前修，吕雉当阳[②]，则天改号更煌煌。只可惜这几十箱连衫裙，都是汉寝唐宫新样妆。（下）

（末扮姚文元上）鼓舌摇臂爱骂人，居然际会出风尘，武周早晚重开国，我是元勋一老臣。自家赵文元便是，赋性尖刁，醉心名利，自小不安本分，长成专学邪门。先父赵蓬子，人骂叛徒特务，自称教授作家。我虽黑漆灯笼[③]，也算青箱世泽[④]。我姓赵[⑤]，本来是男盗女娼的女字，右边加个不祥之兆的兆字。人家不会认半边字，读成狗摇尾巴的摇字。我嫌姓摇不好听，索兴改姓赵钱孙李的赵。这一来远可与秦朝当权的宦官赵高通谱[⑥]，近可与明朝严嵩的义儿赵文华联宗。他每会指鹿为马、倾陷忠良，我也能颠倒是非、打击善类。况且我那女王本姓李，这一来，我君臣四人，恰巧是张王李赵，将来历史家写起历史来，张王李赵四人帮，既不致弄错，读起来也清脆好

① 橘子洲：在湖南长沙湘江中。
② 吕雉当阳：汉吕后名雉，曾临朝统治。当阳，古称天子南面治天下。
③ 黑漆灯笼：俗语，形容毫无知识，一窍不通。
④ 青箱世泽：古人称世代读书。
⑤ 我姓赵：以下一段讽刺姚文元专认半边字。姚曾在上海一次电视大会上读“贻”为“台”。
⑥ 通谱：合一部家谱，即同姓认一家。“联宗”义同。

听。我这专认半边字的翰林大学士，也好名垂竹帛[1]，岂不大妙！（唱）

【尾序犯】恨学制荒唐，我读了几年书，已经高中毕业，委实的饶有文才，认半边西瓜大字、几许箩筐。我要升学，却偏偏考不上，只觉得巍峨大学、万仞宫墙，恐追逐荣华，都成梦想。转念间知从来、英雄草莽，谁料我，终南捷径[2]、腾飞黄[3]。

（笑介）我既有文才，又多歪理，不管甚么专家学者、模范英雄，只要他一动笔、一开口，任他义正辞严，我都能把他问成死罪，古人说“有笔如刀”，我却说“有笔如弹”。人家听不懂，问我是鸡蛋鸭蛋王八蛋，我说是原子弹。只要我笔尖一扫，管教他家破人亡。这本领委实惊人，所以有人送我一个外号，叫作“文痞”，或者叫“文坛打手”。我还嫌不好，自称“文坛轰炸手”。我好得意也！（唱）

【倾盆序】轰炸、大文章、写几行，我就此起家。不羡黄金榜，只愿成名，岂嫌覆酱[4]！任是功高德懋，也教

① 名垂竹帛：历史上留名。竹，竹简；帛，绸。古时无纸，写历史用竹简丝绸。
② 终南捷径：终南，山名，在唐朝首都长安之南。唐朝有士人求官，假充隐居在终南山，容易被皇帝发觉召用，不经考试，不依资历，可得高位。这里比喻现在所谓“直升飞机”。
③ 飞黄：马名。
④ 覆酱：本作“覆瓿”，盖酱缸。汉朝扬雄著《太玄》，有人说这书无用，后人将用以盖酱缸。这里说姚文元的作品都是废纸。

家破人亡。随心乱讲，连钉大棒，欺天屈枉、是专长，人道是：覆雨翻云争一字。我敢夸参差惊杀楚襄王[①]。

【燕归梁】闲来苦算恩仇账，最感激则天皇。又想我当年潦倒，投稿多遭冷落，其实可恼。谁人退稿也难忘，待我吹个风给喽啰每，演我的拿手好戏。追指使，自何方！（笑介）

【菊花新】十年威武好风光。（兵卒上 末惊蹲介）我一生只会放屁，如今连屎和尿都吓出来了。富贵荣华全泡汤，料此生孤影伴银铛[②]。（带手梏介）乘公共汽车无望[③]。（下）

（兵卒押副净、净、丑、末同绑上）

【雁过声】（副净唱）凄凉、记昨宵新月，一弯眉样。铁窗里，看鸟儿飞舞，教人著慌。（净唱）无情更有秋虫语，那窗外花枝尽着颠、尽着狂。（丑唱）似欺人末路郎当，栖

① 参差惊杀楚襄王：宋玉《高唐赋》载楚襄王在云梦，宋玉讲了一个故事，说楚怀王曾遇巫山神女，女自言“旦为行云，暮为行雨”。这里形容四人帮讲歪理、造舆论、给人加罪名，如翻云覆雨之快而且易。参差，念岑（阴平）雌。原义为不齐，宋人口语，义同几乎、差点儿。

② 孤影伴银铛：孤身坐牢。银铛，拘系犯人的锁链。四人帮被捕后，隔离审查，所以说“孤影”。

③ 乘公共汽车无望：周恩来逝世前，邓小平任副总理，与四人帮斗争激烈。有一时姚文元感到处境不妙，曾说自己还年轻，弄得不好可以离开中央，回到上海挤公共汽车。

皇、增怅惘。（末唱）且休提从前已往，悔不当初，把这些花月禽虫一划的[①]问成反党。

（副净）各位请了。（净、丑、末应介）请了。（副净）俺四人今日市曹公审，也好一诉衷情。（净、丑、末应介）是。

【皂罗袍】（副净唱）真是覆盆冤枉[②]，都怪你老张，巧机关、害我丧命遭殃。（净）我也冤枉，一来怪，怪这女皇，（唱）金轮称帝太荒唐，二来怪，说甚么按既定方针办，稽迟发难误时光。（丑哭闹卧地打滚介）我也冤枉，都是你每百般撮弄，害得我，（唱）半边天塌魂飘荡，竟忘却把假鬓戴上，双眉画长[③]。我早已秃光，不须剃度，只恨没个尼庵收养，没个尼庵收养。（末唱）都因你这老娘，我枉把你当顶天梁。到头来，只是根灯草游丝棒。

（丑仍卧地 副净、净、末垂头叹气介）

（内合唱）漫嗟世事又沧桑，日出云消正义张。

八亿人民[④]皆吐气，千刀万剐四人帮。（俱下）

① 一划的：元人口语，一齐、全部。

② 覆盆冤枉：鸣冤叫屈的意思。罪人不认罪，总要叫屈。

③ 假鬓戴上、双眉画长：江青的眉发都脱光，为江青制假发的人，被江青提拔为中央委员。

④ 八亿人民：四人帮垮台时，尚未举行人口普查，通常都这么说。

# 日本汉学家伊藤漱平与中国小说《红楼梦》

伊藤漱平（1925—2009）与中国古典小说《红楼梦》的结缘，盖始于大学时代的本科毕业论文《红楼梦札记——关于曹霑与高鹗》，此文后改题《试论曹霑和高鹗》，刊载于《北海道大学外国语中国文学研究》1954年第2号，乃伊藤先生发表的第一篇红学研究论文。在准备毕业论文的过程中，伊藤先生得到了东京大学文学部松枝茂夫先生的悉心指导。松枝茂夫（1905—1995）是日本著名红学家，曾于1940至1951年的十一年间，费尽心血完成《红楼梦》一百二十回的翻译工作，列入岩波书店之“岩波文库”陆续出版行世。1957年，经由松枝茂夫的举荐，伊藤先生开始为日本平凡社编印的“中国古典文学全集”翻译《红楼梦》，并由此拉开终其一生的红学之旅。

当伊藤先生1957年着手翻译之时，日本已出版有两种《红楼梦》的日文全译本，即幸田露伴、平冈龙城译本

图 1. 日本汉学家伊藤漱平（1925—2009）

（收入国民文库刊行会之“国译汉文大成”，1924 年出版）及松枝茂夫译本，而《红楼梦》又是一部内容如此广博的鸿篇巨制，可以想象：这对于一个只有三十多岁的日本青年来说，其面临的挑战有多么巨大！然而，伊藤先生凭着对《红楼梦》的热爱以及坚韧之精神，仅用三年时间便完成了全部一百二十回的翻译，1958 至 1960 年，平凡社首次出版了伊藤漱平译本《红楼梦》上、中、下三册。此后，精益求精、永不满足的伊藤先生，又分别在1967至1970年、1996年至1997年两度重译。最令人感动的是，1997年11月当平凡社将其第三次译本出齐之时，伊藤先生已是一位七十多岁的老人了，但他壮心不已，仍然计划再次进行改译："从去年（笔者注：指1996年）秋天开始出版的拙译十二卷，总算预计可于今年10月完成。不过，即使说是勉强完成也罢，我已经是年过七十岁的人了。但朝着二十一世纪，注意长生，像松枝老师那样，我不再进行一次周到的改译也是死不瞑目的。"（伊藤漱平《二十一世纪红学展望：一个外国学者论述〈红楼梦〉的翻译问题》，载《红楼梦学刊》1997年增刊）伊藤先生的译本曾多次重版，印行数量可观，极大地促进了《红楼梦》在日本的流传，堪称曹雪芹之知音、《红楼梦》之功臣。

对于一位优秀翻译家来说，深入地了解和研究其所翻译的对象，不仅是必要的，也是充满感情和兴味的，伊藤先生及其《红楼梦》研究便是如此。自1954年至2005年，伊藤先生陆续发表了五十余篇有关《红楼梦》的研究论文及学术札记（详细目录，参见大木康所编《伊藤漱平教授论著目录》，载《国际汉学研究通讯》2010年第1辑；另请参阅孙玉明《伊藤漱平的红学成果》，载《红楼梦学刊》2005年第1辑），其学术风格乃以实证为主，彰显了日本汉学界的朴学传统。其论题则相对集中于三个方面：

其一，关于《红楼梦》的作者及批者，代表论文有《试论曹霑与高鹗》(1954)、《关于脂砚斋与脂砚斋评本之备忘录（1—4）》(1961—1964)、《曹雪芹肖像画之真赝——关于所谓“王冈笔小像”》(1969)、《关于晚年曹霑之“佚著”——围绕〈废艺斋集稿〉等真赝问题之备忘录》(1979)、《“梦中相见”的启示——尚未窥见的〈红楼梦〉原作者之音信》(1982）以及历次译本的相关注释文字，伊藤先生对于曹雪芹身世及“棠村”“脂砚斋”“畸笏叟”之真实身份及彼此关系，孜孜研考数十年，最终认为“脂砚斋”即“棠村”，曹雪芹与其乃孪生兄弟，且均是曹颙遗腹子，而“畸笏叟”则为他们的叔父曹頫，此说因独具学术创新性，备受红学界的关注和回应。其二，关于《红楼梦》的成书及版本，代表论文有《〈红楼梦〉成书史臆说——围绕“七十回稿本”存在之可能性》(1992)、《近年发现的〈红楼梦〉研究资料——关于南京靖氏所藏旧抄本及其他》(1966)、《程伟元刊〈新镌全部绣像红楼梦〉小考》(1973)、《程伟元刊〈新镌全部绣像红楼梦〉小考补说》(1977)、《程伟元刊〈新镌全部绣像红楼梦〉小考余说》(1978）等，其中尤以“七十回稿本”说以及对于程伟元刊本的精细考辨，最为世人瞩目；值得一提的是，伊藤先生所藏程甲本《红楼梦》，乃著名汉学家吉川幸次郎旧藏，为纪念这部珍贵的木活字印本小说以及另一部明刊本《新镌校正评释申王奇遘拥炉娇红记》传奇，伊藤先生特意将书斋的斋名由“向日庐”改为“两红轩”。其三，关于《红楼梦》在日本的传播，代表论文有《〈红楼梦〉在日本的流行（上）（中）（下）》（1965）、《漫谈日本〈红楼梦〉研究小史》（1980）、《〈红楼梦〉在日本的流传——幕府末期至现代的书志式素描》（1986）、《曲亭马琴与曹雪芹——对比日中两大小说家而论》（1994）等，迄今为止，伊藤先生的上述论文，仍然是关于《红楼梦》在日传播研究所无法绕过的最具权威性的学术成果。

在伊藤先生身上，《红楼梦》翻译与《红楼梦》研究是完美融合、相辅相成的：正是一次又一次的精心翻译，使他对《红楼梦》小说文本烂熟于心，进而对于曹雪芹的艺术匠心，产生心领神会的深刻理解，撰写出诸如《〈红楼梦〉中的配角——关于王熙凤的女儿及其他人物之备忘录》（1969）、《〈红楼梦〉中之甄（真）、贾（假）问题——以两个宝玉之设定为中心》（1979）、《〈红楼梦〉中之甄（真）、贾（假）问题——以林黛玉与薛宝钗之设定为中心》（1981）、《〈红楼梦〉中的女性形象及女性观（序说）——以金陵十二钗为中心》（1982）、《〈红楼梦〉中作为象征之芙蓉与莲——以林黛玉、晴雯及香菱为例》（1998）等胜义纷披的精彩论文；反之，数十年持续不断的学术研究，又令他对《红楼梦》小说各方面内容的认识越来越精准到位，由此屡屡萌生对旧译本进行修订的强烈愿望，从而创造了一生四译《红楼梦》的伟大壮举。可以毫不夸张地说，伊藤先生为国际学术界提供了一个如何从事文学翻译及文学研究的成功典范。

作为一名外国学者，伊藤先生对于《红楼梦》的深厚感情与深刻理解，常常令我们感动，有时甚至有些自愧不如。伊藤先生曾经说过："《红楼梦》有多彩的、伟大的价值，一朝一夕不可能测量它。我相信，二十一世纪就是它作为世界文学中的瑰宝之一发挥它的独特性、而能获得独特的地位的新世纪。"（伊藤漱平《1997 北京国际红楼梦学术研讨会开幕式上的致词》，载《红楼梦学刊》1997 年增刊）"《红楼梦》对本国人也罢，对我们外国人也罢，它的存在早已超越了国籍。"（《二十一世纪红学展望：一个外国学者论述〈红楼梦〉的翻译问题》）为了能让更多的日本读者了解《红楼梦》，伊藤先生不遗余力，除翻译与研究之外，还曾和友人共同组织了一个日本"《红楼梦》读书会"，参加者有大学教师、文学博士，也有家庭主妇、退休文员等（参见贺兰《日本的〈红楼梦〉读书会》，载《红楼梦学刊》2005 年第 5 辑）。我想，对于伊藤先生的上述杰出工作和非凡成就，每个中国人都是满怀崇敬的，即便是九泉之下的曹雪芹，也一定是心存感激的。

事实上，倘若回到二十世纪六七十年代，回到中日关系从交战到冷冻到恢复友好的特殊时期，我们就可以清晰地发现：以伊藤漱平、松枝茂夫为代表的日本汉学家所从事的《红楼梦》翻译及研究工作，其意义已经超出了学术范畴，而上升到中日文化交流的层面。此处，不妨来重温三件在红学史、中日文化交流史中颇具意义的事情：第一，1964 年 10 月，应日本“日中文化交流协会”邀请，“《红楼梦》展”先后在东京、大阪、北九州三个城市举行，当时尚未正式建交的中日两国对此次展览均很重视，中国《人民日报》《光明日报》分别于 1964 年 11 月 18 日、1964 年 12 月 12 日进行了报道；而作为日方的积极参与者，伊藤先生为此次展览先后撰写了三篇长文，第一篇是《〈红楼梦〉研究日本语文献 • 目录》，刊载于 1964 年 12 月出版的《明清文学语言研究会会报》（单刊）第 6 号；第二篇是《近十五年中国刊行〈红楼梦〉版本研究书略解》，连载于《书报》1964 年 12 月、1965 年 3 月、4 月出版的第 62、63、64 期；第三篇是《〈红楼梦〉在日本的流传——为举办〈红楼梦〉展而作》，连载于《大安》1965 年第 1、2、3 期，上述三文均属红学文献史料汇编性质，足资日本《红楼梦》爱好者参考。

第二，中日正式建交（1972 年 9 月）之后不久的 1973 年 2 月，中国学者吴恩裕在《文物》第 2 期发表《曹雪芹的佚著和传记材料的发现》，首次提及曹雪芹佚著《废艺斋集稿》，并称 1943 年前后北京北华美术专门学校日籍教师高见嘉十曾向日本商人金田氏借阅过该手稿。此事在当时的中日红学界引起了不小震动，据说 1975 年 4 月下旬，日本“日中文化交流协会理事长”中岛健藏访问中国，中方曾就搜寻《废艺斋集稿》请日本方面在民间水平上给予协助，日方归国后立即向以国会图书馆为首的、藏有较多有关中国图书的各大学、研究机构发出照会和调查委托，并取得古书、古董业界和日本风筝协会的帮助，积极追寻此书下落，日本“三大报”——《读卖新闻》《朝日新闻》《每日新闻》以及NHK（日本广播协会）电视台纷纷报道此事，伊藤先生和松枝茂夫先生也先后走访了多位知情人。令人遗憾的是，所谓高见嘉十借阅《废艺斋集稿》事，根本无法获得证实，至于《废艺斋集稿》手稿自亦杳无踪迹（参见伊藤漱平著、徐允平译《论曹雪芹晚年的“佚著”——围绕〈废艺斋集稿〉等真伪问题的札记》，载《红楼梦研究集刊》第7辑，上海古籍出版社1981年版）。

第三，1981年4月24日至5月14日，应中国艺术研究院的邀请，伊藤先生和松枝茂夫先生专程访问中国，他们先在北京与众多红学家研讨学术，后又奔赴南京、苏州、扬州、镇江、洛阳、郑州、西安等地考察，参观了与《红楼梦》有关的文物古迹（参见《日本红学家松枝茂夫、伊藤漱平应邀访华》，载《红楼梦学刊》1981年第3辑），这大概也是新中国第一次以《红楼梦》名义，正式邀请日本汉学家来华访问。

很显然，在中日恢复友好关系的过程中，《红楼梦》曾经扮演了颇为重要的角色；而伊藤漱平与松枝茂夫等日本汉学家的工作，不仅推动了《红楼梦》研究的学术进程，实际上也承担着促进中日文化交流的历史责任。

1986年3月，六十岁的伊藤漱平先生在东京大学文学部荣退之际，写下《华甲有感》七绝一首，诗云："寻红索绿费精神，梦幻恍迎华甲春。未解曹公虚实意，有基楼阁假欤真？"这正是他毕生学问与心境的真实写照。今天，伊藤先生不幸驾鹤西归，我们既为国际汉学界蒙受巨大损失而感到伤痛和惋惜，同时也在内心深处真诚地为他祈祷：祝愿自号"泥卿"的伊藤先生，能够在众香浮动的大观园内，抑或是仙乐曼妙的太虚幻境中，遇见他魂牵梦绕的"曹公"，煮茗论道，切磋追问，继续他那份永远不了的红学情缘！

原载北京大学国际汉学家研修基地《国际汉学研究通讯》第1辑，北京大学出版社2010年版；后收入《伊藤漱平著作集》第五卷附录，日本汲古书院2010年版

# 伊藤漱平致曾保泉信札及红学贺卡释读

2009年12月21日，日本东京大学文学部教授、著名红学家伊藤漱平先生（1925—2009）逝世，迄今刚好十周年。十年前，我曾在北京大学国际汉学家研修基地主办《国际汉学研究通讯》创刊号[①]，编发了“伊藤漱平纪念专栏”，收录有袁行霈《愿他的灵魂升入佛国——悼念伊藤漱平教授》，日本田仲一成《伊藤漱平教授的生平与学问》，冯其庸《沉痛悼念伊藤漱平先生》、孙玉石、张菊玲《红楼明月在 洒泪向东瀛——沉痛悼念伊藤漱平先生》，日本大木康《悼念伊藤漱平老师》《伊藤漱平教授论著目录》以及拙文《求红索绿费精神——日本汉学家伊藤漱平与中国小说〈红楼梦〉》，这组文章后经大木康教授推荐，

① 《国际汉学研究通讯》第1辑，中华书局2010年版，第210—249页。

收入《伊藤漱平著作集》第五卷附录[①]，伊藤先生夫人伊藤奈美子女士，还特意寄赠一册给我留念（图 1）。之后，我曾利用在早稻田大学学术访问的机会，集中查阅了东京大学东洋文化研究所藏伊藤氏“两红轩”文库；在东京大学校门口的琳琅阁古旧书店，我买到了其旧藏光绪五年（1879）刊本《燕山外史注释》（图 2），钤“伊漱平藏书记”（白文方印），封面有其手书题签“燕山外史注释”；数年前，又有幸得到了伊藤漱平写给曾保泉的信札（图 3）及贺年卡。凡此，都令我觉得自己与这位素未谋面的伊藤先生，似乎存在某种因缘。值此伊藤漱平逝世十周年之际，我愿以这篇小文来表达对他的缅怀和纪念。

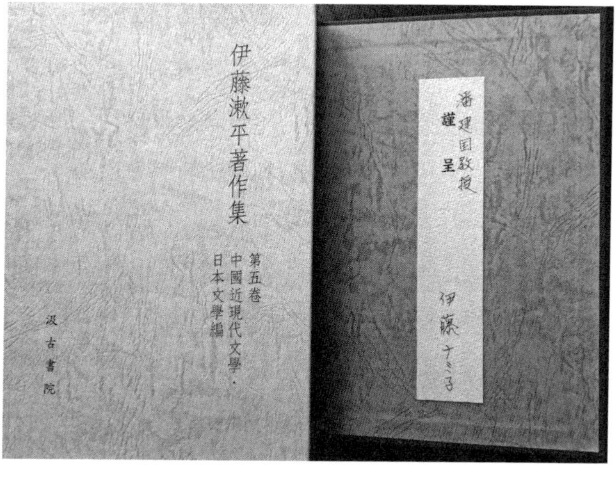


图 1.《伊藤漱平著作集》（伊藤夫人签赠本）

① 日本东京汲古书院 2010 年版。

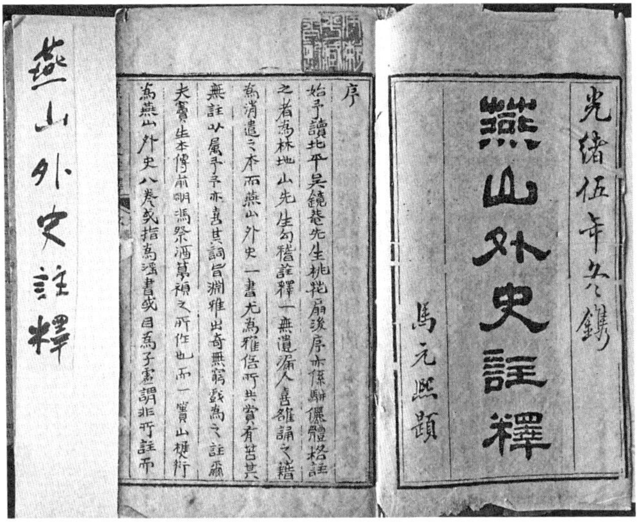


图 2. 伊藤漱平旧藏光绪刊本《燕山外史注释》

寒斋所藏伊藤漱平致曾保泉信札全文如下：

曾保泉先生：

立春大吉！今年是您的一个幸运的年头，也是一个大有成就的年头，为您祝福，特别预祝您得到有关您父亲的好消息。

去夏接到朵云，我因故不能及时回信，十分抱歉。但那时就写信给小山澄夫先生，他跟您联系了吗？（介绍一下，他住址：友谊宾馆八五一二）

去年春天访问贵国时，没有机会见面，深为可惜。临走时，您特意托冯其庸先生送给我们的文物（大作《大观园图》及袁香举先生书写的条幅）都接到了，盛意盛情，至为感激。向先生表示衷心的谢意。

敬祝

著安！并贺新禧！

伊藤漱平拜上

一九八二年立春前旬日于两红轩南窗下

您一向研究曹雪芹在北京的遗迹，一定收获很多吧！如蒙告知我一端为幸。漱又及。

信札首行及末尾，分别钤有“红梦楼主”（朱文方印）[1]、“两红轩”（朱文方印）。时间署为“一九八二年立春前旬日”，1982 年立春为 2 月 4 日，“旬日”一般指 10 天，按此推算当写于 1 月 25 日，但信封上的邮戳，日本邮局寄出时间为 1 月 22 日，北京邮局收转时间为 1 月 27 日，所以，此札应写于 1 月 22 日（或之前一两天），伊藤漱平使用的“旬日”大概取其约数。此札涉及访中细

① 关于伊藤漱平这枚印章的释文，按照印章惯例，当为“红梦楼主”，但有些文章读为“红楼梦主”，这既不合印章的文字排列法，恐怕也有违伊藤漱平的心意，他喜欢《红楼梦》，有一个“红梦”，所以书斋命为“红梦楼”，而他自然就是“红梦楼主”，若自称为“红楼梦主”，未免有些唐突不伦，这岂能是伊藤漱平所为。

节以及若干红学史的故人旧事，兹依序略述于下：

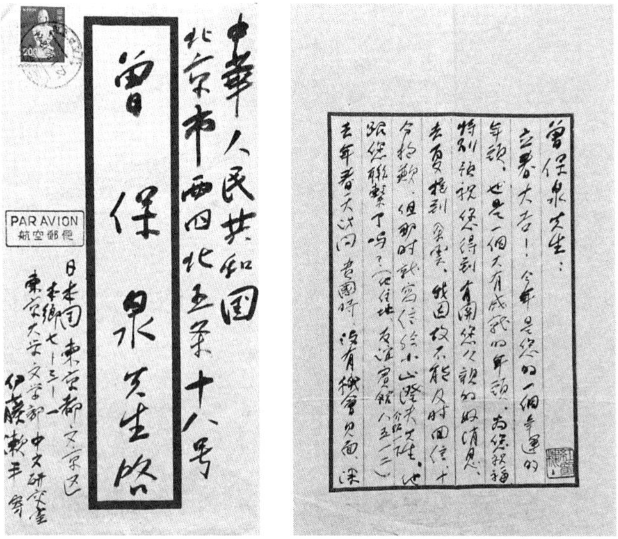


图 3. 伊藤漱平致曾保泉信札（1982）

### 1. 关于“曾保泉”和他的“父亲”

信札上款曾保泉（1941—1996）①，北京市社科院文学所副研究员、中国楹联学会、北京楹联研究会副会长、中国红楼梦学会会员，出版有《曹雪芹与北京》《红学散

① 参阅《记我所的一位好同志——曾保泉》，载《北京社会科学》1996 年第 4 期；《红学家曾保泉逝世》，载《红楼梦学刊》1996 年第 4 期。

论》（与顾平旦合作）等红学著作，对于曹雪芹之北京踪迹以及大观园布局，尤感兴趣，着力颇深。曾保泉的身世比较特殊，祖籍日本静冈县，原姓增田氏，父亲是一位来华工作的裁缝，1940年突然失踪，时曾保泉年仅两岁，他由母亲抚养长大，考入北师大中文系，1978年进入北京社科院文学所工作。想来父亲的失踪，一直是曾保泉心中挥之不去的隐痛，在信札中，伊藤漱平祝愿他“得到有关您父亲的好消息”，则似乎他也了解此事，或许，曾保泉曾转托伊藤在日本打听父亲下落亦未可知。

**2. 关于“小山澄夫”**

小山澄夫，伊藤漱平的学生，曾任日本爱知大学文学部教授，也是一位酷爱《红楼梦》的汉学者，发表有《试论〈红楼梦〉中的心理描写》（1980）、《〈红楼梦〉：由情到不合理》（1981）、《〈红楼梦〉的背景——围绕清代社会的贵族来谈》（1992）等论文，孙玉明《日本红学史》视其为新时代“日本红坛上的数颗新星”[①]之一。1981—1982年间，他应邀来北京教授日语课程，居住在中关村南大街的友谊宾馆。伊藤漱平介绍曾保泉与小山澄夫认识，不知两人是否真有交往。不过，小山澄夫与周汝昌之间，倒是留下了一段佳话。周汝昌《浊病斋日译雪芹传——

① 孙玉明《日本红学史》第五章第二节“新时代的红学研究状况”，北京图书馆出版社2006年版，第203—208页。

记小山澄夫》载[1]，1982年元旦，小山澄夫来访，赠送扇子一把，上书七绝一首：“北京西外过单年，浮世槛中见万贤。再识大荒石头畔，周曹两者是警仙。”署名为“蠢物小山澄夫敬赋”（图4）。小山澄夫书斋名为“浊病斋”，此“蠢物”“浊病”两词，均源于《红楼梦》小说关于宝玉的描述，看似贬抑，实则饱含称扬之意，由此亦可见小山澄夫对于《红楼梦》小说的痴迷。

图4. 小山澄夫题赠周汝昌扇面（1982），采自周汝昌《师友襟期》

此后，两人交往颇密，小山澄夫提出要将周汝昌《曹雪芹小传》译为日文，周欣然同意，并于1985年撰写了序文，孰料好事多磨，这个译本竟延宕至2010年才由日

① 收入周汝昌《师友襟期》，北京出版社2019年版，第405—408页。

本汲古书院正式出版，另一位为译本撰写序文的伊藤漱平，墓木已拱。周汝昌接到日文版《曹雪芹小传》样书后，感慨系之，赋诗两绝曰：“天下谁题浊病斋，问君此义何所来。怡红浊玉达诚信，自诔芙蓉自写哀。”“雪芹东渡也风流，辛苦书生三十秋。此日一篇方问世，迎来名姓满瀛洲。”

### 3. 关于“去年春天访问贵国”事

这是二十世纪八十年代中日红学交流史上的重要事件。1981 年 4 月 24 日至 5 月 14 日，伊藤漱平陪同他的老师松枝茂夫（1905—1995，号枣斋），应中国艺术研究院邀请访问中国[①]。4 月 25 日下午，艺术研究院举行欢迎会，参加的中国学者主要有钟敬文、周汝昌、吴世昌、张毕来、李希凡、陈毓罴、端木蕻良、王利器、周绍良、蒋和森、蓝翎、陶建基、刘世德、周雷、林冠夫、吕启祥等，可谓极一时之盛。4 月 27 日下午，松枝茂夫、伊藤漱平再次与艺术研究院学者座谈。之后，他们在专人陪同下赴南京、苏州、扬州、镇江、洛阳、郑州、西安等地参观访

① 据冯其庸《沉痛悼念伊藤漱平先生》一文回忆：“之后，松枝茂夫先生和伊藤漱平先生又来信希望能来华访问，主要想参观北京、南京、扬州等有关曹雪芹和他家世的遗迹，我与有关领导商量后，随即表示欢迎他们来华作调查。所以不久他们两位都来了。”载《国际汉学研究通讯》创刊号，中华书局 2010 年版，第 225 页。

问。5月9日，返回北京，5月12日、13日分别访问北京大学、中国社科院文学研究所；5月14日上午，离京返回日本[①]。期间，曾保泉似并未获得机会与伊藤漱平见面，按照当时的外事纪律，他大概也不便以私人身份直接去拜访，所以就请冯其庸向伊藤赠送了《大观园图》以及袁香举的书法作品。袁香举是位资深集邮家，对日本邮票尤多研究，编有《（伪）满邮发行十年史》(1942)，通日语，兼擅书法。

**4. 关于曾保泉“大观园图”**

大观园既是《红楼梦》小说情节展开的重要空间，也是曹雪芹以文学方式构建起来的一座古典园林，具有文学与建筑学的双重美学意义，引发历代读者的探索兴趣，清代若干《红楼梦》版本即附刊有“大观园图”，民间也产生过巨幅彩绘《大观园图》[②]，但它们多属示意性质的园林风景画。至民国以降，随着现代建筑设计学知识的传播，才开始出现根据小说文本细节绘制的相对比较“科学”的大观园布局图，曾保泉的《大观园图》就是其中较有代表

① 参见《日本红学家松枝茂夫、伊藤漱平应邀访华》，载《红楼梦学刊》1981年第3期。

② 据立信《大观园图记》载：1955年，中国历史博物馆从北京简文斋书画店，购入一件巨幅设色《大观园图》，纵1.37米，横3.62米，绘有蘅芜院、凹晶馆、蓼风轩、牡丹亭四处建筑以及一百七十余位人物。文载《文物》1963年第6期。

性的一幅。曾保泉详细勘查《红楼梦》小说文本，撰写了《文学、绘画与园林：曹雪芹笔下的大观园》（1979）、《寻得桃源好绘图：大观园布局的初步探索》（1980）等论文，梳理出大观园的位置、面积、山水走向、建筑分布、道路、水系、园门等情况，复又“参阅临摹了一些古典园林建筑的图样”，先后绘制“近百份草图”，最后定型为《大观园图》和《大观园平面图》。1981 年 1 月出版的顾平旦（1930—2003）编《大观园》，书首收录了曾保泉绘制的《大观园图》，左上方有熊伯齐（1944—）以瘦金体题写的“大观园图”；右下方为顾平旦题写的清人明义题红诗一首“佳园结构类天成，快绿怡红别样名。长槛曲栏随处有，春风秋月总关情。”署为“庚申五月顾平旦书于天香庭院”；左下方则为曾保泉的手书题款：“本图布局参见大观园平面图，一九八〇年四月曾保泉作。”从构图来看，亭台楼榭，山石树木，河流桥梁，一应俱全，但绘摹并不算细致，是在大观园平面图基础上绘制而成的实景效果图。此图后来收入《红楼梦大辞典》[①]，与徐恭时、杨乃济所绘《大观园图》鼎足而三。2019 年 6 月 22 日北京保利拍卖公司第 48 期精品拍卖，拍卖了此图的曾保泉手绘本（图 5）。

事实上，伊藤漱平 1981 年的访华活动，犹有余波。

① 冯其庸、李希凡主编《红楼梦大辞典》，文化艺术出版社 1990 年版。

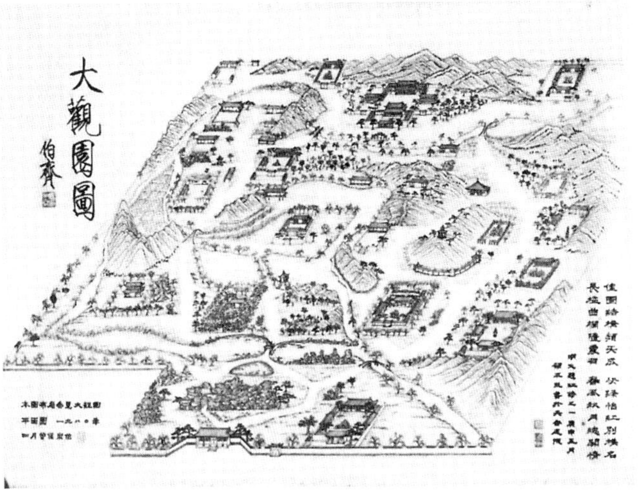


图 5. 曾保泉《大观园图》手绘稿，北京保利拍卖公司 2019 年 6 月 22 日拍卖

在伊藤致曾保泉的信札中，另附有一张私人定制的 1982 年（日本昭和五十七年）元旦祝贺明信片（图 6），正面有伊藤漱平墨笔手书“曾保泉先生”“伊藤漱平谨贺”，背面则印着一篇他的新年随笔《恭贺新禧》，右下角钤“红梦楼主”朱文方印。随笔译为中文曰①：

① 此篇随笔，初由北京外国语大学周健强博士译为中文，复蒙北京语言大学周阅教授审订，其中伊藤漱平及松尾芭蕉的两首俳句，周教授以俳句“五七五”体式精心译出，典雅允贴，堪为妙译。谨致谢忱。

客岁晚春，陪松枝枣斋先生初访北京。一夕，红学界耆宿某先生造访余等客舍，示近人《大观园图》一幅。亦当名之为《秋日群媛雅集图》，绘十二钗颇清丽，画品殊佳。老先生命余等题诗，遂辞去。是夜客中无聊，择取潇湘妃子林黛玉，先题俳句一句，姑录之，以博一粲。

遥忆潇湘妃子之面影

群媛雅集日
素怨秋心咏菊诗
潇湘未瘦时
——泥人

后寻黛玉芳泽，再游江南[1]。薄暮过苏州，忽有所感，何妨借诗余之体，略抒拙句之意？经扬州，宿南京，一夕望长安欲发，终成一阙。黛玉冤家贾宝玉，诨名绛洞花王、无事忙，合取并录，再博一粲。

① 1980 年 3 月，松枝茂夫与伊藤漱平组织“江南之春”旅行团，两人分任正副团长，先后游览上海、绍兴、杭州、苏州、无锡等地，时间约两周。1981 年 4 月，他们应中国艺术研究院之邀，再度来华，并赴南京、苏州、扬州等地考察，故云“再游江南”。参阅《伊藤漱平年谱》，收入《伊藤漱平著作集》第五卷，日本汲古书院 2010 年版，第 215 页。

甘州曲·忆潇湘妃子　伊泥卿

渐花黄。人未瘦，号潇湘。雅游题咏冠群芳。债主为花忙。可叹许，相见泪珠偿。

“秋深霜露浓，瘦菊不言生未逢，含苞待九重”为芭蕉翁俳句，独“わりなき”四字意味深远，黛玉反借以咏叹“人比桃花瘦”，当是转用宋世女词人李清照“人比黄花瘦”一句。至《浮生六记》[①]，髫龄陈芸联中以“人影瘦”对“菊花肥”，古今诗思不期而同欤？然身非女子，如此拘拘于肥瘦之瘦字，颇不伦，恐为新年谈笑之资。评躯论体，言及泥卿本人。三十年前，妻瘦堪比黛玉，今已芳颜不驻，体态丰腴，风情似福娘。余等新年要紧事，当以一“瘦”字相约。于是新春开笔，试陈于斗方，相携去除赘肉。不揣愚陋，立此宏愿，谨宣示于天下知交云尔。

若将明信片上的随笔文字与信札对读，有两个问题需作交代：其一，所谓“红学界耆宿某先生”，是否就是信札中提及的冯其庸？古人六十曰“耆”，冯其庸生于1924年，1981年才58岁，仅比伊藤漱平年长一岁，似难称“耆宿”，在当时北京的红学家中，能够担当起伊藤心中

① 此《浮生六记》，贺年片原件错为“浮世”。伊藤漱平的老师松枝茂夫曾译有《浮生六记》，日本岩波书店1981年版。

“红学界耆宿”的，恐怕也只有俞平伯（1900—1990），或许当日来访的就是俞平伯，又或许是冯其庸陪着俞平伯同来拜访。据孙玉蓉编纂《俞平伯年谱》1981年（八十二岁）4月26日载[①]：应邀出席《红楼梦学刊》编辑部的宴请，会晤了日本红学家松枝茂夫与伊藤漱平两教授。这与伊藤的上述记载颇相符合。实际上，伊藤漱平对俞平伯素多钦慕，其《红楼梦》日文全译本即以俞氏《红楼梦八十回校本》及所附后四十回为翻译底本。其二，所谓“近人《大观园图》”，是否就是曾保泉赠送的那一幅呢？伊藤漱平认为此图可命名为《秋日群媛雅集图》，因图中绘有“清丽”的十二金钗，这显然与保利拍卖的曾保泉手绘稿《大观园图》不同。笔者推测有两种可能，一种可能是曾保泉当年绘制过多幅构图内容不尽相同的《大观园图》，他把其中绘有金陵十二钗的那一幅赠给了伊藤；另一种可能是伊藤访华时收到了两幅《大观园图》，除曾保泉绘制的之外，还有另一幅绘有十二金钗的《大观园图》，绘者未明。可惜伊藤漱平获赠的这幅《大观园图》，如今不知流落何方，无从查验其详细情况。

① 见天津人民出版社2001年版，第455页；此外，承日本东京大学大木康教授邮件告知：王湜华《俞平伯的后半生》附录“俞平伯年谱”，将本次会见时间错为“1981年4月16日”，商务印书馆2016年版，第370页。

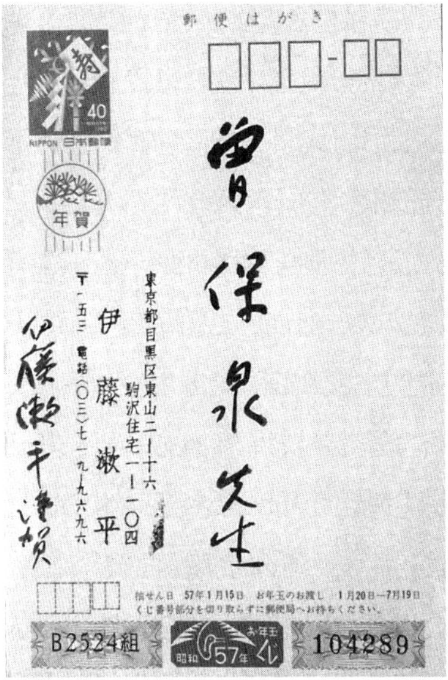

郵便はがき

40

NIPPON 日本郵便

年賀

曾保泉先生

東京都目黒区東山二ー十六
駒沢住宅一ー一〇四

伊藤漱平

〒一五三　電話（〇三）七一九ー九六九六

伊藤漱平謹賀

抽せん日　57年1月15日　お年玉のお渡し　1月20日ー7月19日
くじ番号部分を切り取らずに郵便局へお持ちください。

B2524組　お年玉　昭和57年くじ　104289

恭賀新禧

昭和壬戌元旦

伊藤漱平

客歳の晩春　松枝茂夫先生に陪して初めて北京に詣りぬ　一夕　紅学界の耆宿某先生　われらが客舎を訪はれ　近人の大観園図一幅を示さる　秋日群賢雅集図とも名づくべく　十二釵を描きて清麗　画品佳なり　老先生　われらに題詩を命じて辞去されたれば　その夜　客中無聊なるままに　瀟湘妃子すなはち林黛玉を択び取りて　俳句一句を先づ廻せり　姑く録して　一粲を博さむ

瀟湘妃子の面影を偲びて

菊詠まむ人なほ痩せて雅集哉　泥人

のち黛玉ゆかりの江南に再遊し　またも蘇州に過ぎりし宵　さきの拙句の意を詩餘の体を借りて示さばやと思ひ立ちぬ　揚州を経　南京に窺りて　長安に向けて発たむとする夕　やうやく一闋を成せり　黛玉が寃家たる賈宝玉　絳洞花王またの渾名を無事忙と言ふ　を取り合はせたれば　併せ録してさらに一粲を博さむ

甘州曲　擬瀟湘妃子　伊泥人

瘦花黄　いまし花黄づけど
人未瘦　いまだ人痩せずあり
號瀟湘　号すらく瀟湘と
雅壽廻詠冠群芳　集ひては廻詠むに及ぶなし群芳も
値王為花忙　値王ひとり忙しきは花ゆゑぞ
可歎許　あはれはれ歎かふべし
相見涙珠償　相見ては涙珠もて償ふを

痩せながらわりなき蕾のつぼみ哉　とはわが芭蕉翁の句なり　わりなきの四字こそ意深けれ　翻りて黛玉が自らを　桃花に比して痩せたり　と詠せしは　宋の世の女詞人李清照が句　人は黄花に比して痩せたり　を転しりと思しきが　下りて浮世六記に　幼き陳芸が翳に　人影の痩するを菊花の肥ゆるに対せりと記すも　古今詩想の闘せずして一致せるものか　とまれ女人ならぬ身の　しかく肥痩の痩字に拘泥するは　つきづきしからず　初笑ひの種ともなりぬべけれど　体を表はす泥郷のわれは言ふにや及ぶ　二十年の昔　黛玉にもたぐへし痩妻　いまは面影とてなく　福々しき福娘に似たる風情なれば　われらが新しき年の喫緊事は痩の一字に約せらるべし　されば書初めにも　斗方に試みて掲げ　相携へて贅肉を去らむものと　烏滸がましくも覚悟のほどを　天下の学知に向ひて宣ふと爾云ふ

曾先生　一笑

图 6. 伊藤漱平私人订制元旦明信片（1982）

有意思的是，这位“红学界耆宿”曾就《大观园图》向伊藤漱平征求“题诗”，遂引出伊藤后续两次的红学文艺创作，一次使用了日本的传统文体“俳句”，一次使用了中国的传统文体“词”，而且两相关联，“借诗余之体，略抒拙句之意”，亦即以《甘州曲》进一步抒发俳句的意旨，吟咏的对象都是黛玉，也捎带着宝玉，这大概是伊藤漱平最为欣赏的《红楼梦》人物。为寻“黛玉芳泽”，伊藤曾在 1980、1981 年两度江南行，“薄暮过苏州，忽有所感”，亦可谓情动于中而形于文。俳句“群媛雅集日，素怨秋心咏菊诗，潇湘未瘦时”，关涉着《红楼梦》第三十七、三十八回的情节：湘云和宝钗决定筹办“菊花诗”会，相约“以菊花为宾，以人为主”，“又是咏菊，又是赋事”，“赋景咏物两关着”，这一特别的诗会规定，使得小说对于本次诗会的叙写，具有了明显的写人功能。林黛玉分领《咏菊》《问菊》《菊梦》三题，并最终以“题目新，诗也新，立意更新”被推为魁首，诗中“满纸自怜题素怨，片言谁解诉秋心”“孤标傲世偕谁隐，一样花开为底迟”“醒时幽怨同谁诉，衰草寒烟无限情”诸句，无疑就是林黛玉内心的“花语”独白，也是其性格命运的文学写照。伊藤漱平在俳句中特意截取出“咏菊”之事，作为他对黛玉的“遥忆”，想来《红楼梦》小说中的这段情节文字曾令他印象深刻，而他自亦理解并认同《咏菊》《问菊》《菊梦》诗中乃蕴涵着林黛玉精神世界的某些重要特质。

再来看《甘州曲》，首句“渐花黄。人未瘦，号潇湘”，系化用宋代女词人李清照“人比黄花瘦”典故而成，《红楼梦》第七十回林黛玉所作《桃花行》亦有“桃花帘外开仍旧，帘中人比桃花瘦”句，伊藤漱平指出这是黛玉的“反借”吟咏法。那么“人比黄花瘦”与“人比桃花瘦”，哪一句更贴近林黛玉呢？伊藤似乎无意对此做出选择，“渐花黄”三字，着重摹绘了一个花自凋零的过程和意象，无论是“黄花”（菊花）还是“桃花”，花的凋零，都隐喻着女性的憔悴损，但接下去，伊藤却并未承接此意去写人比花瘦，而是仿效林黛玉来了一次“反借”，出人意料地声称 “人未瘦”，制造出一种词意陡转的艺术效果，若考虑到他在俳句中也有“潇湘未瘦时”一句，可知“未瘦”是伊藤漱平对于潇湘妃子的独特抒写。那么，如何解读“人未瘦”的涵义呢？我觉得不妨从“瘦”字切入。在林黛玉“帘中人比桃花瘦”句中，“瘦”字意为憔悴怯弱，涵义指向外在的体貌神情，《红楼梦》邦索儿英译本、杨宪益夫妇英译本将“瘦”字直译为 frail（瘦弱的、虚弱的），霍克斯英译本意译为 looks ill（看似病态的）[1]；不过，林黛玉的外表虽是“瘦”的弱的，其精神世界却是健康的饱满的，她富有才华，超凡脱俗，敢爱敢说，坚持自我，带

① 参阅谢金梅、杨丽《谁解桃花意——论〈红楼梦〉中“桃花行”的三种英译》，载《红楼梦学刊》2010 年第 6 期。

有潇湘竹清幽高洁、孤标傲世的品格，实不可谓之“瘦”，或许正是基于这样的认知，伊藤漱平才吟出了与众不同的“人未瘦，号潇湘”，此处的“瘦”字乃指向内在的精神特质。

《甘州曲》后半部分数句乃为宝玉及宝黛而咏，毋庸赘言。其中“债主为花忙”五字，颇堪玩味。“债主”即情债之主，欢喜冤家，如果指黛玉，那么“为花忙”可以理解为黛玉的观花、葬花、咏花诸事，似乎也讲得通。但是，结合伊藤漱平的小序“黛玉冤家贾宝玉，诨名绛洞花王、无事忙，合取并录，以博一粲”来看，此处所说“债主”，无疑应指宝玉。宝玉诨号“无事忙”，他到底在忙些什么呢？伊藤漱平用“为花忙”三字作出了回答。“为花忙”，可以理解为宝玉终日耳鬓厮磨于一众姐姐妹妹之间，欣赏她们，疼惜她们，爱护她们，每多劳心劳肺，偏偏不以为苦；时常受气受累，却仍甘之如饴，尤其对于林黛玉，宝玉可谓念兹在兹，如痴如狂，岂是一个“忙”字可以囊括。需要指出的是，“无事忙”与“为花忙”，实际上代表着两种不同的价值观以及对于宝玉的不同评判。在《红楼梦》小说中，称呼宝玉为“无事忙”的，主要是宝钗和袭人，虽然带有一些玩笑的色彩，但也反映出在她们较为功利世俗的价值观中，宝玉对于周遭女性的热爱和付出，以及其他出于真性情的所作所为，凡是与读书科考仕途经济无关的，就都是一种不务正业的“无事忙”；不过，倘若站在对于青春、生命、个体、女性、爱情怀有平等、尊重和致敬的立场上，宝玉的“无事忙”，宝玉的“为花忙”，那些做过的蠢事，说过的呆话，都会随之变得惊世骇俗、弥足珍贵起来，而伊藤漱平无疑就是宝玉的一个异代异国知己，他的俳句署名为“泥人”,《甘州曲》署名为“伊泥卿”，皆源自宝玉的混账话“女人是水做的，男人是泥做的”，由此可见一斑。伊藤对于宝玉的偏爱，甚至还“遗传”给了他的学生小山澄夫，小山自署“蠢物”“浊病斋”，亦均取诸宝玉之身。

短短一阙《甘州曲》，不足三十字，伊藤漱平紧扣“人未瘦”“为花忙”两个关键词，巧妙而又清晰地表达了他对黛玉、宝玉精神品格之独特而又深刻的理解，这既要归功于他对《红楼梦》小说文本的细读深研，也得益于他对中日古代文学的熟稔贯通。从李清照的“人比黄花瘦”、林黛玉的“人比桃花瘦”，伊藤进一步联想到日本著名文学家松尾芭蕉（1644—1694）的俳句“秋深霜露浓，瘦菊不言生未逢，含苞待九重”，他特别提出“わりなき（意为：无缘无故、无奈）四字意味深远”，自然包含着对于人花俱“瘦”意境层次的丰富体悟。由此推想开去，伊藤又拈出了他喜爱的另一部中国文学经典清人沈复的《浮生六记》，其《闺房记乐》记载芸娘曾吟有“秋侵人影瘦，霜染菊花肥”句[1]，菊花本应是瘦的，至少称不上肥，但因为有了“人影瘦”的映衬，居然成就了“菊花肥”，那么这“人影”该是如何消瘦？而芸娘又确实是怯瘦的，《浮生六记》有直接写及：“其形削肩长颈，瘦不露骨，眉弯目秀，顾盼神飞”，“花烛之夕，见瘦怯身材依然如昔，头巾既揭，相视嫣然”，沈三白说他初见此诗，“虽叹其才思隽秀，窃恐其福泽不深”，芸娘最终与黛玉一样青春玉殒，亦可谓诗谶。一个小小的“瘦”字，竟串联起中日古今文学的种种典故，也难怪乎伊藤漱平要对“古今诗思不期而同”的现象而感慨不已了。

从文学的理想世界回到现实人生，伊藤漱平最后不无自嘲地说“评躯论体，言及泥卿本人”，伊藤先生是一名微胖界人士，他的夫人年轻时“瘦堪比黛玉”，而今“体态丰腴，风情似福娘”，伊藤夫妇的新年愿望是“相携去除赘肉”，“当以一‘瘦’字相约”，读来令人莞尔。翻译、研究《红楼梦》是伊藤漱平终其一生的事业，《红楼梦》已深深地嵌入了他的精神世界和现实生活，无所不在，无时不在。1986 年 3 月，六十岁的伊藤漱平先生从东京大学文学部退官，自题《华甲有感》七绝诗云：“寻红索绿费精神，梦幻恍迎华甲春。未解曹公虚实意，有基楼阁

① 本文所引《浮生六记》文字，均见人民文学出版社 2010 年版，第 1—22 页。

假欤真？”一个人，一辈子，与一部异国的古典小说，相伴相守，如影随形，这实在是一种珍贵的因缘和难得的幸福！

原载《红楼梦学刊》2020年第4期

# 林庚《西游记漫话》韩译本序

《西游记》是一部中国家喻户晓的古代小说名著，也广泛流传于包括朝鲜半岛在内的东亚地区。早在高丽朝末期编纂的汉语会话书《朴通事》中，就曾提到过《西游记》平话，还绘声绘色地转述了其中一个精彩的故事“车迟国斗圣”；此外，韩国国立中央博物馆庋藏着一座列为国宝的“敬天寺十层塔”，此塔修建于高丽末期（1348，中国元顺帝至正八年），塔基第二层镂刻有二十幅关于西游取经故事的浅浮雕图。这两则资料均表明：西游故事至晚在高丽末期已传入朝鲜半岛。后来，百回本章回体小说《西游记》传入朝鲜，颇受读者喜爱，产生了不少的传抄本和翻译本，甚至还出现了摘录小说词语而编成的《西游记语录》，出现了绘制“孙悟空”形象的朝鲜民画。2004 年，首尔大学出版了百回本《西游记》的韩文全译本，这进一步推动了它在韩国的流播。而为了能让韩国读者更好地阅读《西游记》，并且理解小说所蕴含的文学文化价值，就需要在引入文本的同时，译介若干中国学者的《西游记》研究论著。

摆在诸位面前的这部《西游记漫话》，作者为林庚先生（1910—2006），乃中国北京大学中文系已故著名教授，刊有《中国文学简史》《唐诗综论》《天问论笺》等学术著作。实际上，他不仅是一位出色的中国古典文学研究家，也是一名优秀的诗人，创作有《北平情歌》《春野与窗》《空间的驰想》等诗集。林庚先生还每每将诗人的独特眼光和浪漫气息，带入到学术研究之中，譬如他在研究唐代诗歌之时，提出唐诗中存在着“盛唐气象”和“少年精神”，这一精妙的概括，深深契合着唐诗的美学特质和文化内核，让人叹赏不已。据林庚先生回忆，他阅读《西游记》是在中国“文革”时期，在那个年代，“政治”和“阶级”成为解读一切文学作品的关键词，《西游记》也被视为描写被压迫阶级反抗统治阶级故事的小说，孙悟空甚至被贴上了“革命者”的红色标签。然而，即便是在如此荒唐的时代气氛中，林庚先生却依旧从《西游记》中读出了“动物王国”，读出了“喜剧”和“童心”，读出了“童话的天真世界”，这些浸透了阳光的纯真感悟，绽放出耀眼光芒，照亮了那幽暗世界中一个诗人隐藏在内心的秘密花园，至今读来，仍然充满了温暖的诗意。

在这部简短而又精彩的著作中，林庚先生跳出了一般研究者关于孙悟空形象来源（印度的哈努曼或者中国的无支祁）的纠缠，而是从宋元以来的俗文学中，寻找到了孙悟空形象的生活原型，即市井细民所津津乐道的江湖神偷、好汉、英雄，于是，大闹天宫不过是英雄受辱后大显身手的情绪发泄，而西天取经也仿佛是一次传奇的江湖行走；至于故事中的角色，无论是孙悟空、猪八戒，还是那些憨厚的老怪，伶俐的小妖，莫不被涂抹上了一层游戏和欢乐的色彩。值得关注的是，林庚先生那敏锐的学术眼光，并未仅仅停留在考察生活原型的层面，而是进一步深入开掘孙悟空形象的精神内涵，将《西游记》的童话精神与明代中后期李贽的“童心说”联系起来，站在这一思想史的高度，林庚先生精辟地指出：“作为一个理想人物，孙悟空所表现出来的无限活力与想象力，他的乐观性格与喜剧精神，他的无拘无束的自由解放的人生，都成为一颗‘童心’的真实写照。孙悟空的性格形象也正是因此而超越了他所依据的生活基础而获得了永恒的精神魅力。”可以说，林庚先生的《西游记漫话》是一部真正的“大家小书”，它具有丰沛的学术原创性，但章节结构和叙述语言却又是那么轻灵活泼，娓娓道来，兴趣盎然。自刊行以来，《西游记漫话》一直深受中国读者青睐而不断重版，我相信，它也一定可以在韩国读者中遇见异国知音。

本书的译者金秀燕博士，是我十分钦佩的韩国青年汉学家，她的学术专攻方向是韩国古典小说，出版有多部学

图 1. 林庚《西游记漫话》韩译本（2019，首尔学古房）

术论著，但她对中国古典小说也怀有浓厚兴趣，已翻译了数部中国学者的古典小说研究著作，为中韩两国的学术文化交流作出了特殊的贡献。数年前，她来北京大学访问，我无意中向她推荐了林庚先生的《西游记漫话》，没想到她一下子深深地喜欢上了此书，一边读，一边就在纸上写下了韩文译稿。秀燕博士对于汉语的理解能力极强，翻译进展神速，三个月的学术访问结束时，她竟已大致完成了书稿的翻译。我常想，在她美丽娴雅的外表之下，大概也住着一颗无瑕的童心吧，所以才能如此心有灵犀，默会神通。值此《西游记漫话》韩译本出版之际，承蒙秀燕博士不弃，邀我撰序，遂略书数语，以志祝贺。林庚先生曾有诗云："那难忘的岁月，仿佛是无言之美。"那么，就让我们一起为《西游记》、为人类最珍贵的童心祝福吧！

本文原系林庚《西游记漫话》韩译本序，金秀燕译，韩国首尔学古房2019年版

# 细读、精鉴与妙悟：周先慎学术人生及其启示

## 一、由外而内：北大学术传统的融入与传承

1959年，周先慎教授从四川大学中文系毕业，主动响应国家号召，填报了奔赴新疆工作的第一志愿。孰料，命运却给了这位踌躇满志的年轻人一份意外惊喜，他被分配去北京大学中文系工作，直至晚年回忆起此事，周先生仍觉得不可思议："我是服从组织分配才跨进北京大学大门的，没有经过争取，没有经过奋斗，应了一句俗语'得来全不费工夫'，这不是机缘是什么。"按照周先生的分析，机缘背后的原因或是：这一年北大文科由四年制改为五年制，没有自己的毕业生；受到政治风波的冲击，北大中文系年轻教师中有许多被错划为右派分子，师资队伍遭到严重破坏，亟待补充，故与周先生一起进入北大中文系的，还有来自南京大学、武汉大学、山东大学、南开大学、吉

林大学、厦门大学等多所重点大学的十几位年轻人，“外校的毕业生一大批同时蜂拥进北大，这种情况，在北大中文系的历史上可以说是空前绝后的”[①]。有意思的是，对于1959年外校毕业生集中分配进北大，坊间另有一种说法，即当时有司企图采用“掺沙子”方式，来瓦解甚至重塑北大人文知识分子的队伍和传统。如果这种说法属实的话，那么它至少在周先生身上遭遇了彻底的失败，因为，作为一粒外来的“沙子”，周先生竟欣欣然“忘乎所以”，为未名湖的景致、中文系诸先生的风采以及北大自由独立包容严谨的精神传统，深深折服，日日浸润，久而久之，乃至全身心融入其中，成了一名百分百的资深“北大人”。

初到北大，周先生的身份虽然是教师，但他甘愿同时继续做一名学生，旁听那些他“心仪已久、闻名全国”的中文系名教授的课程，包括王力先生的“古代汉语”、游国恩先生的“左传研究”、杨晦先生的“中国古代文艺理论”、林庚先生的“唐诗”、季镇淮先生的“中国文学史”、朱德熙先生的“现代汉语语法研究”、王瑶先生的“鲁迅研究”等等，“他们渊博的学问，严谨的学风，诲人不倦

① 周先慎《融进一滴水——为北京大学建校一百周年而作》，曾收入《青春的北大》，北京大学出版社1998年版；复收录于周先慎《未名湖畔的足迹》，北京大学出版社2018年版，第3—4页。

的精神，甚至他们各具特色的教学方法，仪容风采，或平实或流畅或幽默的语言，都给了我极深的影响和感染”[①]。其中，吴组缃先生对周先生的影响尤为重大，周先生不仅系统阅读了吴先生的文学作品和学术论著，也旁听了他的“古典小说研究”“红楼梦研究”“中国小说史论要”等课程，对于吴先生的学问人品，皆极为钦慕。受其熏染，周先生“于是就去找名著来重新读，细细体味，深入思考，便有了一些不同于从前的认识。又再去读金圣叹、毛宗岗和脂砚斋的批，也常常有会心之处。于是，慢慢地，就在吴先生的影响和指导下，开始了我的古典小说研究。后来调到古代文学教研室工作，又参与了吴先生牵头的《中国小说史》的研究项目，直接聆听教诲的机会就更多一些。我在古典小说的研究方面，如果说还有些许成绩可言，还可以概括出几个特点来说一说，那都是受到吴组缃先生教育和影响的结果”[②]。周先生曾在《吴组缃先生的古典小说研究》一文中，总结了吴先生小说研究的三个突出特色，其一是“深透的历史眼光，丰富的历史知识，深刻的历史

① 周先慎《融进一滴水——为北京大学建校一百周年而作》，第 6 页。

② 周先慎《我的古典小说研究》，原载《北京大学学报》2008 年第 5 期，收入其《古典小说的思想与艺术》“代序”，北京大学出版社 2011 年版，第 2 页。

分析”，其二是“精细独到的艺术分析”，其三是“微观研究与宏观研究相结合”[①]。实际上，吴先生的这些研究特色，几乎都可移来概括周先生的小说研究，无论是研究的重心（譬如对于《红楼梦》《聊斋志异》的情有独钟），还是治学的方法（譬如对于小说思想艺术的精鉴深解），周先生深受吴先生的影响，并得其精髓而发扬光大（详参下文）；不仅如此，周先生在北大中文系讲坛耕耘数十载，春风化雨，泽被无数学子，如今，在周先生的弟子中就有多位从事中国古典小说研究，成绩斐然，诚可谓学术薪火代代相传，生生不息。

图 1. 1987 年 12 月北京大学博士论文答辩委员会合影

左起：范宁、吴组缃、李修生、沈天佑、周先慎、周强

① 原载《文学遗产》1995 年第 1 期，收入周先慎《古典小说的思想与艺术》，第 373—389 页。

作为一名老北大人，周先生对于未名湖的草木水石莫不怀有深厚感情，他亦不断从中文系诸多师友身上，汲取精神养分，涵咏心灵，使之获得纯化与升华。周先生曾饱含深情地写道："回顾我在北大将近四十年的工作和生活，大约经历过了这样一个过程：从用眼睛观赏未名湖的自然景观，到用心接近未名湖所象征的精神，再到精神上融进了未名湖。我觉得我是从许许多多我的老师和我教过的学生身上感染、领受到北大的精神，进而从中吸取营养，然后自己也凝成一滴小水珠，再融入未名湖这一浩瀚的精神之海中去的。"[①] 这种对于北大精神的虔诚皈依和自觉传承，在周先生身上，是如此自然而又真切，读来令人动容。可以说正是北大精神与北大中文系的学术传统，导引着周先生步入燕园，优游其间一甲子，日滋夜润，由外而内，凝铸成其学术人生最为瑰丽的底色。

## 二、追寻文学经典：教学与研究的互动及旨归

检阅周先生出版的著述目录，可以发现一个显著的特色，就是其中较多以教材的形式面世，譬如《中国文学史参考资料简编》(下册，负责宋元明清部分，1989)、《简

① 周先慎《融进一滴水——为北京大学建校一百周年而作》，第 8 页。

明中国文学史》（与孙静合著，撰写宋元明清近代部分，2001）、《中国古代文学作品选注》（与葛晓音合著，负责宋元明清部分，2002）、《明清小说》《明清小说导读》（教育部人才培养模式改革和开放教育试点教材，前者为史论，后者为作品选注，2003）、《中国文学十五讲》（大学素质教育通识系列教材，2003年版；2006年台湾版改题为《中国文学的十五堂课》）等；有些著作虽然并非作为教材编纂，但它的产生与教学实践存在密切关联，也可说是教学心血的结晶成果，譬如《古典小说鉴赏》（1992，2003年增订版）是周先生早期代表著作之一，在该书《后记》中，他说自己受到吴组缃先生的启发和影响，为北大中文系的研究生和高年级本科生开设了《古典小说鉴赏》课程，"选出若干篇古代优秀短篇小说的代表作，尤其是一些题材内容相近而意趣风格实不相同的作品，举行具体深入的分析和鉴赏。这本书的主要部分，就是在这门课讲稿的基础上整理、加工写成的"。再譬如《古典小说的思想与艺术》（2011）是周先生后期的重要学术论文集，而其中《〈三国演义〉描写战争的艺术》《从林冲看〈水浒传〉的人物描写》《潘金莲形象的悲剧意义》《西门庆形象的典型意义》《〈聊斋志异〉中的人才问题小说》《〈聊斋志异〉的诗意美》等重要论文，都是根据周先生在中国现代文学馆的讲座稿整理而成，《从林冲看〈水浒传〉的人物描写》一篇文末甚至还特别附有《听众的提问和作者的回答》，保留着现场讲座时与听众的互动记录。此外，周先生的著作《古诗文的艺术世界》(2002)、《中国四大古典悲剧》(1993年出版，2014年增订版)，虽不是教材，亦非课堂教学的成果，但其架构、内容及旨趣，仍在于学术普及与经典传授，它们也颇为适合被当作教材使用。

需要特别指出的是，周先生著述的这一特色，乃根源于他教学优先于学术、研究辅助于教学的理念，实际上，这也是北大中文系的一个精神传统。

在周先生的自我身份认定中，首先是教师，然后才是学者，大学教师进行学术研究的根本目的，是为了服务于教学，提高教学质量，最终培养出高水平的学生。周先生曾多次坦言："我所发表的文章，多半都是先在课堂上讲授，而后加以整理、充实，才写成文章公开发表。"他积极地鼓吹和提倡"把科研和教学结合起来，用科研成果充实教学内容，支撑教学，提升教学"，"凡讲自己有研究心得的部分，课堂气氛就活跃，就能吸引住学生，给学生以启示，并当场就能得到跟学生的会心的交流。只有在这时，教师才能获得讲课的享受和愉悦"[①]。对于大学教学的意义，周先生有着极为深刻的理解，"它指的远远不止知识的传授，更重要的是指上一辈和下一辈之间，一种文化和

① 周先慎《文学史教学的活力和生气》，收入其《未名湖畔的足迹》，第86页。

文明的传承，一种精神上的交流和沟通”[1]，因此，每当他感到自己的学术、思想、精神与学生产生交汇融合，看到学生毕业后卓有成就，对社会作出贡献，为北大赢得了荣誉之时，周先生说，那一刻，他都会油然而生一种强烈的超越时空的幸福感。我想，只有体认了周先生的理念与思想，我们才能真正触摸到他渗透在讲稿文字背后的情感温度，并致以由衷的钦敬；而念及当前大学教育的种种乱象，普遍的重研究轻教学，于研究也是但问数字不问内涵，又不免令人感慨系之扼腕三叹。

周先生进行学术研究的根本动力，来自于他所钟爱的教学事业，这一特色又决定了其著述文字的另一个特色，即始终聚焦于文学经典。众所周知，大学中文系课堂上讲述的文学史，是一部在精英价值观指导下构拟出来的文学史，其中涉及的文学作品，多为经受了时间考验的经典篇目和名家名作，因此，以教学为导向的研究，其重心就必然落在文学经典身上：谈先秦文学，必是《诗经》《楚辞》；谈六朝文学，必是《世说新语》、陶渊明；谈唐诗宋词，必是李白、杜甫、苏东坡、陆游、辛弃疾、周邦彦；谈戏曲，必是《西厢记》《牡丹亭》《桃花扇》《长生殿》；谈小说，则必是《三国》《水浒》《西游》《金瓶梅》、

① 周先慎《当教师是幸福的——在八十诞辰祝寿会上的致辞》，收入其《未名湖畔的足迹》，第55页。

三《言》二《拍》、《红楼梦》《聊斋志异》《儒林外史》等等。阅读周先生的论著，念兹在兹者，大抵就在上述文学经典，故其总体学术面貌，乃透露出正大醇厚的气象。当然，经典研究一般已呈饱和，欲有尺寸之进，亦殊为不易。因此，关于文学经典的学术著述，实际可从“守正”“出新”两个层面来加以观察和评估。所谓“守正”，即指在细读文本基础上，广泛参考已有学术成果，以精准的概括和简练的语言，将某文学经典的思想艺术清晰有效地表述出来，提供给读者理解、掌握和传承。周先生堪称个中高手，其《中国文学十五讲》(2003)、《中国四大古典悲剧》(2014)，以及收录于《古典小说的思想与艺术》(2011)中诸如《〈莺莺传〉的文化意蕴和审美特征》《〈三国演义〉描写战争的艺术》《论〈水浒传〉的思想倾向和艺术构思》《孙悟空形象的时代精神和文化意蕴》《西门庆形象的典型意义》《〈聊斋志异〉：继承与总结》《琐碎中有无限烟波：〈红楼梦〉的欣赏》等论文，皆为文学经典思想艺术的总体阐述，题目和角度并不刻意求新求异，乃从最正面、最常见之处切入，但读者的感受，却又毫无老生常谈的陈旧感，总会被周先生曲尽其妙的文字所牵引，酣畅淋漓地接受一次经典的熏染。究其原因，这是因为周先生的论述，并非学术综述，而是在吃透了作品、材料以及前贤研究成果之后融会贯通的新创造，或持以己意，或出以己言，娓娓道来，层层展开，自有一股“潮平两岸阔，风正一帆悬"的充沛文气，令人折服之余，不得不予信服。我相信，这样的文章，于讲堂上听周先生亲口讲来，在现场空间和声音表情的合力作用下，一定更能凸显文学经典的魔力。

所谓"出新"，即指在前人研究的基础上，就文学经典的思想艺术作出某些独到的创新阐述。这种创新阐述，可能并不是重大的颠覆性的，但由于是关于经典的，它往往会被赋予重要价值。就我个人阅读周先生论著的体会，这样的创见新见是相当多的。兹略举数例。譬如，周先生在论述《赵氏孤儿》一剧人物设置时，敏锐地发现它有别于元杂剧一般由正末扮演男主角并一唱到底的常规，而是由数位人物接续构成，第一折中是韩厥，第二、三折中是公孙杵臼，第四、五折中是长大成人的孤儿程勃，周先生认为《赵氏孤儿》的这一匠心，旨在表现该剧"主人公"并非某一个体，而是一个群体，"一个体现了与邪恶势力相抗衡的代表正义力量的群体"[①]，他们聚集在"正义"的旗帜下，前仆后继，联合抗争到底，如此设置，有效地增强了剧作的思想深度与悲剧力度。周先生的这一观点很有新意，他借助元曲体制变异来挖掘剧作思想意义的方法，也颇有启发性。

① 周先慎《中国四大古典悲剧》之《赵氏孤儿》，漓江出版社 2014 年版，第 43 页。

譬如在《雏形期小说的文体意义——以〈搜神记〉中的两篇小小说为例》一文中，周先生就《李寄》篇分析云[①]：

在以搜神志怪为主要内容的《搜神记》一书中，这是比较特殊的一篇。全篇除了大蛇一定要吃十二三岁的童女并通过巫祝或托梦向人提出要求稍涉怪异外，基本上都是写实。作为主人公的李寄，她的言语、行为、思想，都是现实生活中的人所可能具有的，都是真实可信的。她的奇异之处在于，她的言语、行为、思想有其独异特出之处，尤其在那个时代的社会生活中，可是说是非凡的、杰出的。由此我们可以看到，所谓奇异，并非一定要写到鬼神怪异之事，同时也带有非同寻常的意思。这样的含义，对唐代传奇摆脱志怪的束缚而转向现实中的奇人奇事，是有启发和影响的。

这段文字，极为精准地捕捉到了《搜神记·李寄》蕴含的文体意义，并引申出一个颇具学术价值的话题，即小说题材及其观念（何谓“奇异”）的转变，是否可能成为引发小说文体演进的一个内在动因？事实上，即便是面

① 文载《古典文学知识》2010 年第 5 期，收入《古典小说的思想与艺术》，第 18 页。

对性质相同的“志怪”题材，只要作家的小说观念和文体意识不同，也可写出不同文体风貌的文本。周先生曾在另一篇论文《〈聊斋志异〉：继承与总结》中，提出了对于《聊斋志异》小说“一书而兼二体”“用传奇法而以志怪”的理解，他认为：“这句话还不能仅仅简单地理解为蒲松龄是运用了唐人传奇的体制和手法（一种成熟的小说艺术形式和手法）来写志怪小说，更重要的是指他用小说家的创作精神来改变了传统志怪小说那种史家传录的基本面貌”[①]；在《小说家蒲松龄的艺术个性》一文中，周先生进一步阐述道：“如果单从题材内容来看，《聊斋志异》可以归入志怪小说一类，但在创作思想和创作方法上却与六朝时期的志怪小说很不相同，它不是单纯的民间故事的笔录，而是熔铸进了蒲松龄本人的生活体验、爱憎感情和对社会生活的评价，因而不是传闻的实录，而是艺术的再创造。”[②]这些闪耀着智慧光彩的文字片断，散见于不同时段的论著中，表明周先生对于这一论题有着较为长久的关注和思考，但他引而不发，将这些真知灼见无私地奉献给阅读他论文、聆听他讲座的人们，倘若有谁能够捕捉到上述

① 文载《文史知识》1995 年第 7 期，收入《古典小说的思想与艺术》，第 190—191 页。
② 文载《蒲松龄研究》1998 年第 4 期，收入《古典小说的思想与艺术》，第 329—330 页。

信息，循着周先生的思路，或许也不难写出一篇从题材观念史的角度考察古代小说文体嬗变的好文章。

再譬如关于唐传奇《柳毅传》主题的探讨，通行的文学史或相关论著，大多认为其主题思想是通过神话的幻想情节，揭露和批判包办婚姻的不合理，肯定和歌颂青年男女的恋爱自由和婚姻自主的要求，周先生则借助文本细读，从小说人物设置、人物关系、人物性格、情节结构、细节铺伏等方面，抽丝剥茧，层层透析，令人信服地推出他对《柳毅传》主题的新提炼，即它是歌颂性的而非揭露性的，是以包办婚姻所造成的女性不幸遭遇为背景，描写和歌颂美好的人，美好的人与人之间的关系以及美好的人生[①]。与此相映成趣的，是另一篇论文《潘金莲形象的悲剧意义》(2007)，该文讨论的重点是《金瓶梅》小说描写的“恶”，周先生并不简单地将潘金莲定性为十恶不赦的“淫妇”“恶人”口诛笔伐了事，而是结合文本情节，细致剖析“她为什么是一个坏女人和怎样成为一个坏女人”，周先生认为潘金莲是“一夫多妻制的男权社会所孕育出来

① 周先慎《人格美和生活美的热情颂歌——〈柳毅传〉鉴赏》，收入《古典小说鉴赏》，北京大学出版社1992年版。段江丽《严谨求实，博观约取——周先慎教授访谈录》，曾举引此例与周先生有过讨论，可参阅。段文原载《文艺研究》2011年第1期，收入《周先慎先生八十寿诞纪念文集》，国家图书馆出版社2015年版，第21—36页。

的一朵恶之花”，她的悲剧是“一个追求者的悲剧”，她在追求中“灵魂被扭曲，人性被异化，孳生、发胀、膨胀了各种恶德秽行”，并一步步走向堕落、犯罪和自我毁灭，而她追求的目标竟然是“稳稳当当地占据被男人玩弄侮辱的地位”，这样的追求，实在“太可悲也太可怜”，因此，小说所展现的潘金莲身上的罪恶，“不仅是做恶者的罪孽，也是做恶者的不幸，这恶里带着做恶者本人的痛苦和眼泪”[①]。很显然，不论是彰显《柳毅传》中的美好，还是揭示《金瓶梅》里的罪恶，周先生的笔端都流淌着温暖的人性，这温暖的人性又给了他温暖的目光，总是能够透过纸背，从文学经典所塑造的人物身上，看到一些别人未曾留意的东西，赋予同情之理解，悲悯之批判，挖掘出隐藏在文字深处的人性的幽暗彩珠。

当然，经典的“守正”与“出新”并非截然分开，它们时常会交织融会在一起，能否鉴知出其中的学术创见和启发，也与阅读者（听讲者）自身的知识素养有关，所谓“大叩则大鸣，小叩则小鸣”。我以为，周先生的论著乃是值得反复阅读、细细体味、越读越有收获的那种，而无论教学还是科研，周先生都秉承着一个共同的方向和旨归，即始终徜徉在追寻文学经典的道路上，因此，他的论著也必将获得更为恒久的学术生命力。

① 周先慎《潘金莲形象的悲剧意义》，收入其《古典小说的思想与艺术》，第146—166页。

## 三、从方法到范式：古典小说鉴赏的探索与实践

周先慎教授素以“古典小说鉴赏”享誉学界，他在北大多次开设过极为叫座的“古典小说鉴赏”课程，早期代表作题名为《古典小说鉴赏》(1992)，后期代表作《古典小说的思想与艺术》(2011)、《周先慎细说〈聊斋〉》(2015)，实即两部古典小说鉴赏论文集。周先生曾将吴组缃先生尊为“一位眼光敏锐、艺术感受力极强的古典小说艺术鉴赏家”[①]，事实上，作为吴先生的学术传人，周先生也是一位非常优秀的“古典小说鉴赏家”。周先生在《我的古典小说研究》一文中，曾将自己小说研究的特点，概括为“细”“深”“广”三个字，“细，主要是指对文本的细读，以及在细读和深思基础上对作品的深细分析”，“深，主要是指研究要有开掘，有深度，要通过表象发掘出作品的深层意蕴”，“广，是指视野、眼光要开阔，不要只看到一点，局限于一隅”，“要有广阔丰富的历史知识和生活知识”，“对作品要有整体的把握，要着眼于全篇的人物关系，揭示出情节与情节间，人物与人物间实际存在的内在联系”。这些自我概括，十分精准，庶可视为周先生古典小说鉴赏研究的心得“秘诀”。而据我个人的粗浅认

① 周先慎《吴组缃先生的古典小说研究》，收入其《古典小说的思想与艺术》，第384页。

识，周先生在古典小说鉴赏方面的学术成就，主要体现在以下三个方面：

其一，自觉探索古典小说鉴赏的理论方法。

对于周先生来说，鉴赏不仅是他研究古典小说的方式，更是一种学术理念，一种内化的学术思维，这既源自其对北大中文系学术传统的继承，周先生曾说："我到北大中文系工作以后，受到吴组缃、林庚、王瑶等先生的教育和影响，种下了一个很深的观念，要把文学当文学来研究。文学是审美的，把文学当文学来研究，就是要对文学进行审美的研究。"[①] 也是基于他文学经典教学科研的需要，以及与自己个性特质相适宜的考量。周先生赋予了文学鉴赏较高的学术定位，认为它"是一种高层次的精神活动，一种在阅读和欣赏过程中的审美体验"，"没有广博的知识，丰富的生活体验，以及深厚的艺术修养和敏锐的艺术感悟力，是很难写出优秀的鉴赏文章的"[②]。那么，如何有效地进行小说鉴赏？周先生很早就开始并且从未间断地在探索着这一命题，体现出可贵的理论自觉。

在1992年出版的著作《古典小说鉴赏》中，附录有

① 周先慎《适性》，原文刊载于《老年文学》（四川）2011年第9期，收入其《未名湖畔的足迹》，第126页。
② 周先慎《古诗文的艺术世界》"自序""后记"，北京大学出版社2002年版，第3、348页。

一篇《怎样分析和鉴赏中国古典小说》，乃周先生对其古典小说鉴赏研究经验的一次理论总结。周先生认为文学鉴赏应紧扣文体特征而展开，“诗歌所创造的形象，一般都显得比较空灵，比较虚；把握一首诗的命意，主要是通过对构成诗歌意境或者意象的诸因素的具体分析才能达到”，但小说与诗歌不同，它是叙事文学，“是以创造人物形象为主要手段和主要任务的一种文学形式”，因此“分析和鉴赏小说，最基本的要从分析人物形象入手”，这一观点可谓切中肯綮。那么，如何鉴赏小说人物呢？周先生又结合具体小说文例，提供了若干具体指引意见：“分析小说人物，首先要分析人物的思想性格，分析这种思想性格有什么样的思想内涵和社会意义”，“分析小说人物时，也必须注意人物与人物的关系，人物与周围环境的关系”，“分析人物，还必须注意作者对人物的态度，褒贬爱憎间也就寄寓了作者对生活的评价。”作者的这种态度，又往往是“通过细节和场面自然地流露出来”，故小说人物鉴赏需要特别关注细节。此外，古典小说鉴赏还可以从情节、艺术构思、结构、细节、语言等多个方面入手。其中，周先生似乎颇为偏爱艺术构思的鉴赏，他例举了《聊斋志异》中的《促织》《红玉》两篇，强调从小说文本艺术构思着眼，可以精准地把握作品的思想意义。由于《古典小说鉴赏》一书中收录有诸如《促织》《红玉》等篇的鉴赏文章，读者可以前后参照验看，揣摩领会，因此，周先生提炼的这些关于小说鉴赏的方法原则，并非是空洞的理论，而是带有较强的操作指引功能，对于读者的帮助也是实质性的。

除了撰写类似的理论专文外，总结吴组缃先生、林庚先生包括周先生自己的小说研究的特色和经验，也是周先生探索古典小说鉴赏方法的一种特殊方式。周先生在《吴组缃先生的古典小说研究》一文中，结合吴先生《论贾宝玉典型形象》《〈红楼梦〉里几个陪衬人物的安排》等论文，归结出吴先生小说鉴赏精要，譬如“冰山理论”，即从小说中描写不多的冰山一角（指文本中一些不为人注意的琐屑细节，如《红楼梦》中薛家进京后的住处等）入手，挖掘出“沉在水底下的整个冰山”（指蕴含在琐碎细节之中的深刻思想意义）；譬如“台球效应”，即借助对小说中一些“次要人物”（如《红楼梦》中的甄士隐、冷子兴、刘姥姥等）的梳理分析，观察由他们联结带动的人物情节，逐步扩展开来，最终来探讨其对于整部小说“展开情节、塑造人物、表现主题”等方面的功能意义，吴先生将此比作台球高手击球，“打出一杆球，击中一个目标，同时碰动了旁边一个或两个球，而后从台沿上反击回来，又连碰一大串，使得满台的球都动；一杆打出去，可以得很高的分数”。周先生这些精准而又可感的归纳，是一名小说鉴赏家对另一位小说鉴赏家的默契神会，惺惺相惜，是传承也是弘扬。上述总结之中，大概也融进了周先生对于小说鉴赏的思考，特别是从文本细节着眼这一条，可以说既是吴先生的心得，也是周先生的心得，周先生曾在《我的古典小说研究》一文中，特意拈出一个“细”字，作为自己小说研究的首要特点，这一方面清晰地显示了周先生与吴先生之间的学术渊源关系，另一方面也充分地证明，从小说文本细节入手，堪称古典小说鉴赏的不二法则，值得引起我们的重视。

周先生曾说：“分析鉴赏任何作品都需要掌握和遵循一定的原则和方法，但只懂得原则和方法并不就会分析和鉴赏作品。重要的是文化素养、审美水平和分析能力的综合提高。惟一的途径，是在分析鉴赏中学会分析鉴赏。”[①] 这意味着他关于古典小说鉴赏的理论探索，或许已经最大程度地落实并呈现于其古典小说鉴赏的实践和相关成果之中。

其二，既富且精的古典小说鉴赏研究成果。

据粗略统计，经周先生精心鉴赏并结撰有专文的古典小说，有近百篇之多，从《搜神记》《世说新语》到唐人传奇、宋元话本，再到《三国》《水浒》《西游》《金瓶梅》、三《言》二《拍》《聊斋》《红楼梦》《儒林外史》，大体覆盖了整部中国小说史。这些鉴赏文章，集中体现了周先生概括的“细”“深”“广”三个特点，几乎篇篇可圈可点，

① 周先慎《怎样分析和鉴赏中国古典小说》，收入其《古典小说鉴赏》，北京大学出版社 1992 年版，第 351 页。

既富且精，堪为典范。

就我个人的阅读印象而言，最为深刻的乃是周先生笔下小说鉴赏与小说史研究的完美交融，它令人在欣赏古典小说艺术思想之美的同时，往往还能获得关于中国小说史研究的创见和启示。譬如，《聊斋志异》是周先生最为喜爱也是倾注时间最多的古典小说，他曾拟订过一个颇为庞大的鉴赏计划，即撰写四集《细说聊斋》，每集三十多至四十篇，合计篇数略近《聊斋》全书三分之一，基本囊括该书最精粹的作品[①]。可惜因为健康的原因，仅仅出版了第一集《周先慎细说聊斋》(2015)，凡收录三十七篇鉴赏文章，作品则集中在《聊斋》前三卷；不过，倘若加上收录在《古典小说鉴赏》(1992)、《古典小说思想与艺术》(2011)中的十余篇，周先生撰写的《聊斋》鉴赏研究文章仍超过五十篇。这些文章，对于《聊斋》的艺术与思想作出了全面深细的阐述，其中有宏观的把握，譬如《奇异世界中的现实人生——〈聊斋志异〉的思想内容》《绚丽多彩的艺术世界——〈聊斋志异〉的艺术美》《〈聊斋志异〉的诗意美》等；也有微观的品鉴，诸如《人间真善美的诗意呈现——说〈娇娜〉》《仙凡相通的一个美丽的精灵——说〈婴宁〉》《超越生死的知己之爱——说〈连

① 参阅《周先慎细说聊斋》“后记”，上海三联书店2015年版，第455—456页。

城〉》等，周先生称得上是蒲公之知音，《聊斋》之功臣。而值得关注的是，周先生对于《聊斋》的文体问题，也一直怀有浓厚的学术兴趣。他在《〈聊斋志异〉：继承与总结》（1995）一文中，将《聊斋》视为古代“短篇小说的总结”，系统阐述了其文体上的“集成”性：认为它首先继承了古代文言短篇小说的艺术经验，即兼容了志怪小说的“简括精炼”以及唐人传奇的“委曲丰赡”；此外，还汲取了史传文学的纪传框架和评赞体例、古典散文的手法和笔意，以及白话短篇小说的细节描摹和人物对话等诸多艺术营养，成为“一部名副其实集大成的带总结性的作品”，代表着“中国古典短篇小说发展的高峰”[①]。文中，周先生还对《聊斋》所谓“一书而兼二体”“用传奇法而以志怪”等说法，发表了自己独到的见解（参阅前文关于周先生经典“出新”的论述）。这篇文章看上去篇幅不大，却包含着丰富的学术信息，有助于更好地认识《聊斋》的文体样貌。在另一篇文章《蒲松龄对志怪体小说的加工》（2010）中，周先生又将《聊斋》的作品细分为三种文体，即传奇体、志怪短书及纪实性散文小品。不仅如此，在具体鉴赏《聊斋》作品时，周先生也引入了文体视角，撰写出《小说家的散文——说〈偷桃〉》《从笔记体提升为

① 周先慎《〈聊斋志异〉：继承与总结》，收入其《古典小说的思想与艺术》，第189—194页。

小说品格——说〈林四娘〉》《〈寓言 + 杂文：相得益彰，别具一格——说〈黑兽〉》等文章。事实上，古代文言小说集内部的文体问题，乃小说研究中一个前沿的论题，作为文言小说集的最高峰，《聊斋》的文体问题无疑具有学术典型意义，因此，周先生对于《聊斋》文体的持续关注和研探，充分显示了其敏锐而又深邃的学术眼光。

令我印象深刻的，还有周先生善于从文本细处入手又回到高处归结的小说鉴赏法。譬如周先生曾在《琐碎中有无限烟波——〈红楼梦〉的欣赏》一文中，从"映射""细节""语言"三个方面演绎了《红楼梦》的艺术魅力。此"映射"一语颇具新意。红学界原有"影射"之说，与周先生的"映射"虽仅一字之差，但其主旨趣味却大相径庭，"影射"的重点在文本之外，是一种关于小说人物事件原型的历史考据，其末流乃坠入胡乱猜疑的魔道；而"映射"则着眼于文本内部，是一种"独特的小说艺术"，"是指作家敏锐的眼光透过生活的表层，从内在关联中去揭示出发人深思的底蕴。他写一个人、一件事，其意义并不只是孤立地表现这个人、这件事本身，而是映射到其他人、其他事上面，在互相关联中从整体上显现出多方面深刻丰富的含义"[①]，周先生认为《红楼梦》是"运用映射

① 周先慎《琐碎中有无限烟波——〈红楼梦〉的欣赏》，收入其《古典小说的思想与艺术》，第 329—330 页。

艺术运用得最好的作品”，他举出第三十三回中的“聋老婆子”以及第七十七回中晴雯的嫂子“灯姑娘”为例，展开鉴赏分析。第三十三回，叙宝玉在挨打之前，盼望有人为他去向贾母报信，此时恰好来了“聋老婆子”，宝玉急切对她说：“快进去告诉：老爷要打我呢！快去，快去！要紧，要紧！”可是这位老婆子耳聋，把“要紧”听成了“跳井”，便以为宝玉是在说金钏儿跳井的事，立即回答说：“跳井让他跳去，二爷怕什么？”又说：“有什么不了的事？老早的完了。太太又赏了衣服，又赏了银子，怎么不了事的。”周先生认为，这个微不足道的“聋老婆子”的出场，除为王夫人、贾母的出场作铺垫之外，曹雪芹是要借她之口重提金钏之死，借助她对于金钏之死的冷漠麻木，映射出多方面的意义，“包括贾政的虚伪，王夫人的文过饰非，薛宝钗的冷漠无情，以及整个贾府视人命如草芥的罪恶等等”，而这些又都“一齐映射到主人公贾宝玉的身上，使他对金钏儿之死独异突出的感情和态度，没有花费更多的笔墨，便鲜明突出地显现了出来”[①]。聋老婆子本是一个次要的小人物，很多读者根本不会留意，但曹雪芹乃有意将她安置在关联节点上，她的出场，她的言语，便因此具有了重要的文本功能。另外一个例子第七十七回

① 周先慎《琐碎中有无限烟波——〈红楼梦〉的欣赏》，收入其《古典小说的思想与艺术》，第330—332页。

中的“灯姑娘”，也是一名类似于“聋老婆子”的小人物，但同样引发了文本内部的涟漪，这就是“映射”艺术。周先生从两个小人物入手，归结上升至古典小说的“映射”艺术，他的细读妙解，不仅让我们领略了曹雪芹的艺术匠心和《红楼梦》的文学魅力，也对“映射”艺术及其功效，以及如何进行古典小说鉴赏，均有了感性的认知。顺便一提的是，周先生对于《红楼梦》小人物的关注，可能受到吴组缃先生《〈红楼梦〉里几个陪衬人物的安排》一文的启发和影响，不过，他又在吴先生的基础上有了新的思考，扩展提升为古典小说的“映射”艺术，这也很好地诠释了学术薪火相传的涵义。

其三，堪为典范的古典小说鉴赏文章写作。

周先生曾说：“没有广博的知识，丰富的生活体验，以及深厚的艺术修养和敏锐的艺术感悟力，是很难写出优秀的鉴赏文章的。”[①]这段话道出了他数十年撰写小说鉴赏文章的深切体会，即“鉴赏文章”的重心乃在于“鉴赏”。面对一篇古典小说作品，必须首先细读文本，然后调动一切与作品相关的社会历史文化知识，辅之以理性思考和感性想象，对作品的艺术特色和思想价值，形成清晰的感知与精准的把握，才能动笔撰文。周先生的古典小说鉴赏实

① 周先慎《古诗文的艺术世界》“后记”，北京大学出版社2002年版，第348页。

践和成就，已经充分证明：一名古典小说鉴赏家，他同时也应是一名古代小说史的研究家。当然，即便出色地完成了“鉴赏”，也未必一定能够写出优秀的“鉴赏文章”，因为，如何写好鉴赏文章，实际上还涉及诸多文法章法和语言修辞方面的能力。

仔细阅读周先生的《聊斋》鉴赏文章，可以发现他往往特别留意《聊斋》小说篇首介绍男女主人公的寥寥数句中的一两个字词，并以此为突破口，梳理全篇艺术构思，进而挖掘文本的思想主旨。譬如《王桂庵》篇首介绍王桂庵句有“大名世家子”五字，周先生鉴赏云：“‘大名世家子’这五个字，实乃一篇纲领。”“‘世家子’指世代富贵显赫的贵族子弟，王桂庵在以后整个爱情发展过程中的种种表现，他的言语行为的种种特征，都是由他的这种出身和家庭教养决定的。而基于他的这种思想性格与芸娘产生的种种矛盾，以及由这些矛盾构成的富于戏剧性的曲折生动的故事情节，都跟他世家子的身份地位有关。可以说，全篇的艺术描写，包括人物思想性格的刻画，故事情节的组织安排，乃至主题思想的表现等等，都在这开头的简单介绍中埋下了伏笔。”[1] 周先生从“大名世家子”五字出发，捕捉到了作者的艺术构思，也就拿到了鉴赏《王

① 周先慎《〈王桂庵〉的艺术构思与人物塑造》，载《蒲松龄研究》2000 年第 3—4 期合刊。

桂庵》的金钥匙。有意思的是，周先生后来还在一篇谈论读书治学的散文中，举引了这个例子，交代了自己如何在细读中找到这个鉴赏点并最终写成文章的过程，尤有参考意义[①]：

《聊斋志异》中有一篇叫《王桂庵》，开头有这么一句："王樨，字桂庵，大名世家子。"就简单的十个字。这部书是我精读的书，读第一遍的时候，我对这个开头没有什么特别的感觉，就是介绍一个人物嘛，《聊斋志异》里这样介绍人物的开头有的是。但是我读了一遍以后，再回过头来看这个开头就发现，这"大名世家子"五个字里边有文章，不是随便写的。当时有这个感受以后，我就在"大名世家子"旁边批了两个字："着眼"。就是作者写小说的时候很重视这句话，是他构思的一个着眼点。那么，我们读小说的时候也要重视这句话，也要把它看作分析这篇小说的一个着眼点。这五个字为什么这么重要呢？因为"大名"是河北的一个府，在北方；"世家子"就是世代富贵显赫的富家子弟。这两点，既关系到这篇小说的情节发展，又关系到人物的思想性格。后来我就将这一想法生发开来，加以丰富、提高、深化，写成了一篇文章。

① 周先慎《书和读书人》，原载《秘书工作》2014 年第 7 期，收入其《未名湖畔的足迹》，第 109—110 页。

这“一篇文章”，应该就是2000年发表在《蒲松龄研究》上的《〈王桂庵〉的艺术构思与人物塑造》。实际上，早在1995年发表的《〈聊斋志异〉：继承与总结》一文中，周先生在论及《聊斋》与史传文学的文体关系时，就举出了《王桂庵》的例子，很显然，他已从这个例证中，敏锐地看到了《聊斋》乃至整个传奇体小说与史传文体间的继承与创新这一更为本质的问题。周先生认为：“在《聊斋志异》中，史传乃其形，而神气却完全是小说的。”史家纪传体的开头，一般介绍传主的姓名、出身、里籍、性格特点等，大多“千篇一律，殊无意趣”，但《聊斋》开头介绍小说人物，“却大有讲究，介绍什么，不介绍什么，如何介绍，总是立足于全篇的总体艺术构思，或跟人物性格的刻画，或跟情节的发展，或跟主题思想的揭示，都密切相关”，“这种立足于整体艺术构思的人物介绍，体现了与写历史有别的小说创作的精髓，是得之于史传文而又高出于史传文的”[①]。

我以为，周先生关于《王桂庵》一篇的鉴赏，以及后来对于这种艺术构思（周先生采用清代冯镇峦的评语，称为“提笔作伏”）的思考和提升，产生了学术上的连锁效应，他似乎窥见了蒲松龄小说创作的某种习惯，掌握了一

① 周先慎《〈聊斋志异〉：继承与总结》，收入其《古典小说的思想与艺术》，第192页。

种鉴赏《聊斋》的秘法，并且屡试不爽。譬如《娇娜》一篇，周先生注意到篇首介绍男主人公孔生有“为人蕴藉”四字，联系全篇故事情节，意识到其中“蕴含着贯穿全篇小说的思想的血脉”，“蕴藉”一词，“揭示了小说人物的优美品格和人与人之间的美好关系，以及相应于表现这种品格和关系的文字的诗意特征。蕴藉美就是一种诗美”，确立了此鉴赏点之后，周先生结合小说情节，剖析作者是如何“营造出富于诗意的蕴藉美的”[①]，并将本篇文章的题目拟作《人间真善美的诗意呈现》，可以说，这篇鉴赏文章的结撰，皆从“蕴藉”两字而来。譬如《王成》篇首介绍王成“平原故家子，性最懒”，周先生鉴赏云“王成性懒，成为小说借以组织情节的主要线索”[②]；《妖术》篇首介绍于公“少任侠，喜拳勇”，周先生鉴赏云：“后面的情节，全由这段介绍，特别是‘少任侠，喜拳勇’这六个字敷衍而出。”[③]《捉狐》篇首介绍孙翁“素有胆”，周先生鉴赏云：“全文就在‘有胆’二字上着笔，通过人与狐怪之间一场富于戏剧性的斗争，将人物的这一精神品格

① 周先慎《人间真善美的诗意呈现——说〈娇娜〉》，收入《周先慎细说聊斋》，第90—92页。
② 周先慎《天道酬勤更酬德——说〈王成〉》，收入《周先慎细说聊斋》，第139页。
③ 周先慎《写幻如真，笔意灵动——说〈妖术〉》，收入《周先慎细说聊斋》，第108页。

刻画得十分鲜明突出。”[①]周先生的这一小说鉴赏实践启发我们：从小说文本中揣摩小说家的创作习惯，寻找小说作品内部的文法章法，或许也是古典小说鉴赏值得重视的一个展开路径。

毋庸讳言，文学经典的鉴赏难以做到篇篇出新，或许周先生也不能例外。那么，遇到这种时候，又该如何撰写鉴赏文章呢？周先生说，倘若自己所论“与通行观点近似”，辄会尽力争取“分析的方法、路数、表达”与别人有所不同[②]。换言之，即以“文章”之美，来呈现烘托经典魅力，“文章”之美，也是“鉴赏文章”价值的一个组成部分，其境界颇类似于《世说新语·文学》所谓“但共嗟咏二家之美，不辩其理之所在”。当然，这对于一个人的语言修辞能力是个巨大的考验。周先生1959年进入北大中文系工作时，最初分配在汉语教研室“写作教学小组”，教写作课，负责人是著名的语言学家朱德熙先生，周先生后来回忆道：“教写作的人首先自己的文章要写通、写好，这是朱先生对我们的要求。我后来能有一定的语文修养，文章写得还算文从字顺，明净而不芜杂，有一点点

① 周先慎《用笔精炼，摹绘如生——说〈捉狐〉》，收入《周先慎细说聊斋》，第44页。
② 周先慎《周先慎细说聊斋》“序”，第2页。

文采，就得益于在朱先生的指导下几年认真的写作教学。”[1]周先生说得非常自谦，其实，在我心目中，他堪称是一位文章“大手笔”。每次阅读周先生的鉴赏文章，都有一种酣畅淋漓、五脏熨帖的惬意，觉得自己读小说时那些曾或浮在脑际、滞在心头、卡在喉间的话语，还有那些根本未曾留意的细节、未曾触及的视角、未曾抵达的思想，顷刻间都让周先生和畅带出，如水银泻地般层层道来，真有不可思议之魔力。这里，不妨节录《从林冲看〈水浒传〉的人物描写》中的一个片段[2]：

这里写林冲杀人是很有讲究的。有这么几点：第一，他能分清主次，主要敌人是陆谦，我先不对付你，我先把两个次要的解决了，然后集中力量来收拾主要的敌人。这是一点，能分清主次。第二，不是不明不白地就把对方杀死，而是先问罪谴责，让他死也死得明明白白。刚才我讲的，他是发表了一篇革命宣言，表明他杀人是杀得光明磊落、理直气壮的。我为什么要杀你？你太坏了，背信弃义。第三，就是写他杀三个人是不一样的，用的武器不一样，

① 周先慎《融进一滴水——为北京大学建校一百周年而作》，第 6 页。

② 周先慎《从林冲看〈水浒传〉的人物描写》，收入《古典小说的思想与艺术》，第 117 页。

杀法也不一样，详略也不一样。所以总起来说，林冲杀人杀得有身份、有性格、有思想、有章法。什么叫有身份？八十万禁军教头，武艺高强，有斗争经验。什么叫有性格？他很精细，很讲究策略。什么叫有思想？就是他是为复仇而杀人，为正义而杀人，不是不明不白、随随便便就把人杀了。什么叫有章法？就是像我们写文章一样，主次、详略都要搞清楚。哪个为主，哪个为次，哪个详，哪个略，先杀谁，后杀谁，有个安排，这就是章法。大家想想看，如果换成是李逵报仇，会是一种什么样的杀法？所以我们说，《水浒传》写人物完全是性格化的，写得非常好。

读过《水浒传》小说的人，都会觉得林冲“风雪山神庙”这一节写得好，林冲在风雪中爆发连杀三个仇人，也让读者感到无比痛快。可是究竟好在哪里？好到什么样的程度？回答起来大概都有些模模糊糊、言不尽意。但看周先生此文运笔如风，驱文如兵，文意层层叠叠，却布置停当，丝毫不乱；文气如江河下泻，则绵绵不绝，势不可挡。左右上下，闪展腾挪，真正是写得“有身份，有性格，有思想，有章法”，让人倾慕折服不已。读此一文，《水浒传》的经典魅力，当绕梁三日而不绝。所以，有时候我甚至觉得：周先生古典小说鉴赏的方法和思路，或还有学习效仿的可能，而他的这种“文章”之美则是无法企及和复制的。

## 四、诸体融通：文学史视野下的中国文学综合研究

周先生曾云：“我不是专家，只是一个杂家。”“在中国古典文学的范围内，诗歌，散文，小说，戏曲，我都有涉猎，都有论著发表，但也都没有令自己满意的成绩。”[①]这当然是他的自谦之语，不过，话语间也隐约透出些许快慰。毕竟，即便是在周先生那个年龄段的学者中，研究范围涵盖整个中国古典文学，并且诸体文学皆有学术论著发表的，亦不多见。回顾周先生的学术人生，他之所以能形成宽广的学术格局，除了其个人广览博学的因素外，或许也与他工作的北大中文系古代文学研究室的学术传统有关，该研究室自二十世纪五十年代以降，一直倾力于《中国文学史》及其配套《中国文学史参考资料》的编纂工作，这对于周先生文学史视野的养成，无疑有着积极的影响。而在周先生自己出版的著作中，也有《中国文学讲稿（二）》（1986）、《中国文学史参考资料简编》（1989）、《简明中国文学史》（2001）、《中国古代文学作品选注》（2002）、《中国文学十五讲》（2003）等多种，凡此，皆有助于他逐渐形成一个中国文学的整体观。

① 周先慎《我的古典小说研究》，收入其《古典小说的思想与艺术》“代序”，第1页。

周先生在古诗文方面的代表成果，结集为《古诗文的艺术世界》(2002)，收录了他从二十世纪八十年代以来撰写的、较为重要的古诗文鉴赏研究文章近百篇，诗文的年代大体集中在宋元明清时期，尤以宋代居多。与古典小说鉴赏不同，周先生认为：读者对于中国古典诗歌的接受，需要经过“三个层次，三种境界”，即“了解”“感悟”及“联想”，其中“感悟”“联想”都需要调动读者（或鉴赏者）的主观体验以及想象的参与，因此“艺术鉴赏绝不是一种被动的接受过程，而是一种积极的富于创造性的精神活动”[①]。譬如周先生在赏析陆游《雨》首联“映空初作茧丝微，掠地俄成箭镞飞”时，就曾融入了自己在故乡蜀地的生活体验：“用茧丝来形容雨，不仅说明它很细，而且显示它的轻柔与飘忽。可是这雨在顷刻之间却又呈现出完全不同的景象：映空远看，是那样细柔、疏朗，及至落地细观，却变得如箭镞一样飞快而密集了。用‘掠’和‘飞’两个词来表示雨的动态和变幻，情景逼真。我们在四川成都或别的南方某个地方，不知见过多少次类似的春雨，读了这两句，才体会到自己也曾朦胧地感受过却不能清晰地说出的这雨所特有的神韵，诗人用两句诗就非常生动地传达出来了，因而不能不叹服诗人体察事物的深微和

① 周先慎《中国古典诗歌的意境与读者的接受》，收入其《古诗文的艺术世界》，第5页。

艺术表现的精妙。”[1]读了周先生的精彩赏析文字，我这个生长在江南看多了丝雨如箭的读者，也顿时心有戚戚焉。而在赏析苏轼《题凤翔东院王画壁》一文时，周先生又特别强调了“想象”对于艺术欣赏的重要性，苏轼此文仅寥寥三十二字：“嘉祐癸卯上元夜，来观王维摩诘笔。时夜已阑，残灯耿然。画僧踽踽欲动，恍然见之。”记录了一次艺术欣赏活动——夜观王维壁画，也许是月色烘染，也许是王维绘摹如生，也许是苏轼太过投入，壁画上的僧人竟“踽踽欲动，恍然见之”。周先生认为此文形式上是一篇题跋，实质乃是对艺术欣赏普遍规律的一次文学概括，极富启发意义：“真正的艺术欣赏在某种意义上也是一种创作活动，没有欣赏者自身艺术想象的参与，艺术品的生命就不可能在欣赏者的眼中和心中复活。”[2]很显然，这里，周先生既是在鉴赏苏轼的妙文，也是在探究包括文学鉴赏在内的一切艺术欣赏的发生机制问题。

阅读周先生的诗文赏析文章，其汪洋恣肆的才子笔力和丰沛敏锐的文学感悟力，给我留下了久久难忘的印象。他在赏析苏轼《纵笔》诗时抽丝剥茧、曲尽其意的文章气

① 周先慎《陆游〈雨〉》，收入其《古诗文的艺术世界》，第228页。

② 周先慎《苏轼〈题凤翔东院王画壁〉》，收入其《古诗文的艺术世界》，第292页。

势，在赏析杨万里《闲居初夏午睡起二绝句》“梅子留酸软齿牙”句时对于“留”字的绝妙解读[①]，在赏析林逋诗歌时对其创作“过分地澄淡清逸，而不免欠缺点丰腴厚重”[②]的委婉批评，林林总总，胜义纷披，无不显示了周先生在古诗文方面的丰厚学术积累。

与古诗文相比，周先生在古代戏曲方面的论著数量并不算多，主要就是《中国四大古典悲剧》（1993年初版、2014年修订版）一书中所录关于《窦娥冤》《赵氏孤儿》《桃花扇》《长生殿》四剧，以及《中国文学十五讲》中关于《牡丹亭》的赏析论述。此五种戏曲皆为古典名剧，前人论著汗牛充栋，周先生却仍能举重若轻，融汇诸家，出以己貌，按照自己的思路和章法，要言不烦地将五剧的经典魅力阐述得十分到位。正如我在前文中所说的那样，周先生在“守正”之中也时有“出新”之处，譬如在《窦娥冤》的赏析中，周先生注意到了窦娥与蔡婆婆之间的性格冲突，指出“作者非常高明地在社会冲突中组织进了人物

① 周先慎《杨万里〈闲居初夏午睡起二绝句〉》云：“‘留’字完全是日常口头语，在诗人是信手拈来，毫不费力，却极生动地传达出品尝新梅时那种余酸不尽，既有点难受又欣喜无穷的独特感受，最真切，也最得神韵。”收入其《古诗文的艺术世界》，第247页。
② 周先慎《林逋的山林隐逸诗》，收入其《古诗文的艺术世界》，第42页。

的性格冲突，这就丰富了悲剧冲突的内容，把戏剧情节推向更高的思想高度”①，这几句话看似随手拈出，但实际上对于探讨古典戏曲中的“戏剧冲突”设置，很有学术启发性；譬如在《赵氏孤儿》的赏析中，周先生注意到了“正末”设置非为固定一人而是一个前仆后继的群体，指出这一体制突破，有利于增强剧作的悲剧力量和思想深度（详参前文）；譬如在《长生殿》赏析中，周先生认为此剧在主题思想层面存在天然矛盾，即“如果要保持历史上帝妃关系的真实面目，就必然会冲淡或有碍于表现真挚爱情，强调了李杨之间的真挚爱情，就必然要改编或者美化历史上帝后间的真实关系”②，周先生进而分析了作者洪昇为解决这一矛盾而作的创作努力，有些处理成功了，有些处理则效果不佳，最后周先生总结道：“实事求是地指出《长生殿》存在难以克服的思想矛盾，不是要否定他所取得的杰出成就。相反，倒是可以使我们从剧作者在克服这一矛盾所作的努力中，看到洪昇在创造性地改造这一传统题材时艰难地攀登上的新高度。”③这样的评估角度，公允而又精准，是我了解的《长生殿》研究中最为妥帖的。类似的闪光点和创新点，在周先生的戏曲论著中还有不少，不赘

① 周先慎《中国四大古典悲剧》之《窦娥冤》，第 12 页。
② 周先慎《中国四大古典悲剧》之《长生殿》，第 93 页。
③ 周先慎《中国四大古典悲剧》之《长生殿》，第 95 页。

引。总之，周先生的戏曲研究成果可谓“少而精”，这大概也符合他从吴组缃先生那里继承而来的学术发表观吧！

需要指出的是，周先生在古诗文、戏曲、小说等文体均有相当出色的研究，它们既是各自独立的学术方向，但又都是中国古典文学的有机组成部分，因此，必然会产生一定的融通互鉴效应，正如周先生所说的那样：“杂也有杂的长处，各种艺术门类，文学中的不同体式，有许多相异处，也有许多相同处。杂一点，眼界开阔一写，可以做到触类旁通，有时真有意想不到的创获。”[①] 在这一方面，周先生有意识地进行了学术尝试。譬如关于艺术中的形神问题，他曾撰有《略说苏轼的传神论》，从苏轼三首题画诗入手，探讨书画艺术中的形神关系，而这一理论资源，后来又被移用于讨论小说艺术，撰写了《中国古典小说人物描写对形神关系的处理》，周先生认为：“从中国古典诗画创作和小说创作的艺术实践来看，对‘形’和‘神’的理解，不同的层面有不同的内涵。”具体而言，“形”包含两个层面，“第一个层面指的是人物的形貌或形体动作的外在表现”，“第二个层面指的是生活的形态，包括人物的语言、行动、人与人之间的关系，乃至人物所生活的环境等等”；“神”也有两个层面，“第一个层面指的是人物内

① 周先慎《我的古典小说研究》，收入其《古典小说的思想与艺术》“代序”，第 1 页。

在的精神风貌”，“第二个层面指的是人物内在精神更丰富具体的内容，包括性格特点、思想感情、情趣格调、理想追求等等，甚至还可以扩大到与这些内容相关联的生活的本质方面”，这是一切艺术内部都存在的“形”“神”层次差异，两个层次间的“神”也可能发生融合，达到一个更为高级的境界。不过，周先生指出，作为再现艺术的小说和作为表现艺术的诗画，在“神”的表现程度和形态上，存在着明显区别：诗画艺术可以表现得“非常鲜明强烈，以至于可能突破常见的生活形态，产生像王维的雪里芭蕉那样的作品”，但在小说艺术中，“一般是以生活来的形态再现生活，作家的思想感情比较隐蔽，大都蕴藏在或者说是寄寓在他所创造的艺术形象之中，突破生活常态的情况也有，但相对于诗画艺术较为少见”[①]。正是基于与诗画艺术的比较分析，周先生精准地找到了古典小说人物描写中的形神表现机制，总结出“以形写神”“遗貌取神”等艺术法则，可以说，这一学术成果的取得，乃得益于诗画小说等多文体的综合研究。

这种多文体综合研究的视野，在周先生喜爱的《聊斋志异》鉴赏中，也有多次成功的运用。周先生撰有《〈聊

① 周先慎《中国古典小说人物描写对形神关系的处理》，原载《文艺研究》2007 年第 7 期，收入其《古典小说的思想与艺术》，第 2—3 页。

斋志异〉的诗意美》一文，文章开篇就专门论述了诗歌与小说的关系，认为“中国古典小说对诗歌的吸收和融合，形成了一种艺术传统。诗与小说的结合有两种形态，一种是在故事中穿插诗词韵语，这是外在的结合，作品并不一定富于诗意；另一种是内质的融合，作品中可以有诗词的穿插，也可以没有，但作品创造了诗的意境，富有诗意，充满一种诗意美”，当然，小说作为叙事文体，它对诗意美的表现，乃主要依靠人物塑造和情节设置等手段，这又是与诗歌不同的。在此理论指导下，周先生详细地考察了《聊斋志异》小说“诗意美”营造与呈现的方式，主要包括三个方面，涵盖着小说之主旨、人物和环境三个要素，即“对真善美的赞颂是《聊斋志异》诗化小说最重要的思想特征”，“传神写意是《聊斋志异》诗化小说最主要的艺术手法”，“环境描写的诗化和艺术氛围的营造，是《聊斋志异》诗意美的一个重要方面和突出特色”[①]，周先生对于《聊斋》诗意美的概括，可谓把握住了这部小说最为重要的美学特质，其实，这也正是《聊斋》与一般志怪小说的本质差异所在。有意思的是，周先生还撰写过一篇短文《〈山花子〉与婴宁形象》[②]。《山花子》是蒲松龄《聊斋

① 周先慎《〈聊斋志异〉的诗意美》，收入其《古典小说的思想与艺术》，第289—309页。

② 附录于《仙凡相通的一个美丽的精灵——说〈婴宁〉》之后，收入其《周先慎细说聊斋》，第200—203页。

词集》中的一首小词，全篇不足五十字，却勾画了一位天真无邪自由不拘的少女形象，她有个标志性的特点“笑不休”，这自然让人联想到《聊斋》中的《婴宁》，周先生比较了两个爱笑少女的性格特点，文章的重心则落在了小说与词作为两种不同的文体它们在刻画人物方面的差异。毫无疑问，婴宁的文学形象要比《山花子》中的少女丰润得多、生动得多，不过，蒲松龄在这两个形象中寄寓的精神品格（即挣脱世俗的束缚，追求自由的人性）又是相通的。这一事实启发我们：一名作家完全有可能在不同文体的作品中表现同一的性格特点和思想倾向，换言之，当研究者去考察一名小说家的性格特点时，也不应局限在他的小说，还需扩展到其他文体作品。周先生曾撰有《小说家蒲松龄的艺术个性》一文[1]，就是利用《聊斋》小说之外的诗文、八股制义、人物传记等资料，活泼泼地勾画出蒲松龄的艺术个性，如善于描摹刻画、富于幽默感等。这篇文章读来有一种举重若轻、左右逢源的流畅文气，颇有吴组缃先生《蒲松龄的生平与思想》[2]的味道，其成功的原因之一，或许就在于周先生所秉承的中国文学整体观，恰好还原了蒲

① 周先慎《小说家蒲松龄的艺术个性》，收入其《古典小说的思想与艺术》，第 223—228 页。

② 吴组缃《蒲松龄的生平与思想》，载《文学遗产》2014 年第 3 期。

松龄这样的古代文人的真实状态，即不论他为后人所知的身份（小说家或是诗人）是什么，实际上他始终生活在一个多体文学共读并作的时空里。

以上我们通过阅读周先慎先生论著文章的方式，追随他的学术足迹，走过了他的一生。人的一生很漫长，又很短暂，而这样的纸上纪略也未免匆促得有些残忍。我知道，我一定还错过了周先生许多难忘动人的生命瞬间，一定还没有将他生死相许的学术研究的精妙之处清晰准确地呈现出来。可是，正如周先生为《聊斋志异》所归结的艺术法则“遗貌取神”那样，我希望至少能够勾画出周先生学术人生的某些神采：未名湖畔奏弦歌，淡浮居中研稗史。“淡浮居”是周先生的斋名，大概是取“淡泊浮生”之意，在很多人的心目中，周先生似乎天生就是“淡浮居”中人，对于许多别人孜孜以求的东西，他都不甚措意，付之淡淡一笑。但他的心中实际也有极“浓”的另一面：譬如他对北大的情感，周先生从不隐藏自己的北大情结，他说自己愿意成为融进未名湖的一滴水，他将收录一生行迹的散文集定名为《未名湖畔的足迹》，这是多么浓的燕园情啊！譬如他对学术研究的喜爱，犹记得2018年初，我和刘勇强、李鹏飞三个研究小说的同事一起去看望周先生，那段时间，他那颗八十多岁且已动过手术的心脏又出现了严重问题，几乎无法阅读和写作。周先生告诉我们，他咨询过主治医生，再次手术风险极高，很可能就下不了手术台，但假如成功了，他就可以安稳地有质量地度过十年。十年，这是何等巨大的诱惑，他想着可以完成计划中的《细说聊斋》第二集、第三集、第四集，说不定还能开始撰写《细说红楼》，周先生说，他决定要冒这个险，赌一把。这是多么浓的学术情啊！浓的甚至超过了对生命的怜惜。那天，房间内阳光满屋，周先生笑容灿烂，我们也都在心中祝祷他能赢得这十年的赌注。

可惜，天不假年，周先生的《细说聊斋》永远遗憾地定格在了第一集。我没有见到周先生的最后一面，但我相信他离开的时候一定很淡定，因为他喜欢的苏东坡给了他生命的达观，他喜欢的蒲松龄则无数次向他证明了人间和冥界其实咫尺相通。后来，周先生的女公子告诉我，周先生立下遗愿，要将自己的骨灰撒回四川老家的河流，八十四年前他从那里欢快地流出，尔今他又静静地流回，这应该就是周先生所热爱的“诗意美”吧。电影《寻梦环游记》中说，遗忘才是真正的死亡。如果这句话是真的，那么，我想，只要我们阅读着周先生的文章，沉浸在他为我们营造的文学经典世界中，我们就不会遗忘他，周先生也就因此获得了生命的永恒。

原载《中国文化研究》2019 年 6 月夏之卷

# 后　记

庚子年，泰半闭锁于书斋之内。远眺窗外，西山落日镕金，人鸟俱尽。遇晴日，则三塔历历可见，次第是，燕园博雅塔、颐和园佛香阁及玉泉山上玉泉塔，伫立寒空，惟余寂寥。读王静安《昔游》诗："京师厌尘土，终日常掩关。西山朝暮见，五载未一攀。"感慨系之。复又想起宋人话本《西湖三塔记》《西山一窟鬼》之类，惟愿葫芦道人早日降世，捉拿新冠疫鬼，禳祛人间妖氛，还我朗朗乾坤，复我自由之身。所幸环室皆书也，禁足期间，得以执卷卧游，无远弗届，潋滟风光，目览神会，竟不觉光阴之移也。

适闻金陵立有"凤凰枝"，鷦鷯亦欲借栖，遂检点旧文，裒为一辑，题曰《纸上春台》。"纸上春台"者，意即纸上景观、书海卧游也。清初有同名白话小说丛书，东传日本，江户元禄间（清康熙）《舶载书目》有"新小说纸上春台第三献目录"，下辖《换锦衣》《倒鸾凤》《移绣谱》

《错鸳鸯》《十二峰》《锦香亭》六种，既称“第三献”，必当有第一、第二献，或还有第四、第五献，若以每献六种计，则丛书所收“新小说”多达二三十种，煞是壮观。惜今大多亡佚，徒留无限怀想。然治古典文史者，终日所闻所睹，莫非纸上春台，若隐若现，似有似无，纵形诸文字，灾之梨枣，亦不过雪泥鸿爪而已。

本册上编收文七篇，题曰《黄车录》，典出《汉书·艺文志》，以“黄车使者”为小说家别称，清季吾虞徐兆玮编有《黄车掌录》八卷，乃存世最早之小说资料汇编。予承乡贤余绪，搜辑《三国志演义》《西游记》《野叟曝言》《太平广记详节》《文苑楂橘》等东亚稗史文献廿余种，略加绍介，用资谭助。下编收文九篇，题曰《怀风藻》，借扶桑汉诗集名，追忆先哲遗风。凡述及马廉、孙楷第、郑振铎、傅惜华、赵景深、戴不凡、胡邦彦、伊藤漱平、林庚、周先慎十位前辈学者，虽属浮光掠影，犹见其独立风姿。

合此一书一人，雕镂时光，刻印肺腑，俱转为吾家纸上春台。窃思忽忽五十载，念兹在兹者，实多在书人二事。晚明陈继儒《读书十六观》尝谓：“读未见书，如得良友；见已读书，如逢故人。”反之亦然。若夫硕学俊彦，良师畏友，旧雨新知，三五素心人相对酽然，仿佛捧读名著佳本，抑或偶得久觅秘笈，触手生香，开卷有益，常读常新。既如是，复何求！

庚子大寒日琴川潘西堂识于两靖室灯下。

凤凰枝文丛

| | |
|---|---|
| 三升斋随笔 | 荣新江　著 |
| 八里桥畔论唐诗 | 薛天纬　著 |
| 跂予望之 | 刘跃进　著 |
| 潮打石城 | 程章灿　著 |
| 会心不远 | 高克勤　著 |
| 硬石岭曝言 | 王小盾　著 |
| 云鹿居漫笔 | 朱玉麒　著 |
| 老营房手记 | 孟宪实　著 |
| 读史杂评 | 孟彦弘　著 |
| 古典学术观澜集 | 刘　宁　著 |
| 龙沙论道集 | 刘　屹　著 |
| 春明卜邻集 | 史　睿　著 |
| 仰顾山房文稿 | 俞国林　著 |
| 马丁堂读书散记 | 姚崇新　著 |
| 远去的书香 | 苗怀明　著 |
| 汗室读书散记 | 王子今　著 |
| 西明堂散记 | 周伟洲　著 |
| 优游随笔 | 孙家洲　著 |
| 考古杂采 | 张庆捷　著 |
| 江安漫笔 | 霍　巍　著 |
| 简牍楼札记 | 张德芳　著 |

| | |
|---|---|
| 他乡甘露 | 沈卫荣　著 |
| 释名翼雅集 | 胡阿祥　著 |
| 壶兰轩杂录 | 游自勇　著 |
| 己亥随笔 | 顾　农　著 |
| 茗花斋杂组 | 王星琦　著 |
| 远去的星光 | 李　庆　著 |
| 梦雨轩随笔 | 曹　旭　著 |
| 半江楼随笔 | 张宏生　著 |
| 燕园师恩录 | 王景琳　著 |
| 鼓箦斋学术随笔 | 范子烨　著 |
| 纸上春台 | 潘建国　著 |
| 友于书斋漫录 | 王华宝　著 |
| 五库斋清史存识 | 何龄修　著 |
| 蜗室古今谈 | 丰家骅　著 |
| 平坡遵道集 | 李华瑞　著 |
| 竹外集 | 朱天曙　著 |
| 海外嫏嬛录 | 卞东波　著 |
| 耕读经史 | 顾　涛　著 |